中公文庫

しりあがり寿版

瘋癲老人日記

谷崎潤一郎

中央公論新社

目次

挿絵　しりあがり寿

しりあがり寿版

瘋癲老人日記

1

十六日。………夜新宿ノ第一劇場夜ノ部ヲ見ニ行ク。出シ物ハ「恩讐の彼方へ」「彦市ばなし」「助六曲輪菊《すけろくくるわのもゝよぐさ》」デアルガ他ノモノハ見ズ、助六ダケガ目的デアル。勘弥《かんや》ノ助六デハ物足リナイガ、訥升《とっしょう》ガ揚巻《あげまき》ヲスルト云ウノデ、ソレガドンナニ美シイカト思イ、助六ヨリモ揚巻ノ方ニ惹カレタノデアル。婆サント颯子《さつこ》ト同伴。浄吉モ会社カラ直接駆ケツケル。助六ノ芝居ヲ知ッテイルノハ予ト婆サンダケ。颯子ハ知ラナイ。婆サンモ団十郎ノハ見タコトガアルカモ知レナイガ、記憶ガナイ。先々代ノ羽左衛門ノハ一度カ二度見タト云ウ。団十郎ノヲハッキリト見テイルノハ予一人デアル。アレハ明治三十年前後、十三四ノ頃ダッタト思ウ。団十郎ノ助六ハコノ時ガ最後デ、三十六年ニハ死ンデイル。揚巻ハ先代歌右衛門、ソノ時ハマダ福助ト云ッテイタ。意休《いきゅう》ハ福助ノ父ノ芝《し》翫《かん》デアッタ。予ノ家ガ本所割下水ニアッタ時代デ、両国広小路ノ、アレハ何ト云ッタッケナ、何トカ云ウ有名ナ絵草紙屋ノ店頭ニ助

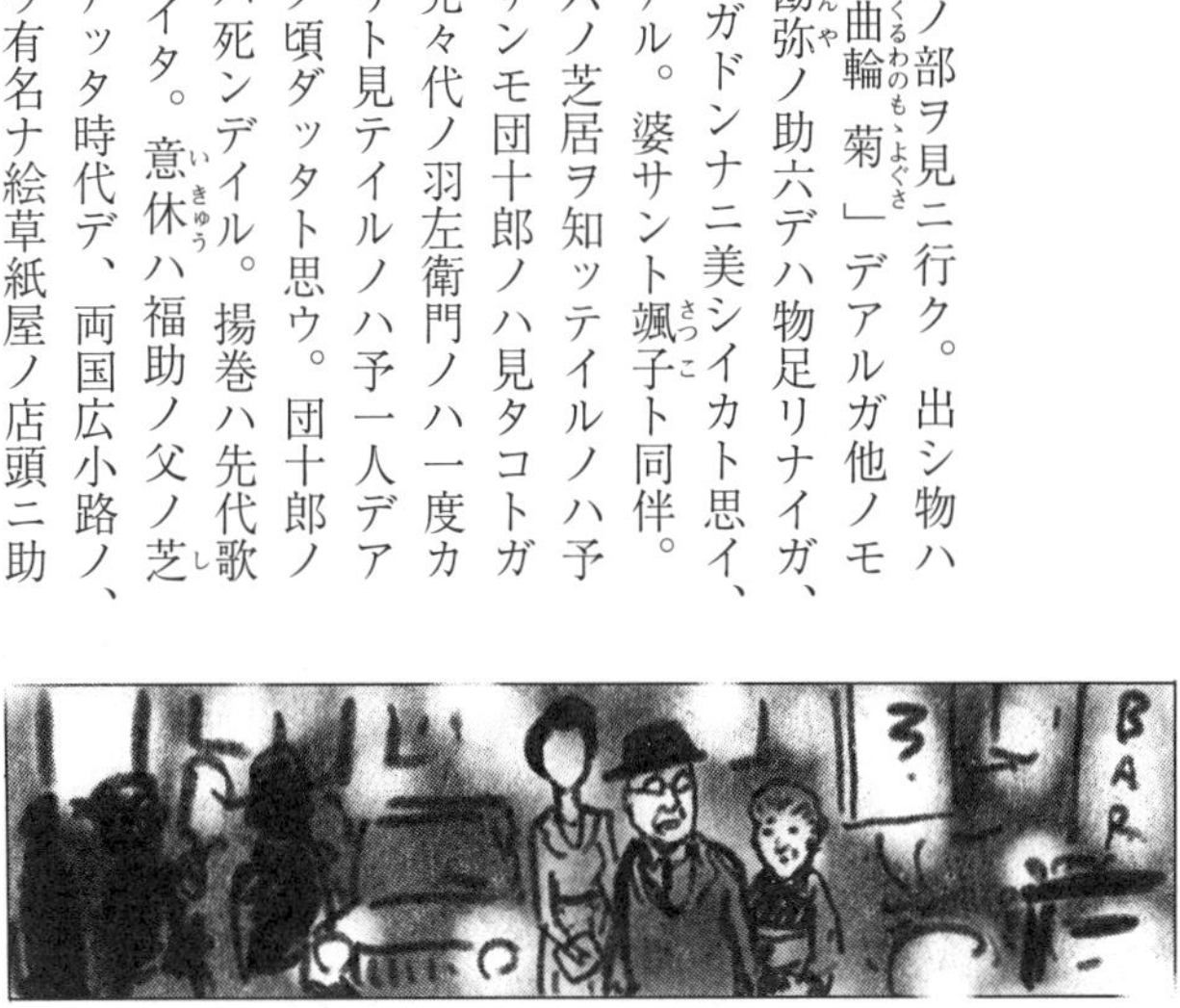

六ト意休ト揚巻ノ三枚続キノ錦絵ガ掲ゲテアッタノヲ今モ忘レナイ。予ガ羽左衛門ノ助六ヲ見タ時ハ、意休ガ先代中車《ちゅうしゃ》、揚巻ガヤハリ昔ノ福助、当時ノ歌右衛門ダッタト思ウ。何デモ冬ノ寒イ日デ、羽左衛門ハ熱ガ四十度近クモアッタニ拘《かゝわ》ラズ、ブルブル震エナガラ水入リヲシタ。カンペラ門兵衛ハ特ニ浅草ノ宮戸座カラ中村勘五郎ガ買ワレテ来テ演ジタガ、コレガ妙ニ印象ニ残ッテイル。兎ニ角予ハ助六ノ芝居ガ好キナノデ、助六ガ出ルト聞クト、勘弥ノデモ見ニ行キタクナル。況《いわ》ンヤ御贔屓《ごひいき》ノ訥升ガ見ラレルニ於《おい》テヲヤ。

勘弥ノ助六ハ初役デアロウガ、ヤハリドウモ感心出来ナイ。勘弥ニ限ラズ、近頃ノ助六ハ皆脚ニタイツヲ穿《は》ク。時々タイツニ皺《しわ》ガ寄ッタリシテイル。コレハ甚ダ感興ヲ殺《そ》グ。アレハ是非素脚ニ白粉ヲ塗ッテ貰イタイ。訥升ノ揚巻ハ十分満足シタ。コレダケデモ来タ甲斐ガアルト思ッタ。福助時代ノ昔ノ歌右衛門ハイザ知ラズ、近頃コンナ美シイ揚巻ヲ見タコトハナイ。イッタイ予ニハ Pederasty ノ趣味ハナイノダガ、最近不思議ニ歌舞伎俳優ノ若イ女形ニ性的魅力ヲ感ズルヨウニナッタ。ソレモ素顔デハ駄目ダ。女装シタ舞台ノ上ノ姿デナケレバ駄目ダ。ソウ〳〵、ソレデ思イ出シタガ、予ニモ全然ペデラスティーノ趣味ガナイトハ云エナイカモシレナイ。

若イ時ニタッタ一遍ダケ奇怪ナ経験ヲシタコトガアル。昔新派ニ若山千鳥ト云ウ美少年ノ女形ガイタ。山崎長之輔ノ一座ニ属シ中洲ノ真砂座ニ出テイタガ、ヤ、老イテカラハ六代目ノ面差《おもざし》ニ似テイタ先代嵐芳三郎ノ相手役トシテ宮戸座ニ出テイタ。老イタト云ッテモ三十ソコ〳〵デナオ美シカッタガ、見タトコロ年増女ト云ウ感ジデ、トテモ男性トハ思エナカッタ。真砂座時代紅葉山人ノ「夏小袖」ノオ嬢サンニナッタ時、予ハ特ニ彼女、デハナイ彼ニ魅惑サレタ。何トカ出来タラ一夕彼ヲオ座敷へ呼ビ、舞台デ見タ通リノ女装ヲサセテ、チョットデモイヽカラ一緒ニ寝テミタイ。冗談ニソンナコトヲ云ッタラ、オ望ミナラサセテアゲマスト云ッテクレタ或ル待合ノ女将ガイタ。ソシテ図ラズモ予ノ希望ハ叶エラレタガ、首尾ヨク同衾《どうきん》シ、事ヲ行ウニ至ッテモ、普通ノ芸妓ト普通ノ方法デ行ッテイルノト異ルトコロハナカッタ。ツマリ彼ハ最後マデ男子デアルコトヲ相手ニ感ジサセズ、女性ニナリ切ッテイタ。鬘《かつら》ヲツケタマヽ、舟底形ノ枕ニ寝、暗イ部屋ノ褥《しとね》ノ中デ、友禅ノ長襦袢《ながじゅばん》ヲ着テノコトデハアルガ、実ニ異常ナ技巧ヲ持ッテイタモノデ、マコトニ不思議ナ経験デアッタ。断ッテオクガ彼ハ所謂《いわゆる》Hermaphrodite デハナイ、立派ニ男性ノ器具ヲ備エテイタ。タヾ技巧ヲ以テソレヲ感知セシメナカッタノデアル。

ダガ如何ニ技巧ガ巧妙デアッテモ、モト〳〵予ノ趣味デハナカッタノデ、タッタ一遍好奇心ヲ満足サセタヾケデ、ソレキリ同性ト関係シタコトハナカッタ。然ルニ七十七歳ノ今日ニナリ、既ニ左様ナ能力ヲ喪失シタ状態ニナッテカラ、男装ノ麗人ナラヌ女装ノ美少年ニ魅力ヲ感ジ出シタノハナゼカ。青年時代ノ若山千鳥ノ記憶ガ今ニ及ンデ甦《よみがえ》ッテ来タノカ。ドウモソウデハナイラシイ。ソレヨリ何カ不能ニナッタ老人ノ性生活――不能ニナッテモ或ル種ノ性生活ハアルノダ――ト関係ガアルラシイ。

………

今日ハ手ガ疲レタ。コレデ止メル。

十七日。昨日ノアトヲモウ少シ続ケル。入梅中デ雨モ降ッテイタノニ、昨夜ハナカ〳〵暑カッタ。尤《もっと》モ劇場内ハ冷房シテイタガ、コノ冷房ガ予ニハ禁物ナノダ。オ蔭デ左手ノ神経痛ガ一層痛ミ、皮膚感覚ノ麻痺《まひ》モ激シクナル。イツモハ手頸《てくび》カラ指ノ先マデガ疾患部ナノデアルガ、手頸カラ上、肘ノ関節マデガ痛ミ、時ニハ肘ヲ越エテ肩ノ辺マデ波及シタ。

「ソレ御覧ナサイナ、ダカラ云ワナイコッチャナイ。何モソンナ思イヲシテマデ見ニ来ルコトハナイジャアリマセンカ」

ト婆サンガ云ッタ。

「コンナ二流芝居」

「イヤソウ云ッタモンデモナイサ。己ハアノ揚巻ノ顔ヲ見テルダケデモイクラカ痛ミヲ忘レルンダ」

予ハ婆サンニ窘《たしな》メラレテ一層依怙地《いこじ》ニナッタ。ソノ癖手ノ冷エ方ハマス〳〵激シカッタ。紗ノ夏羽織ニポーラーノ単衣《ひとえ》、絽《ろ》ノ長襦袢ヲ着テ、シカモ左ノ手ニハ鼠《ねず》ノ毛糸ノ手袋ヲ嵌《は》メ、白金懐炉《はくきんかいろ》ヲハンケチニ包ンデ握ッテイタ。

「デモ訥升ハホントニ綺麗ダワ。オ爺《じい》チャンガア、仰ッシャルノモ無理ナイワ」

ト颯子ガ云ッタ。

「君……」

ト云イカケテオ前ト云イ直シ、

「オ前ニモ面白味ガ分ルカネ」

ト浄吉ガ云ッタ。

「巧イ拙イハ分ラナイケレド、顔ヤ姿ノ綺麗サニハ感心スルワ。オ爺チャン、明日昼ノ部ヲ見ニイラッシャラナイ？『河庄《かわしょう》』ノ小春ガ又キットイヽワ。御覧ニナルナラ明日ニナスッタラ。先ニ行クホド暑クナリマス」

正直ノトコロ、予ハ手ノ痛サニ閉口シテ昼ノ部ヲ見ルノハ止メヨウカト思ッテイタノダガ、婆サンニ窘メラレタノデ却ッテ依怙地ニナリ、痛イノヲ怺《こら》エテ明日ノ昼ニ又来ヨウカト思ッテイタノダッタ。颯子ハ予ノソウ云ウ気持ヲ実ニ早ク見テ取ル。颯子ガ婆サンニオ覚エノ悪イノハ、コンナ場合、婆サンヲ無視シテ予ノ気持ヲ迎エヨウトスルカラナノダ。彼女モ訥升ガ好キナノデハアロウガ、或ハ治兵衛ノ団子《だんこ》ノ方ニヨリ興味ガアルノカモ知レナイ。……

今日ノ昼ノ部「河庄」ノ場ハ午後二時開演三時二十分頃ハネル。今日ハ炎天デ昨日ヨリ一層暑イ。車内ノ暑サモ思イヤラレルガ、冷房ガヒトシオ厳シイニ違イナク、手ノ痛サノ方ガ心配デアル。昨夜ハ夜デヨカッタケレドモ、コレカラダト時間ガ時間ダカラ、必ズドコカデデモ隊ニ打《ぶ》ツカリマス、米国大使館ト国会議事堂ト南平台ヲ結ブ線ヲドコカデ横切ラナケレバナリマセン、ソノ積リデ早目ニオ出カケニナッテ下サイト、運転手ガ云ウ。已《や》ムヲ得ズ一時ニ出カケル。今日ハ三人デ浄吉ハ欠席。

幸イ大シタ妨害モナク到着。マダ段四郎ノ「悪太郎」ガ済ンデイナイ。ソレハ見ナイデ食堂ニ這入リ一ト休ミスル。皆ガ飲ムノデ予モアイスクリームヲ注文シタガ、婆サンニ止メラレル。「河庄」ハ小春訥升、治兵衛団子、孫右衛門猿之助、女房オ庄宗十郎、多兵衛団之助等々デアル。昔先代鴈治郎《がんじろう》ガ新富座デコレヲ出シタ時ノコトヲ思イ出ス。アノ時ノ孫右衛門ハコノ猿之助ノ父段四郎、小春ハ先代梅幸デアッタ。団子ノ治兵衛ハ如何ニモ一生懸命デ、全力ヲ尽《つく》シテイルコトハ認メラレルガ、余《あま》リ一生懸命過ギ、緊張シ過ギテコチ〳〵ニナッテイル。尤モアノ若サデアノ大役ヲスルノデアルカラ無理モナイ。努力ニ免ジテ将来ノ大成ヲ祈ルノミデアル。同ジ大役デモ大阪ノモノデナク、江戸ノモノヲ選ンダ方ガヨカッタト思ウ。訥升ハ今日モ綺麗デアッタガ、揚巻ノ方ガヨカッタ気ガスル。後ニ「権三と助十」ガアッタガ見残シテ出ル。

「コ、マデ来タンダカラチョット伊勢丹ヘ寄ロウ」

ト、婆サンノ反対ヲ予期シテ云ウト、
「又冷房デモイヽンデスカ、コノ暑イノニ早クオ帰リニナッタラドウ」

ト果シテ云ウ。

「コノ通リ」
ト、予ハ持ッテイルスネークウッドノステッキノ石突《いしづき》ヲ示シ、
「コヽントコロガ取レチマッタンダヨ。ドウ云ウモンカステッキノ石突ハメッタニ長持チシナイモンダネ。必ズ二三年デ取レチマウネ。伊勢丹ノ特選売場へ行ッタラ何カシラ見ツカルダロウ」

実ハ外ニ少シ考ガアッタンダガ、ソンナコトハ口ニシナカッタ。

「野村サン、帰リモデモハ大丈夫カシラ」

「エヽ、大丈夫ダト思イマス」

運転手ノ説ニ依ルト、今日ハ全学連ノ反主流派ノデモダソウデ、二時カラ日比谷ニ集リ、主トシテ国会警視庁辺ヲ襲ウラシイノデ、ソレニ打ツカラナイヨウニスレバイイ、ト云ウ。紳士用ノ特選売場ハ三階ダッタガ、生憎《あいにく》好マシイステッキハナカッタ。ツイデニ見テ行コウト、二階ノ婦人物ノ特選売場ヲ覗《のぞ》ク。全館中元売リ出シノ最中デ、相当ニ雑踏シテイル。サンマーイタリアンファッションノ陳列ガアッテ、有名ナデザイナーノデザインニ依ルイタリー好ミノオートクチュールノ服ガ沢山飾ラレテイル。颯

子ハ、

「マア素敵！」

ヲ連発シテ容易ニ動コウトシナイ。颯子ノタメニカルダンノ絹ノネッカチーフヲ買ッテヤル。三千円ホドデアル。

「コンナノトテモ欲シインダケレド、オ高クッテ手ガ出ナイワ」
ト、墺太利《オーストリア》製ラシイベージュノスウェードノ、口金ニサファイヤノイミテーションラシイ石ガ這入ッテイルハンドバッグノ前デ、颯子ハ頻《しき》リニ嘆声ヲ発シテイル。定価ハ二万何千円デアル。
「浄吉ニ買ワセルサ、ソレクライナモン」

「駄目ヨ、彼ハケチダカラ」

婆サンハ黙ッテ何モ云ワナイ。

「モウ五時ダネ、オ婆チャン、コレカラ銀座ヘ出テ晩飯ヲ喰ッテ帰ロウジャナイカ」

「銀座ノドコヘ」

「浜作ヘ行コウヨ、コノ間カラ鱧《はも》ガ喰イタクッテ仕様ガナインダ」

颯子ヲ呼ンデ浜作ニ電話サセ、カウンターノ席ヲ三四人分取ッテオイテ貰ウ。六時ニ行クカラ浄吉モ来ラレタラ来ルヨウニ云ワセル。野村曰ク、デモハ夜遅クマデ続キ、霞ケ関カラ銀座ヘ出テ十時ニ解散スル、今カラ浜作ヘイラッシャレバ、八時迄ニハ帰レマスカラ大丈夫デス、但シ少シ遠廻リシテ市ケ谷見附カラ九段ヲ経、八重洲口へ出テ行ケバ、デモニ打ツカル恐レハナイト思イマス、ト云ウ。……

十八日。昨日ノ続キ。予定通リ六時浜作着。浄吉ノ方ガ先ニ来テイル。婆サン、予、颯子、浄吉ト云ウ順ニ腰カケル。浄吉夫婦ハビール、予等ハ番茶ヲタンブラーニ入レテ貰ウ。突キ出シニ予等ハ滝川ドウフ、浄吉ハ枝豆、颯子ハモズク。予ハ滝川ドウフノ他ニ晒シ鯨《くじら》ノ白味噌和エガ欲シクナッテ追加スル。刺身ハ鯛《たい》ノ薄ヅクリ二人前、鱧ノ梅肉二人前。鯛ハ婆サント浄吉、梅肉ハ予ト颯子デアル。焼キ物ハ予一人ダケガ鱧ノ附焼、他ノ三人ハ鮎《あゆ》ノ塩焼、吸物ハ四人トモ早松《さまつ》ノ土瓶蒸シ、外ニ茄子《なす》ノ鴫焼《しぎやき》。

「マダ何カ喰ッテモイ、ナ」

「冗談ジャナイ、ソレデ足リナインデスカ」

「足リナイコトハナインダガ、コ、へ来ルト関西ノモノガ恋シクナルンダ」

「グジノ一ト塩ガアリマスゼ」

ト浄吉ガ云ウ。

「オ爺チャン、コレ召シ上ッテ下サラナイ？」

颯子ノ前ニ鱧ガソックリ残ッテイル。彼女ハ残リヲ予ニ食ベサセル積《つも》リデ、ホンノ一片カ二片食ベタヾケデアル。実ヲ云ウト予モ彼女ノ食イ残シガ廻ッテ来ルコトヲ予期

シテ——或ハソレガ今夜ノ目的デ——コ、へ来タノカモ知レナイ。

「困ッタナ、僕ハトウニ食ベチャッタンデ、梅肉ヲ下ゲテ行ッチャッタンダ」

「梅肉ダッテコ、ニアルワ」

ト、颯子ハ鱧ト一緒ニ自分ノ梅肉ヲ廻シテヨコシナガラ、

「梅肉ダケ別ニ取リマショウカ」

「ソレニハ及バナイ、コレデ結構」

颯子ハタッタ二片ダケシカ食ベナイノニ、梅肉ガワリニ穢《きたな》ラシク喰イ荒サレテイル。女ラシクナイ食ベ方デアル。或ハコレモワザトデハナイカト思ウ。

「コ、ニ鮎ノ腸《わた》モ取ッテキマシタヨ」

ト、婆サンガ云ウ。婆サンハ焼鮎ノ骨ヲ綺麗ニ抜クノガ得意ナノデアル。彼女ハ頭ト骨ト尾トヲ皿ノ一方ニ片寄セテ、身ヲ一片

モ残サズニ猫ガ舐《な》メタヨウニ食ベル。ソシテ予ノタメニ腸ダケヲ残シテオクノガ習慣ニナッテイル。

「ワタクシノモゴザイマス」

ト、颯子ガ云ウ。

「ワタクシハオ魚ヲ食ベルノガ下手デスカラ、オ婆チャンノヨウニ綺麗デハゴザイマセンケレド」

颯子ノ鮎ノ残骸ハ成ル程マコトニキタナラシイ。梅肉以上ニ喰イ散ラサレテイル。コレモ意味ガナクハナイヨウニ予ニハ取レル。

食事中ノ雑談ニ、浄吉ガ二三日中ニ札幌ヘ出張スルカモ知レナイト云ウ。滞在ハ一週間ノ予定ダガ、来ルナラ一緒ニ来テモイヽ、ト云ウ。颯子ハ考エテ、北海道ノ夏ヲ見タイト思ッテタンダケレド、今度ハ止メルワ、二十日ニ春久サンニ誘ワレテボクシングニ行ク約束シチャッタモンダカラ、ト云ウ。浄吉ハソウカト云ッタキリ、強イテ来イトモ云ワナイ。七時半頃帰宅。

十八日朝経助ガ学校ニ、浄吉ガ会社ニ出テ行ッタ後、庭ヲ散歩シテ四阿《あずまや》ニ休ム。四阿マデ三十メートル余デアルガ、コノトコロ日々脚ノ運動ガ不自由サヲ加エ、今日ハ昨日ヨリモ一層歩キニクイ。入梅中ハ湿気ガ多イノデソノセイモアルガ、去年ノ入梅中ハコンナデハナカッタ。手ノヨウナ痛ミヤ冷感ハナイガ、何トモ不思議ニ重ミガカヽリ、モツレルヨウニナル。ソノ重ミハ膝頭ニ来ルコトモアリ、足ノ甲ヤ足ノ裏ニ来ルコトモアリ、日ニヨッテ違ウ。医師ノ意見モマチ〱デアル。往年ノ軽微ナ脳溢血ノ痕跡ガマダ残ッテイ、脳中枢ニ僅《わず》カナ変化ガアルノデ、ソレガ脚ニ影響シテイルノダトモ云イ、又レントゲンデ検《しら》ベテミルト頸椎《けいつい》ト腰椎《ようつい》トガ曲《まが》ッテイルカラデアルトモ云ウ。ソノ頸椎ヤ腰椎ヲ矯正スルニハ寝台ヲ斜面ニシタ上ニ寝テ首ヲ上方ニ吊リ上ゲタリ、腰ニギプスデコルセットヲ作リ、当分ソレヲ篏メル必要ガアルトモ云ウ。予ハトテモソンナ窮屈ナ姿勢ニハ耐エラレナイノデ、コノマ、デ我慢シテイル。シカシ歩キニク、テモ、毎日少シズツデモ歩カナケレバイケナイ。歩カズニイルト、今ニ本当ニ歩ケナクナリマスト嚇《おど》カサレテイル。時々ヨロケテ倒レソウニナルノデ、寒竹ノステッキヲ衝《つ》イテルガ、大概颯子カ看護婦カ誰カヾツイテ来ル。今朝ハ颯子デアル。

「颯子、コレ」

四阿デ休ンダ時、予ハ袂《たもと》カラ小サクタ、ンダ札束ヲ取リ出シテ手ニ握ラセル。

「何デスノ、コレ?」

「二万五千円アル、昨日ノハンドバッグヲ買ッタライ、」

「ドウモ済ミマセン」

颯子ハ急イデブラウスノ内側ヘ札束ヲ放リ込ム。

「ダケドアレヲ提ゲテ歩イタラ、僕ガ買ッテヤッタンダト、婆サンガ感ヅキヤシナイカナ」

「オ婆チャンハアノ時見テイラッシャラナカッタワ、ドン〳〵歩イテ先ノ方へ行ッテラッシャイマシタワ」

ヤッパリソウダッタナト予モ思ウ。

…………………………

十九日。日曜デアルニモ拘ラズ、浄吉ガ午後羽田カラ立ツ。颯子モスグ後カラヒルマンデ出カケル。颯子ノ運転デハ危ナガッテ家ノ者ハメッタニ乗ラナイ。自然彼女ノ専用ニナッテイル。彼女ハ夫ヲ見送リニ行クノデハナイ。スカラ座へアラン・ドロンノ「太陽ガイッパイ」ヲ見ニ行クノデアル。今日モ多分春久ト一緒ラシイ。経助ガヒトリ家デションボリシテイル。今日辻堂カラ陸子《くがこ》ガ子供達ヲ連レテ来ルノデ、ソレヲ心待チニシテイルラシイ。

午後一時過ギ杉田氏来診。コレハ予ガアマリ痛ガルノデ、兎モ角モト佐々木看護婦ガ心配シテ電話シタノデアル。東大梶浦内科ノ診断デハ、今日デハ脳中枢ノ病巣ハ殆《ほとん》ドヨクナッテイル。ソレニ痛ミガアルト云ウノハ脳ノ方ノ病気デハナイ。僂麻質《りゅうまち》性モシクハ神経痛ノ如キモノニ変化シテイル証拠デアルト云ウ。杉田氏ノ意見デ、整形外科ノ方ヘ行ッテ見テ貰ッタラト云ウノデ、先日虎ノ門病院デレントゲンヲ撮ッタノデアルガ、頸椎ノ辺ニ曇リガアルシ、手ノ痛ミガソンナニ激シイノナラ、事ニ依ルト癌《がん》カモ知レナイト嚇カサレテ、頸椎ノ断層写真迄モ撮ラセタリシタ。幸イニシテ癌デハナカッタガ、頸骨ノ六番目ト七番目ガ変形シテイルト云ウ。腰椎モ変形シテイルガ、コノ方ハ頸程デナイト云ウ。手ガ痛ンダリ麻痺シタリスルノハソノセイデアルカラ、ソレヲ直スニハ滑リヤスイ板ヲ作ッテ下ニ滑車ヲ入レ、三十度クライノ傾斜面ニシ、最初ハ朝夕十五分間グライソノ上ニ寝、グリンソン氏式シュリンゲト称スルモノ（自分ノ首ノ寸法ニ合ワセテ特ニ医療器械屋ニ作ラセル一種ノ首吊リ器）ニ首ヲ入レ、体ノ重ミデ頸ガ引ッ張リ上ゲラレルヨウニスル。ソノ時間ト回数トヲダン〳〵ニ殖《ふ》ヤスヨウニシテ二三カ月モ続ケレバヨクナルダロウトノ事。コノ暑イノニ、予ハトテモソンナコトヲスル気ハナカッタガ、外ニコレト云ウ治療法モナイカラ、マアヤッテゴランナサイト杉田氏ハスヽメル。スルカドウカ分ラナイガ、大工ヲ呼ンデ滑リ台ト滑車ヲ作ラセ、医療器械屋ヲ招イテ首ノ寸法ヲ測ッテ貰ウコトニスル。

二時頃陸子ガ来ル。子供ヲ二人連レテイル。長男ハ野球カ何カニ出カケタソウデ来ナイ。秋子ト夏二ハ早速経助ノ部屋ヘ行ッテイル様子。三人デ動物園ヘ行ク計画ラシイ。陸子ハ予ニチョット挨拶シタキリ、茶ノ間デ婆サント何カ頻リニ話シ込ンデイル。イツモノコトデ珍シクモナイ。

今日ハ外ニ書クコトモナイカラ、コンナ時ニ少シ心ニアルコトヲ記シテミル。老年ニナルト誰デモソウカモ知レナイガ、近頃予ハ一日トシテ自分ノ死ノコトヲ考エナイ日ハナイ。尤モ予ノ場合ハ近頃ドコロデハナイ。随分古ク、二十台グライカラダガ、近頃殊ニ甚シクナッタ。「今日己ハ死ヌンジャナイカナ」ト、日ニ二三度ハ考エル。ソレハ必ズシモ恐怖ヲ伴ワナイ。若イ時ハ非常ナ恐怖感ヲ伴ッタガ、今デハソレガ幾分楽シクサエアル。ソノ代リ、自分ノ死ヌ時ヤ死後ノ光景ヲ微ニ入リ細ニ亙ッテ空想スル。告別式ハ青山斎場ナドヘ持ッテ行カナイデ、コノ家ノ庭ニ面シタ十畳ノ間ニ棺ヲ安置スル。ソウスレバ会葬者ハ表門カラ中門ヲ通ッテ飛石伝イニ焼香ニ来ルノニ便利デアル。笙篳篥《しょうひちりき》ノヨウナモノヲ鳴ラサレルノハ迷惑ダケレドモ、誰カ一人、富山清琴ノヨウナ人ニ「残月」ヲ弾イテ貰ウ。

　磯辺ノ松ニ葉隠レテ、沖ノ方ヘト入ル月ノ、
　光ヤ夢ノ世ヲ早ウ、覚メテ真如ノ明ラケキ、月ノ都ニ住ムヤラン。……

ト、清琴ノ声デ唄ッテイルノガ聞エテ来ルヨウナ、モウ死ンデイル筈《はず》ダガ、死ンデモ聞エテ来ルヨウナ気ガスル。婆サンノ泣ク声モ聞エル。五子《いっこ》モ陸子モ予トハ反リガ合ワナイデ喧嘩バカリシテイタガ、ヤハリ声ヲ挙ゲテ泣ク。颯子ハキット平気ダロウナ。ソレトモ案外泣クカ知ラ。セメテ真似グライハシテミセルカ知ラ。死ニ顔ハドンナ顔ニナルダロウカ。ナルベク今ノ程度ニハ太ッテイテ貰イタイナ。少シ憎体《にくてい》ニ見エルク

ライニ。………

「オ爺チャン、………」

コ、マデ書イタラ、不意ニ婆サンガ陸子ヲ連レテ這入ッテ来タ。

「陸子ガ何カオ爺チャンニオ願イガアルンデスッテ」

陸子ノオ願イト云ウノハコウデアル。長男ノ力《つとむ》ガ、マダ大学ノ二年生デ早過ギルノダケレドモ、恋人ガ出来テ結婚サセテクレト云ウノデ、許スコトニシタ、ガ、若イ二人ヲアパートナドニ別居サセテオクノハ不安デアルカラ、力ガ卒業シテ就職スルマデハ手許ニオイテ夫婦生活ヲサセヨウト思ウ。ソウナルト今ノ辻堂ノ家ハアマリニ狭イ。ソレデナクテモ陸子夫婦ニ子供ガ三人デ、狭過ギテ困ッテイタ。ソコヘ嫁ガ来レバ、イズレ赤ン坊モ生レル。ツイテハコノ際今少シ広クテ近代的様式ノ家ニ移リタイ。同ジ辻堂ノ中デ五六丁離レタ所ニオ誂《あつら》エ向キノ家屋ガ一軒売リ物ニ出タノデ、何トカシテソレヲ買イタイノダガ、ソレニハ金ガ二三百万足リナイ。百万グライハドウニカナルガ、ソレ以上ハ目下ノトコロ工合ガ悪イ。勿論ソレヲオ爺チャンニ出シテ下サイナンテ云ウンジャナイ。銀行デ借リルツモリデアルガ、差当リソノ利息ダケ二万円ホド助ケテモラエマイカ。ソレモ来年中ニハオ返シシマスト云ウ。

「株ヲ持ッテル筈ジャナイカ、アレヲ売ル訳ニ行カナイノカ」

「アレヲ売ッタラ、ソレコソアタシタチ一文ナシニナッチャウワ」

「ソウヨホントニ、アレダケハ手ヲツケナイ方ガイイ、ヨ」
ト、婆サンガ助ケ舟ヲ出ス。
「エヽ、何カノ時ノ用心ニアレハ取ットク積リナノ」

「何云ッテルンダイ、オ前ノ亭主ハマダ四十台ジャナイカ。今ノ若サデソンナ意気地ノナイコトデドウスル」

「陸子ハ嫁ニ行ッテカラ今マデ一度モコンナ話ヲ持ッテ来タコトハアリマセン。今度始メテナンデス。聴イテオヤリニナッタライカヾ」

「二万円ト云ウケレドモ、三月経ッテ利息ガ払エナカッタラドウスル」

「マアソノ時ハソノ時ノコトニシテ」

「ソレジャ際限ガナイカラ困ルナ」

「鉾田《ほこた》サンダッテ必ズ御迷惑ハカケマセン、グズ〳〵シテルト売レチマウカラ一時助ケテイタヾキタイト云ッテルンデス」

「利息ノ金グライ、オ婆チャンドウニカナラナイノカ」

「アタシニ出サセルナンテ、ヒドイワ。颯子ニハヒルマンヲ買ッテオヤリニナルノニ」

ソウ云ワレタノガグット来テ、予ハハッキリト断ル決心ガツイタ。却ッテ気持ガサバ〳〵シタ。

「マア考エテオクコトニシヨウ」

「今日御返事ガイタヾケナインデスカ」

「コノトコロイロ〳〵ト出銭《でせん》ガ多クッテネ」

ブツ〳〵云イナガラ二人ハ出テ行ッタ。

飛ンダトコロニ邪魔ガ這入ッテ腰ヲ折ラレタ。サッキノ話ヲモウ少シ続ケル。

五十台クライマデハ死ノ予感ガ何ニモ増シテ恐シカッタガ、今デハソンナコトハナイ。モハヤ人生ニ疲レタ、トデモ云ウノダロウカ、イツ死ンデモイイ、気ガシテイル。先日虎ノ門病院デ断層写真ヲ撮ラレタ時、癌カモ知レナイト云ワレテ附添ノ婆サンヤ看護婦ハ色ヲ失ッタヨウデアルガ、予ハマッタク平気ダッタ。コンナニモ平気デイラレルノガ意外ダッタ。長イ〳〵人生モコレデイヨ〳〵終ルノカナト、イクラカホットシタクライダッタ。ダカラ生ニ執着スル気ハ少シモナイガ、デモ生キテイル限リハ、異性ニ惹カレズニハイラレナイ。コノ気持ハ死ノ瞬間マデ続クト思ウ。九十ニナッテモ子ヲ産ンデミセルト云ウ久《く》原《はら》房《ふさ》之《の》助《すけ》ノヨウナ精力ハナク、既ニ全ク無能力者デハアルガ、ダカラト云ッテイロ〳〵ノ変形的間接的方法デ性ノ魅力ヲ感ジルコトガ出来ル。現在ノ予ハソウ云ウ性欲的楽シミト食欲ノ楽シミトデ生キテイルヨウナモノダ。ソウ云ウ予ノ心境ヲ、颯子ダケハオボロゲニ察知シテイルラシイ。コノ家ノ中デ、ソレヲ知ッテイルノハ颯子ダケダ。他ノ者ハ一人モ知ラナイ。颯子ハ少シズツ間接的方法デ試シテ見、ソノ反応ヲ見テイルラシイ。

予ガ我ナガラキタナラシイ皺クチャ爺デアルコトハ自分デモヨク知ッテイル。夜寝ル時ニ義歯ヲ外シテカラ鏡デ見ルト実ニ不思議ナ顔ヲシテイル。上顎《うわあご》ト下顎トニ自分ノ歯ハ一本モナイ。歯齦《はぐき》モナイ。口ヲ結ブト上唇ト下唇ガペチャンコニ喰ッ着キ、ソノ上ニ鼻ガ垂レ下ッテ来テ頤《あご》ノ方マデ落チテ来ル。コレガ自分ノ顔ナノカト呆レザルヲ得ナイ。人間ハオロカ、猿ダッテコンナ醜悪ナ顔ハシテイナイ。コンナ顔デ女ニ好カレヨウナンテ馬鹿ナコトヲ思ウ訳ハナイ。ソノ代リ、全クソンナ資格ノナイ老人デアルコトヲ自分ミズカラモ認メテイルニ違イナイト、ソウ思ッテ世間ガ安心シテイルトコロガ附ケ目デアル。附ケ目ニ乗ジテドウスルト云ウ資格モ実力モナイケレドモ、安心シテ美人ノ傍ニ寄ルコトハ出来ル。自分ニハ実力ガナイ代リニ、美女ヲ美男ニ嗾《けしか》ケテ、家庭ニ紛紜《ふんぬん》ヲ起サセテ、ソレヲ楽シムコトハ出来ル。……

二十日。……浄吉ハ今デハ颯子ヲソンナニ愛シテハイナイヨウニ見エル。経助ヲ生ンデカラ後次第ニ愛情ガ冷メタノカ知ラン。何シロ出張旅行ガ多イシ、東京ニイテモ宴会ガ多クテ夜ガオソイ。外ニ誰カ出来タノカモ知レナイガ、ソノ点ハ確カデナイ。今デハ女ヨリモ仕事ノ方ガ面白クッテ溜ラナイラシクモアル。昔ハ随分熱烈ナ仲ダッタ時代モアルノニ、飽キッポイノハ親譲リカモ知レナイ。

予ハ放任主義ダカラ敢《あえ》テ干渉シナカッタガ、婆サンハ颯子トノ結婚ニハ反対ダッタ。N・D・Tノ踊リ子ダト云ッテタケレド、日劇ニイタノハホンノ半年グライデ、ソノ後何ヲシテイタノカ、浅草辺ニイタコトモアルラシイシ、ドコカノナイトクラブニモイタラシイ。

「君ハトウダンスハシナイノカネ」

ッテ聴イタラ、

「トウダンスハヤリマセン。バレリーナニナロウト思ッテ、バーレッスンヲ一二年受ケタコトガアルノデ、チョットグライ立ツコトハ立テタンデスガ、サア今デモ立テルカ知ラ」

ッテ、ソンナ話ヲシタコトガアッタ。

「折角ソコマデ習ッタノニナゼ止メタンダネ」

「ダッテ、トテモ足ガ変形シチャッテ醜ク、ナルノヨ」

「ソレデ止メタノカネ」

「アタシ、足ガアンナニナルノハイヤダワ」

「ドンナニナルノサ」

「ドンナニナルッテ、ソリャヒドイノヨ。足ノ趾《ゆび》ニ全部胼胝《たこ》ガ出来チャッテ、腫《は》レ上ッテ爪モ何モナクナッチマウノヨ」

「今デハ綺麗ナ足ジャナイカ」

「ホントウハモット綺麗ナ足ダッタノヨ。ソレガトウダンスノ胼胝ノオ蔭デスッカリ穢クナッチャッタンデ、トウヲ止メテカラ一生懸命モトノヨウニシヨウト思ッテ、毎日々々軽石ダノ鑢《やすり》ダノイロンナモノデ擦《こす》ッタノヨ。ソレデモ未ダニ前ノヨウニハナラナイワ」

「ドレドレ、チョットオ見セ」

ハカラズモ予ハ彼女ノ素足ニ触レ得ル機会ヲ摑《つか》ンダ。彼女ハソファニ両足ヲ伸バシ、ナイロンノ靴下ヲ脱イデ見セタ。予ハソノ足ヲ自分ノ膝ノ上ニ載セ、五本ノ趾ヲ一本々々握ッテ見タ。

「触《さわ》ッテ見ルト柔イゼ、胼胝ナンカ

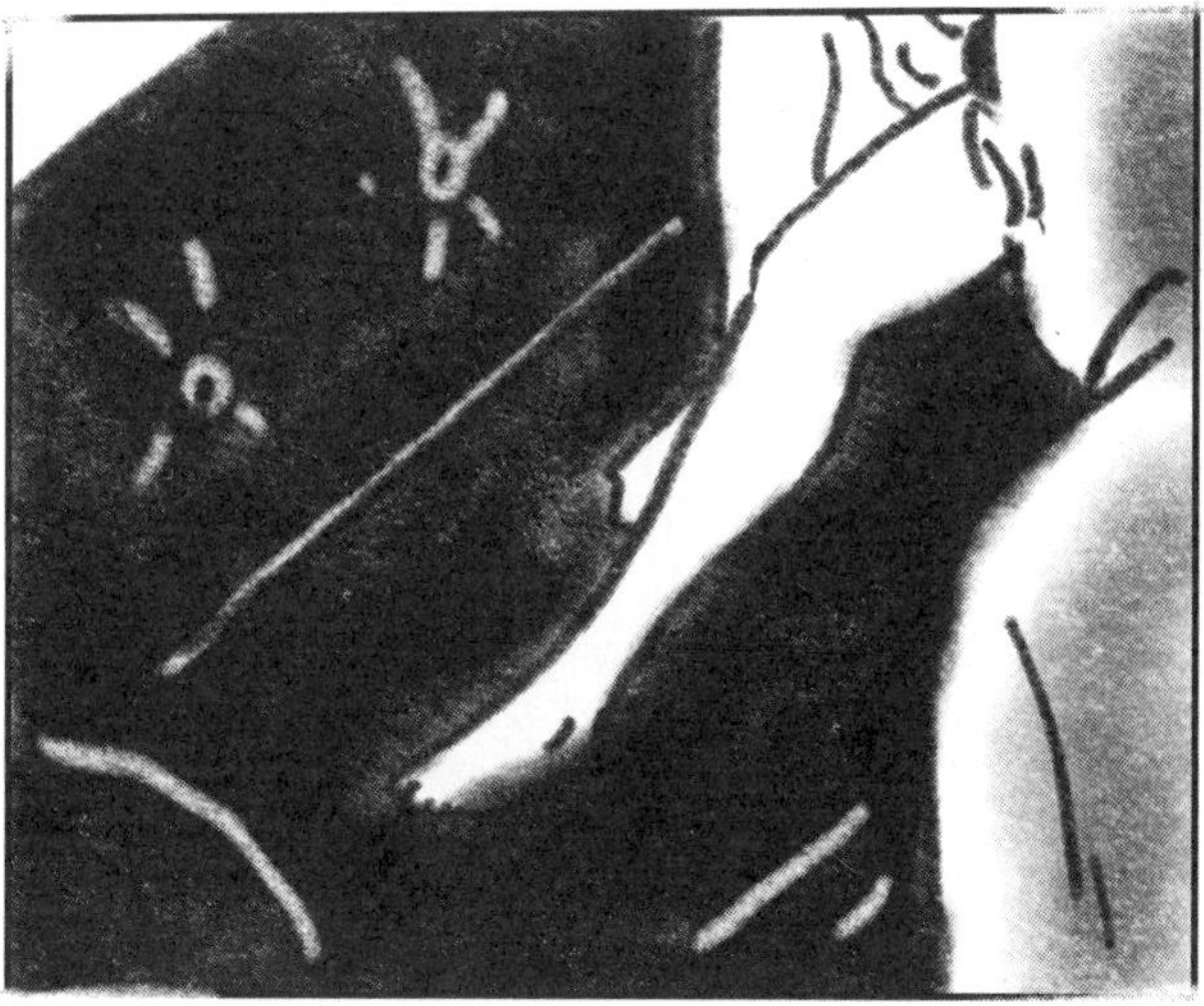

アリヤシナイジャナイカ」

「モットヨク触ッテ見テヨ。ソコヲグウット押シテ見テ」

「ア、コ、？」

「ネ？　マダ直リキッチャイナイワ。バレリーナナンテ、足ノコトヲ考エルト見ラレタモンジャナイワ」

「レペシンスカヤモソンナ足ヲシテルノカネ」

「勿論ヨ、アタシダッテ練習中ハ靴カラタラ〳〵血ヲ出シタコトガ何度モアッタワ。足バカリジャナイ、コ、ノ脹脛《ふくらはぎ》ダッテフックラシタ肉ガナクナッチマッテ、労働者ノ脚ノヨウナグリ〳〵ガ出来ルワ。胸モペッタリシテオ乳ナンゾナクナッチマウシ、肩ノ筋肉モマルデ男ミタイニコチ〳〵ニナルワ。ステージダンサーデモ幾分カソウナルケレドモ、アタシハ幸イニシテナラナカッタワ」

浄吉ガ彼女ニ魅セラレタノハ彼女ノ姿態ニアルコトハ確カダガ、ロク〳〵学校モ出テイナイノニ、頭モ悪クハナイラシイ。負ケズ嫌イナノデ、家ヘ来テカラ勉強シテフランス語ヤ英語モ片言《かたこと》グライハシャベレルヨウニナッタ。自動車ヲ運転シタガッタリ拳闘ヲ愛シタリスル一面、ガラニモナク生花ガ好キデ、京都ノ一草亭ノ娘婿ガ週ニ二回、イロ〳〵珍シイ花ヲ持ッテ東京ヘ出テ来テ教エルノデ、ソノ人ニ就《つ》イテ去風流ヲ習ッテイル。今日ハ予ノ部屋ニ青磁ノ水盤ニ縞ス、キト三白草ト泡盛草ガ活ケテアル。ツイデナガラ幅《ふく》ハ長尾雨山《ながおうざん》ノ書デアル。

柳絮飛来客未㆑還
鶯花寂莫夢空残
十千沽得京華酒
春雨闌干看㆓牡丹㆒

二十六日。昨夜冷奴《ひやゝっこ》ヲ食べ過ギタノガ悪カッタト見エテ夜半ヨリ苦シミ出シ二三度下痢スル。エンテロビオフォルムヲ三錠服用シタガマダ止マラナイ。今日一日寝タリ起キタリシテ暮ラス。

二十九日。午後ヨリ颯子ヲ誘イ明治神宮方面へドライブスル。隙ヲ狙ッテ出タ積リダッタガ、ワタクシモオ供イタシマスト、看護婦ガ見ツケテ附イテ来タノデ一向面白クナイ。一時間足ラズデ怱々《そうそう》帰宅。………

二日。数日前ヨリ又血圧ガ昇リ気味デアル。今朝ハ一八〇——一一〇。プルス百。看護婦ニスヽメラレテセルパシール二錠アダリン三錠飲ム。手ノ冷エ込ミト痛ミモマタ激シイ。可ナリ激シクテモソノタメニ寝ラレナイト云ウコトハメッタニナイノニ、昨夜ハ夜中ニ眼ガ覚メ、耐エ難イノデ佐々木ヲ起シ、ノブロンヲ注射シテ貰ウ。ノブロンハ利クコトハ利クケレドモ、アトノ気持ガ不快デアル。

「コルセットト滑リ台ガ出来テ参リマシタカラ、思イ切ッテヤッテ御覧ニナリマスカ」

気ハス、マナイガ、コノ調子デハ試験的ニシテ見ヨウカト云ウ気ニモナル。

三日。………試シニ頸ノコルセットヲ嵌メテミル。石膏デ出来テイテ、頸カラ頤ヲ突キ上ゲルヨウニシテアル。嵌メテモ痛イコトハナイガ、全ク首ヲ動カスコトガ出来ナイ。右ニモ左ニモ下方ニモ向ケル訳ニ行カナイ。ジット正面ヲ視ツメタママ、デイナケレバナラナイ。

「マルデ地獄ノ責メ道具ダナ」

日曜ナノデ、浄吉モ経助モ婆サンヤ颯子ト一緒ニ集ッテ見物シテイル。

「マアオ爺チャン、可哀ソウニ」

「ソンナ恰好ヲシテ何分グライ続ケルンデス」

「幾日グライヤレバイイ、ノ」

「オ止メニナッタ方ガヨクハナイ？　オ年寄ニハ残酷ダワ」

ミンナガ周リデガヤ〳〵云ッテルノガ聞エル。振リ向ケナイカラ顔ハ見エナイ。

結局コルセットハ止メルコトニシ、滑リ台ニ寝テ頸ノ牽引ダケヲスルコトニスル。所謂グリンソン氏式シュリンゲト云ウ奴デアル。最初ハ朝夕十五分ズツ。コレハコルセットヨリ柔イ布デ頤ヲ吊ルダケデアルカラ、コルセットホド窮屈デハナイガ、首ヲ動カセナイコトハ同ジデ、天井ヲ睨《にら》ンダママ、デアル。

「ハイ、十五分経チマシタ」

看護婦ガ腕時計ヲ見ナガラ云ウ。

「第一回ノ終リ」

経助ガソウ云ッテ廊下ヲ駆ケテ行ッタ。

十日。牽引ヲ始メテ今日デ一週間デアル。ソノ間ニ十五分ヲ二十分ニ伸バシ、滑リ台ノ傾斜ヲヤヽ急ニシテ頤ヲ一層引ッ張リ上ゲルヨウニスル。シカシ少シモ効験ガ現ワレナイ。手ノ苦痛ハ相変ラズデアル。看護婦ノ意見デハ、ヤッパリ二三カ月グライハ続ケナイト駄目カモ知レマセントノコト。予ニハソンナ辛抱ハオボツカナイ。夜、皆デ寄リ〳〵相談スル。老人ニハコノ療法ハ無理デアルカラ兎ニ角暑中ハ見合ワセテ、何カ他ノ方法ヲ考エタ方ガイヽ、或ル外人ニ聞イタンデスガアメリカンファーマシイニ神経痛ノ薬デドルシント云ウノガアルソウデス、根治スルコトハ出来ナイガ、三四錠ズツ一日ニ三四回服用スレバ必ズ痛ミダケハ取レル、奏効確実デアルト云イマスカラ買ッテ来マシタ、試シテ御覧ニナッタラト颯子ガ云ウ。婆サン曰ク、田園調布ノ鈴木サンニ鍼《はり》ヲシテオ貰イニナッタラドウ、鍼デ直ルカモ知レナイカラ頼ンデ見タラト。婆サン電話口デ長イ間シャベッテイル。鈴木氏曰ク、非常ニ忙シイノデ拙宅ヘオ越シ下サルコトヲ望ムガ、往診ノ場合ハ週ニ二三回ニシテ戴キタイ、拝見シナケレバ分ラナイガ、オ話ノ様子デハ多分治癒出来ルト思ウ、二三カ月ハカヽルデショウト。鈴木氏ニハ数年前ニ心臓ノ期外収縮ガ長ク続イテドウシテモ止マラナイデ困ッタ時ト、眩暈《めまい》デ苦シンダ時ニ治癒シテ貰ッタ経験ガアル。依ッテ今回モ来週カラ来診ヲ乞ウコトニスル。

予ハ元来健康ナ体質デアッタ。少年時カラ六十三四ニ達スルマデハ、肛門周囲炎ノ手術デ一週間程度入院シタ以外、病気ラシイ病気ハシタコトガナカッタ。六十三四歳ノ時高血圧症ノ警告ヲ受ケ、六十七八歳ノ時軽微ナ脳溢血デ一カ月程寝タガ、肉体的苦痛ト云ウモノハ知ラナカッタ。ソレヲ知ッタノハ数エ年七十七歳デ喜寿ヲ祝ッテカラデアル。最初ニ左ノ手カラ肘、次イデ肘カラ肩、次ニ足カラ脚、脚ノ方ハ左右両方デ、日増シニ運動ノ自由ヲ欠クニ至ッタ。コンナ風デ何楽シミニ生キテルノカト、人モ思ウダロウシ、自分デモ思ウコトガアルガ、幸イト云ッテイヽノカドウカ、不思議ナコトニ食欲ト睡眠ト便通トハ至ッテ満足ニ行ッテイル。アルコール類ト刺戟《しげき》物ト塩カライ物トハ禁ジラレテイルガ、食欲ハ常人以上デアル。ビフテキデモ鰻《うなぎ》デモ過度ニナラナイ程度ナラ差支エナイトノコトナノデ、何デモオイシク食ベテイル。睡眠モ常ニ寝過ギルホド寝、午睡ヲ合ワセレバ日ニ九時間カ十時間ハ寝ル。便通モ日ニ二回ハアル。従ッテ尿量ガ多ク、夜中ニ二回カ三回ハ起キルガ、ソノタメニ寝ソビレテ眼ガ冴エルナンテコトハ一度モナイ。半分夢ウツヽデ排尿シ、済マセレバ又直ググッスリ寝入ッテシマウ。手ノ痛ミデ眼ガ覚メルコトモタマニハアルガ大概半分ハ寝惚ケテイテ、痛イナト思イナガライツカ寝テシマウ。余程痛イ時ハノブロンヲ射シテ貰ッテ又直グ寝ル。ソウ云ウコトガ出来ルノデ予ハ今日マデ生キテ来ラレタノデアル。サモナカッタラ疾《と》ックニ死ンデイタカモ知レナイ。

「手ガ痛イダノ歩ケナイダノト云イナガラ、結構生活ヲ享楽シテイラッシャルジャアリマセンカ。痛イナンテ嘘デショウ」
ト云ウ人モアルガ、嘘デハナイ。タヾ痛イノガ激シイ時トソウデナイ時トアリ、一定ノ状態デ持続セズ、全ク痛マナイ時モアル。天候ヤ湿気ノ加減デイロ〱ニナルラシイ。

オカシナコトダガ、痛イ時デモ性欲ハ感ジル。痛イ時ノ方ガ一層感ジル、ト云ッタ方ガイ、カモ知レナイ。或ハ又痛イ目ニ遇ワセテクレル異性ノ方ニヨリ一層魅力ヲ感ジ、惹キツケラレル、ト云ッタ方ガイ、カ。

コレモ一種ノ嗜虐的傾向ト云エバ云エヨウ。若イ時カラソウ云ウ傾向ガアッタトハ思ワナイガ、老年ニ及ンデダン〱トコンナ工合ニナッテ来タ。

コ、ニ同程度ニ美シイ、同程度ニ予ノ趣味ニ叶ッタ異性ガ二人イルトスル。Aハ親切デ正直デ思イ遣《や》リガアリ、Bハ不親切デ嘘ツキデ人ヲ欺《だま》スコトガ上手ナ女デアルトスル。ソノ場合ドチラニ余計惹カレルカト云エバ、近頃ノ予ハAヨリBニ惹カレルコトハ先《ま》ズ確カデアル。但シ美シサニ於テAヨリBガ少シデモ劣ッテイタノデハイケナイ。美シサト云ッテモ予ニハ予ノ好ミガアルカラ、顔ヤ体ノ種々ナ点ガソレラニ合致シテイナケレバ駄目ダ。予ハ鼻ガ長クテ高スギル顔ハ嫌イダ。何ヨリモ足ガ白クテ、華奢デアルコトガ必要ダ。ソノ他サマ〴〵ナ美点ガ相互ニ等シイ場合、悪イ性質ノ女ノ方ニ余計魅セラレル。時ニ依ルト顔ニ一種ノ残虐性ガ現ワレテイル女ガアルガ、ソンナ

ノハ何ヨリ好キダ。ソンナ顔ノ女ヲ見ルト、顔ダケデナク、性質モ残虐デアルカノヨウニ思イ、又ソウデアルコトヲ希望スル。昔ノ沢村源之助ノ舞台顔ニハソノ感ジガアッタ。フランス映画ノ「悪魔ノヨウナ女」ノ中ノ女教師ニナッタシモーン・シニョレノ顔、近頃評判ノ炎《ほのお》加世子《かよこ》ノ顔等モソウダ。コレラノ婦人達ハ実際ニハ善良ナ婦人ナノカモ知レナイガ、モシ本当ニ悪人デアリ、ソレト同棲――ハ出来ナイマデモ、セメテ身近ニ住ミ、接近スルコトガ出来タラドンナニ幸福デアロウカト思ウ。………

十二日。………悪イ性質ノ女デモ、ソノ悪サガ露骨ニ見エルノハイケナイ。

悪ケレバ悪イホド怜悧《れいり》デアルコトガ必須条件デアル。悪サニモ限度ガアリ、盗癖、殺人癖等ハ困リモノダケレドモ、ソレモ一概ニハ云エナイ。予ハコノ女ハ枕サガシダト分ッテモ、却テソノタメニ興味ヲ惹カレテ、枕サガシヲ承知ノ上デ関係ヲ結ブ、ソノ誘惑ニ抗シカネルヨウナ気ガスル。

大学時代ノ予ノ同窓ニ山田湿ト云ウ法学士ガアッタ。大阪ノ市役所ニ勤メテ、疾ウニ故人ニナッタガ、コノ男ノ父ハ古イ弁護士カ代言人デ、明治初年ニ高橋オ伝ノ弁護ヲ勤メタコトガアッタ。ソシテ悴《せがれ》ノ湿ニシバ〳〵オ伝ノ美シサニツイテ語ッタコトガアルソウダ。ナマメカシイト云ッタライヽノカ、色ッポイト云ッタライヽノカ、己ハ今マデニアンナ妖艶ナ女ヲ見タコトガナイ、妖婦ト云ウノハ正《まさ》シクアンナ女ノコトヲ云ウンダロウナ、アンナ女ニナラ殺サレタッテイヽト思ッタト、湿ノ父親ハイツモ悴ヲ摑マエテヨク〳〵感ニ耐エタヨウニ云イ暮ラシタソウダ。予ハコレ以上生キナガラエテイタトコロデ格別ノコトモナイノダカラ、モシ今ノ世ニオ伝ノヨウナ女ガ現ワレタラ、ムシロソノ女ノ手ニカヽッテ殺サレタ方ガ幸福カモ知レナイ。少クトモコンナ生殺シノヨウナ手足ノ痛ミヲ怺エナガラ生キテイルヨリ、ヒト思イニ残酷ナ殺サレ方ヲシテ見タクモアル。

予ガ瘋子ヲ愛スルノハ、彼女ニイクラカソンナ幻影ヲ感ズルセイデアロウカ。彼女ハチョット意地ガ悪イ。チョット皮肉デアル。ソシテチョット嘘ツキデアル。姑ヤ義理ノ姉妹達トアマリ折リ合イガ良クナイ。子供ニ対スル愛情ガ薄イ。結婚シタテハソレホドデモナカッタノダガ、コノ三四年目立ッテソンナ風ニナッタ。コレハ幾分予ガケシカケテ、左様ニシムケタ気味合イモアル。彼女ハ本来ソンナニ悪イ性質デハナイ。今デモ本心ハ善良ナノデアロウガ、イツノマニカ偽悪趣味ヲ覚エ、ソレヲ自慢ニスルヨウニナッタ。ソウシタ方ガコノ老人ノ気ニ入ルコトヲ看テ取ッタカラデアロウ。予ハ何故カ実ノ娘達ヨリモ彼女ノ方ヲヨリ多ク可愛ガリ、彼女ガ彼女達ト仲良クスルノヲ好マナイ。彼女ガ彼女達ニ意地悪ヲスレバスルホド彼女ニ魅セラレル。コンナ心理状態ニナッタノハ最近デアルガ、ソレガマス／＼極端ニナリツヽアル。病苦ヲ怺エルト云ウコトガ、正常ナ性ノ快楽ガ享受出来ナイト云ウコトガ、人間ノ根性ヲ斯《か》クモヒネクレサセルノデアロウカ。ソウ云エバ、先日家庭内デコンナイザコザガアッタ。経助ハ既ニ七歳ニナリ小学一年生ニナルノニ、ソノ後アトガ生レナイ。コレハ颯子ガ不自然ナ方法デ生マナイヨウニシテルノデハナイカ、ドウモソウラシイト云ウ疑イヲ、婆サンハ抱イテイルノデアル。予モ恐ラクソウデハナイカト、心中デハ思ッテイルノダガ、ソンナコトハナイダロウト、婆サンノ前デハ否定シテイタ。婆サンハ溜リカネテソノコトヲ浄吉ニ訴エルコト再三ニ及ンダラシイガ、

「ソンナコトハアリマセンヨ」

ト、浄吉ハ笑イニマギラシテ相手ニシナイ。

「キットソウニ違イナイヨ、アタシニハチャント分ッテイマス」

「アハハハハ、ソンナラ颯子ニ聴イテ御覧ナサイ」

「笑ウ人ガアリマスカ。コレハ真面目ナ話デスヨ。オ前サンガ颯子ニ甘スギルノガイケナインダヨ、スッカリ舐メラレテルンダカラ」

トウ〳〵浄吉ニ呼ビツケラレテ颯子ガ婆サンニ弁明スル段ニナッタ。トキ〴〵颯子ノ甲高イ声ガ洩レタ。一時間ホド揉メテイタガ、シマイニオ爺チャン、チョットイラシッテ下サイト、婆サンガ予ヲ呼ビニ来タ。シカシ予ハ行カズニシマッタノデ、委《くわ》シイ様子ハ知ラナイガ、アトデ聞クト、余リ嫌味ヲ云ワレタノデ却テ颯子ガ反撃シタ。

「ワタクシハソンナニ子供ガ好キジャゴザイマセンノ」

トカ、

「死ノ灰ガ降ルッテ云ウノニ沢山生ンダッテ仕様ガナイジャアリマセンカ」

トカ云ッタリシタ。婆サンモナカ〳〵負ケテハイズ、オ前サンハ御亭主ノコトヲワタシノ蔭デハ「浄吉々々」ト呼ビ捨テニシテルジャナイカ、浄吉モオ前サンノコトヲワタシノ前デハ「オ前」ト云ッテイルケレド、外ノ人ノ前デハ「君」ト云ッテイルジャナイカ、アレモオ前サンガ亭主ニソウ云ワセテイルンダロウト、飛ンダトコロヘ議論ガ脱線シテ果テシガツカナイ。モウソウナルト婆サンモ颯子モイキリ立ッテ、浄吉デハ手ガツケラレナイ。

「ソンナニワタクシドモガ嫌イナラ、イッソ別居サセテ戴キマショウヨ。ネエアナタ、ソウシヨウジャナイノ」

ソウ云ワレルト婆サンハ二ノ句ガ継ゲナイ。トテモソンナコトヲ予ガ許ス筈ガナイコトヲ、婆サンモ颯子モ知ッテイルカラデアル。

「オ爺チャンノオ世話ハ、オ婆チャント佐々木サンニオ願イスレバイ、ジャナイノ。ネエアナタ、ソウシマショウヨ」

婆サンガスッカリ凹ンダノヲ見テ、颯子ガイヨ〱図ニ乗ッテ云ッタ。ソレデ結着ガツイテシマッタ。見テイタラサゾ面白カッタロウト、予ハアトデ残念ニ思ッタ。

「モウ入梅モ明ケルンデショウネ」

ト、今日モ婆サンガ這入ッテ来タ。先日ノ諍《いさかい》ガマダ頭ニ残ッテイテ、少シイツモヨリ萎《しょ》ゲテイル。

「今年ハソノ割ニ雨ガ降ラナカッタジャナイカ」

「モウ今日ハ草市デスヨ。ソレデ思イ出シタンデスガ、オ墓ノコトハドウナサルノ」

「ソウ急グコトハナイサ。己ハコノ間モ云ッタ通リ、自分ノ墓ハ東京ノ墓地デハ嫌ダ。己ハ江戸ッ子ダガ、近頃ノ東京ハ好キジャナインダ。東京ニ墓ナンカ作ッタラ、ドンナ時ニドンナ都合デドンナ所ヘ移転サセラレルカ分ッタモンジャナイ。多磨墓地ナンテ東京ノ感ジガシナイ。アンナ所ニ埋メラレタクナインダ」

「ソレハ分ッテマスケレド、京都ニナサルニシタッテ、来月ノ大文字マデニハ決メルッテオッシャッテタデショウ」

「マダ一カ月アルンダカライイ、サ。浄吉ニデモ行ッテ貰ウサ」

「御自分デ御覧ニナラナクッテモイイ、ンデスカ」

「コノ暑イノニコノ体デハ行ケソウモナイ。オ彼岸マデ延バスコトニシヨウカ」

予等夫婦ハ二三年前ニ戒名ヲ附ケテ貰ッタ。予ノ戒名ハ琢明院遊観日聡居士、婆サンノ戒名ハ静皖院妙光日舜大姉デアルガ、予ハ日蓮宗ガ嫌イナノデ、浄土カ天台ニ変エタイト思ッテイル。日蓮宗ガ嫌イデアル主ナ理由ハ、仏壇ニ、頭ニ綿帽子ヲ載セラレタ泥人形ノヨウナ日蓮上人ノ像ガ飾ッテアッテ、ソレヲ拝マセラレルカラダ。出来レバ京都ノ法然院カ真如堂アタリヘ埋メテ貰イタイ。

「只今」

ト云ッテ、ソコヘ颯子ガ這入ッテ来タ。午後五時頃デアル。バッタリ婆サント出会ッタノデ、コレモ特別ニ馬鹿丁寧ナオ辞儀ヲシテイル。婆サンハ直グ姿ヲ消シタ。

「今日ハ朝カライナカッタネ、ドコヘ行ッテタンダ」

「方々買イ物ヲシテ廻ッテ、春久サントホテルノグリルデ食事ヲシテ、エトランゼデ服ノ仮縫イヲシテ、ソレカラ又春久サント落チ合ッテ有楽座デ『黒イオルフェ』ヲ見タリシテ……」

「右ノ腕ガエラク日焦《ひやけ》シテイルネ」

「コレハ昨日逗子ヘドライブシタモンデスカラ」

「ヤハリ春久ト一緒カネ」

「エ、ソウ、春久サンハ駄目ナンデ、往復トモアタシガ運転サセラレチャッタノ」

「一カ所ダケ焦ケテルト白イノガ特ニ目立ツネ」

「右側ニハンドルガ附イテルカラ、一日乗リ廻ストコウナルノヨ」

「少シ上気《のぼ》セタヨウナ顔ヲシテルネ、興奮シテル見タイダナ」

「ソウカシラ。マサカ興奮モシナイケド、ブレノ・メロハチョット良カッタワ」

「何ダネ、ソレハ」

「『黒イオルフェ』ノ黒人ノ主役ヨ。ギリシャ神話ノオルフェノ伝説ヲモトニシテ、リオ・デ・ジャネイロノカーニヴァルノ時ノ黒人ヲ主役ニシテ作ッタ映画ナノ。ミンナ黒人ノ俳優バカリ使ッテアルノ」

「ソレガソンナニイイ、ノカネ」

「ブレノ・メロッテノハサッカーノ選手上リデ、素人ナンデスッテ。映画デハ都電ノ運転手ニナッテルノ。運転シナガラトキ〴〵往来ノ女ノ子ヲ見テウインクスルノ。ソノウインクガ凄クイカスノヨ」

「己ガ見タッテ面白クモナサソウダナ」

「アタシノタメニ見テ下サラナイ？」

「オ前ガモ一度連レテッテクレルカ」

「アタシガオ供スレバ見テ下サル？」

「ウン」

「エ、何度デモ。——ト申シマスノハネ、アノ顔ヲ見テルト、昔アタシガ贔屓ニシテイタレオ・エスピノザヲ思イ出スンデスノ」

「又変ナ名前ガ出テ来タジャナイカ」

「エスピノザッテノハフライ級世界選手権ノタイトル・マッチニモ出タコトノアル、フィリッピンノボクサーナノ。ヤッパリ黒人デ、ブレノ・メロホド美男ジャナイケレド、ドコカ感ジガ似テルノヨ。ウインクスル時ノ感ジガ殊ニ似テルワ。今モエスピノザハイルケレド、モウ昔ホド良クハナイノ。昔ハホ

ントニヨカッタワ。アタシアレヲ思イ出シチャッタワ」

「ボクシングハタッタ一ペンシカ見タコトガナイナ」
コ、ヘ婆サント看護婦トガ滑リ台ノ時間ガ来タコトヲ知ラセニ来タノデ、颯子ハ一層面当ガマシク誇張的ニ話シ出シタ。
「エスピノザハセブ島ノ黒人デ左ストレートガ得意ナノ。左ノ腕ガ真ッ直グニ伸ビテ、敵ヲ打ツト直グ又ソノ腕ヲ引ッ込メル。ソノシュッ、シュット、伸ビタ腕ヲ引ッ込メル早サト云ッタラナイノ。シュッ、シュッ、ト、トテモ美シイノヨ。攻撃ノ際ニピュー、ピューット口ヲ鳴ラス癖ガアッテ。相手ノストレートガ這入ルト、普通ハ上体ヲ右カ左ヘウイービングスルンダケレド、エスピノザハ上体ヲグット後ロニ反ラセルノ。体ガ妙ニ柔軟ナ感ジガスルノヨ」

「ハ、ア、オ前ガ春久ヲ贔屓ニスルノハ、色ノ黒イトコロガ黒人ニ似テルカラダナ」

「春久サンハ胸毛ガ一杯生エテルケレド、黒人ハ毛ガ少イワ。ソレデ全身ニ汗ヲ掻クト、肌ガツル〳〵ニ光ッテ非常ニ魅力的ニナルノヨ。アタシ、オ爺チャンヲ是非一ペンボクシングニ引ッ張ッテ行クワ」

「ボクサーニハ美男ハ少イダロウナ」

「鼻ガ潰レテル人ガ多イワ」

「レスリングトドッチガイイ、カナ」

「レスリングハ多分ニショウ的デ、ムヤミニ血ダラケニナッタリスルケレド、真剣味ガ乏シイワ」

「ボクシングダッテ血ガ出ルンダロウ」

「エ、、ソリャ出ルワヨ。口ヲ打タレテ血ダラケニナッテマウスピースガ三ツニ割レテ飛ンダリスルワ。ダケドレスリングノヨウニワザトジャナイカラ、アンナニ沢山ハ出ナイワ。大概ヘッディングト云ッテ、頭ガ相手ノ顔ノドコカニ打ツカッテ出ル場合ガ多イワ。ソレカラ瞼《まぶた》ガ切レル場合」

「若奥様ハソンナノヲ見ニイラッシャルンデスカ」
ト、佐々木ガ口ヲ挟ンダ。婆サンハサッキカラ呆レテ突ッ立ッタキリデアル。今ニモ逃ゲ出シソウニシテイル。
「アタシバカリジャナイ、女ガ沢山見ニ来テルワ」

「ワタクシダッタラ気絶シチマイマスワ」

「血ヲ見ルト多少興奮スルワネ。ソレガ又愉快ナノヨ」

予ハコノ話ノ途中カラ左手ガヒドク痛ムヨウニ感ジ始メタ。而《しか》モ痛ムノニ溜ラナイ快感ヲ覚エ出シタ。颯子ノ意地ノ悪ソウナ顔ヲ見ルト、イヨ〱痛ミガ増シ、イヨ〱快味ガ増シタ。………

2

十七日。昨夜盂蘭盆《うらぼん》ノ送リ火ヲ済マスト間モナク颯子ハ出カケテ行ッタ。夜ノ遅イ急行デ京都へ行キ、祇園会《ぎおんえ》ヲ見物スルノダト云ウ。コノ暑イノニ御苦労ナコトダガ、春久ガ御祭ヲ撮影スルノダト云ッテ昨日カラ行ッテイルノデアル。テレビノ一行ハ京都ホテル、颯子ハ南禅寺ニ泊リ、二十日ノ水曜ニ帰ルト云ッテイル。五子トウマク行ク筈ガナイカラ、ドウセホンノ泊メテ貰ウダケダロウ。……

「軽井沢へハイツイラッシャルノ。子供達ガ来ルトウルサクナリマスカラ、早イ方ガヨゴザンスヨ」

ト、婆サンガ云ウ。

「二十日ガ土用ノ入リデスッテ」

「ドウシヨウカナ、今年ハ。――去年ミタイニ長クイルノハ退屈ダナ。二十五日ニ実ハ颯子ト約束ガアルンダ。後楽園ジムニ全日本フライ級タイトルマッチガアルンダ」

「年寄ノ冷水ネ、ソンナ所へ出カケテ行ッテ怪我デモナサラナケレバイイ、ガ」

二十三日。………日記ヲ書クト云ウコトハ、書クコト自身ニ興味ガアルカラ書クノデアル。誰ニ読マセルタメデモナイ。視力ガ恐シク衰エタノデ、読書モ思ウニマカセズ、他ニ消閑ノ法モナイカラ、ヒマツブシニイクラデモ書ク気ニナル。読ミ易イヨウニ毛筆デ大キナ文字デ書ク。人ニ読マレテハ困ルカラ手提金庫ニ入レテアル。金庫ガモウ五箇ホドタマッタ。イズレハ焼イテシマッタ方ガイイ、ト思ウガ、遺シテ置クノモ悪クハナイ。時々前ノ日記ヲ取リ出シテ見ルト、ヒドク忘レッポクナッテイルノニ驚ク。一年前ノ出来事ガマルデ新シイ事実ノヨウニ感ゼラレ、興味津々尽キルトコロヲ知ラナイ。

去年ノ夏軽井沢ヘ行ッテイタ留守ニ寝室ト浴室ト便所トヲ作リ直サセタコトガアッタ。イクラ忘レッポイト云ッテモ、コノコトハヨク覚エテイル。シカシ去年ノ日記帳ヲ繰ッテ見ルト、コノ出来事ノ記載ガ詳細ヲ欠イテイル。今日ハコノコトヲ少シ委シク書キ留メル必要ガ起ッタノデ、モウ一度コ、ニ記ス。

去年ノ夏マデハ、予等夫婦ハ同ジ日本間ノ部屋ニ枕ヲナラベテ寝テイタガ、去年日本間ヲ板敷ニシテベッドヲ二台据エタ。ソシテ一台ハ予ノベッド、他ノ一台ニハ佐々木看護婦ガ寝ルコトニナッタ。婆サンハソレ以前カラモ時々自分ダケ茶ノ間デ寝テイタガ、ベッドニシテカラハ完全ニ別レ〳〵ニ寝ルヨウニナッタ。予ハ早寝早起キデ、婆サンハ寝坊デ宵ッ張リデアル。予ハ洋式便所ヲ可トスルノニ、婆サンハ日本式デナケレバ困ルト云ウ。ソノ他イロ〳〵医師ヤ看護婦ノ便宜ナドモ慮《おもんぱか》ッタ結果デアル。ソレデ寝室ノ右側ニ接シテイタ老夫婦専用ノ便所ヲ、予専用ノモノトシテ椅子式ニ改良シ、寝室ト便所トノ境界ノ壁ヲ刳《く》リ抜イテ、廊下ヘ出ナイデモ行ケルヨウニ、行ケ〳〵ニシタ。寝室ノ左隣ハ浴室デアル。コレモ去年大改造ヲ施シ、水槽カラ何カラ何マデタイル張リニシ、シャワーノ設備ヲシタ。コレハ専ラ颯子ノ註文ニ依ッタノデアル。ソシテ浴室ト寝室ノ間モ行ケ〳〵ニシタガ、コレハ必要ニ応ジテ浴室ノ内部カラ締マリガ出来ルヨウニシテアル。

ツイデニ記スト、便所ノ右隣ガ予ノ書斎（コノ間モ行ケ〳〵ニシテアル）、ソノ右ガ看護婦ノ部屋。看護婦ガ予ノ隣ノベッドニ寝ルノハ夜間ダケデ、昼間ハ普通自分ノ部屋ニイル。婆サンハ夜モ昼モ廊下ヲ曲ッタ茶ノ間ノ方ニ引ッ込ンデイテ、殆ド一日テレビヤラジオヲ聞イテイル。用ガナケレバメッタニ出テ来ナイ。浄吉夫婦ト経助ノ寝室ヤ居間ハ二階デアル。別ニ泊リ客ノタメニ寝室附キノ部屋ガ一ト間アル。若夫婦ノ居間ハ可ナリ豪華ニ飾ッテアルラシイガ、階段ノ中途ガ螺旋ニナッテイルノデ、足モトノ悪イ予ハタマニシカ上ッタコトガナイ。

浴室ヲ改造スル時ニ、チョット悶着ガアッタ。婆サンハ、浴槽ハ木製ニ限ル、タイルデハ冷メ易ク、冬ハツメタクテイケナイト云ウ説デアッタガ、コレモ颯子ノサジェッションニ従ッテ（婆サンニハ颯子ノ意見ト云ウコトヲ内証ニシテ）タイルニシタ。ケレドモコレハ失敗ダッタ。――イヤ、結局ハ成功ダッタノカナ。――ト云ウノハ、タイルニシテ見タラ濡レテイル時ツル〳〵滑リ易クッテ、老人ハ危クテ仕方ガナイ。婆サンモ一ペン流シ場デスッテンコロリト鮮カニ転ンダ。予モ浴槽デ足ヲ伸バシテイテ、急ニ起キ上ロウトシテ浴室ノ縁《ふち》ニ手ヲカケタラ、手ガ滑ッテ起キラレナイ。予ハ左ノ手ガ利カナイノデ、コウ云ウ時ニ寔《まこと》ニ不便ダ。流シ場ニハ木製ノ下《げ》司《す》板《いた》ヲ敷クコトニシタガ、浴槽ハイカントモスル訳ニハ行カナイ。

トコロデ昨夜コンナコトガアッタ。

佐々木看護婦ハ子持チナノデ、月ニ一二回子供ノ顔ヲ見ルタメニ子供ヲ預ケテアル親戚ノ家ニ泊リニ行ク。夕刻カラ出カケテ一泊シテ、翌日午前中ニ戻ッテ来ル。佐々木ノイナイ夜ハドウスルカト云ウト、婆サンガ代リニ佐々木ノベッドニ寝ルコトニシテアル。予ハ十時ニハ寝ル習慣デ、寝ル直前ニ入浴シ、浴後直チニ寝室ニ入ル。但シ入浴ノ助手ハ、婆サンハ転ンデカラ以後勤メナイノデ、颯子カ女中ガ勤メルノデアルガ、佐々木ノヨウニ上手ニ親切ニハ助ケテクレナイ。颯子ハ支度ダケハ甲斐々々シイガ、離レタトコロカラ見テイルダケデ、ロクニ何モシテクレナイ。スポンジデ背中ヲザット流スクライガ関ノ山デアル。湯カラ上ルト、ウシロカラタオルデ拭キ、ベビーパウダーヲ振リカケ、扇風機ヲカケテクレルガ、決シテ前ヘハ廻ラナイ。ソレガタシナミナノカ、気味ガ悪イセイナノカ、ドッチダカ分ラナイ。ソシテ最後ニバスローブヲ着セテクレテ、予ヲ寝室へ押シ込ンデカラ、自分ハ廊下へ出テ行ッテシマウ。アトハオ婆チャンノオ役目デ、ワタクシノ係リデハゴザイマセント、云ワンバカリデアル。予ノ心中ハ、タマニハ寝室モ彼女ガ勤メテクレルコトヲ望ンデ已マナイノデアルガ、婆サンガ待チ構エテイルセイカ、颯子ハ殊更ソッケナクスル。

婆サンダッテ、他人ノ寝台ノ上ニ寝カサレルコトヲ喜ンデハイナイ。シーツト掛ケ布団ヲスッカリ取リ替エテ、気味悪ソウニ横ニナル。婆サンモ年ノ加減デ尿ガ近イノデアルガ、洋式便所デハ出ルモノガ出ナイト云ッテ、夜中二三回遠クノ日本便所へ通ウ。オ蔭デ一ト晩ジュウ満足ニ寝ラレナイト云ッテコボス。イズレ近イウチニ、佐々木ノ留守ノ夜ハ颯子ガ勤メルヨウニナルト、予ハヒソカニ期待シテイル次第デアル。

今日ハ偶然ニソウナッタノデアルガ、午後ノ六時ニ今夜ハオ暇ヲ戴キマスト云ッテ、佐々木ガ子供ノ所へ行ッタ。スルト、夕食ヲ済マシタアトデ、婆サンガ急ニ気分ガ悪クナッテ茶ノ間デ臥《ふし》テシマッタ。自然入浴ト共ニ寝室ノ役目ガ颯子ニ廻ッタ。入浴ノ助手ヲスル時、彼女ハブリュウデエッフェル塔ノ模様ノ附イタポロシャツヲ着テ、膝ノトコロマデノトレアドルパンツヲ穿イテイルノガ、素晴ラシクスッキリト意気ニ見エタ。心ナシカ、イツモヨリ念入リニ流シテクレルヨウナ気ガシタ。首ノ周リダノ肩ダノ腕ダノ、トコロ〴〵ニチョイ〳〵手ガ触ッタ。予ヲ寝室ニ送リ込ンデシマウト、

「今スグ来マスカラ、チョット待ッテ、ネ。アタシモシャワーヲ浴ビマスカラ」

ト、自分ダケ浴室へ引ッ返シタ。予ハ三十分グライ一人デ寝室ニ待タサレテイタ。予ハ妙ニ落チ着カナイデ、寝台ニ腰掛ケテイタ。ト、ヤガテ彼女ハ行ケ〳〵ノ戸口カラ現レタガ、今度ハ鮭色《さけいろ》ピンクノサッカーノガウンヲ着テ、支那製ラシイ牡丹ノ刺繍ノアル繻子《しゅす》ノ室内履ヲ穿イテ来タ。

「オ待チ遠サマ」

彼女ガ這入ッテ来ルト同時ニ廊下ノドーアガ開イテ、女中ノオ静ガ二段ニ畳マレル籐椅子ヲカツギ込ンデ来タ。

「オ爺チャン、マダオ休ミニナラナインデスカ」

「今寝ルトコロダ。君ハソンナモノヲ担ギ込マセテドウスルンダ」

予ハ婆サンノイナイ所デハ、颯子ノコトヲ「オ前」ト呼ンダリ「君」ト呼ンダリスル。特ニ意識シテ「君」ト呼ブ場合ガ多イ。自分ノコトハ「己」ト云ッタリ「僕」ト云ッタリスルガ、二人キリノ時ハ自然「僕」ガ出ル。颯子ノ方モ二人キリダト変ニ言葉ガゾンザイニナル。ソレガ却テ予ヲ喜バス所以デアルコトヲ心得テイル。

「オ爺チャンハ早寝ダケレド、アタシハ当分寝ラレナイカラ、コレニ腰掛ケテ本デモ読ムワ」

彼女ハ籐椅子ヲ二段ニ伸バシテ長椅子ニシ、ソレニ臥《ね》コロンデ持ッテ来タ本ヲ広ゲタ。何カフランス語ノ教科書ラシイ。電灯ノスタンドヲ、予ニ光線ガ当ラヌヨウニ覆イヲ

懸ケテイル。彼女モ佐々木ノベッドヲ嫌ッテ、長椅子デ寝ル積リナノデアロウ。彼女ガ横ニナッタノデ、予モ横ニナッタ。予ノ寝室ニハ極メテ微カニ、手ニ痛ミヲ与エナイ程度ニ冷房ガ施シテアル。コノ数日来アマリ蒸シ暑ク、湿気ガ多イノデ、空気ヲ乾燥サセルタメニモ冷房シタ方ガイイ、ト、医師ヤ看護婦ガ云ウノデアル。予ハ寝タフリヲシナガラ、颯子ノガウンノ端カラ覗イテイル支那履《ぐつ》ノ小サク尖ッタ尖端ヲ見テイタ。コンナニ繊細ニ尖ッタ足ハ日本人ニハ珍シイ。

「オ爺チャン、マダ起キテラッシャルノネ、鼾《いびき》ガ聞エテ来ナイワ。オ休ミニナルト直グ聞エテ来ルッテ、佐々木サンガ云ッテタケド」

「今日ハドウシタノカ寝ツキガ悪イ」

「アタシガ傍ニイルカラジャナイ？」

答エズニイルト、クスット笑ッタ。

「興奮ナスッタラ毒ヨ」

ソシテ又云ッタ。

「興奮サセルトイケナイカラ、アダリンヲ飲マセタゲマショウカ」

颯子ガ予ニコウ云ウ種類ノコケトリーヲ云ウノハ始メテデアル。予ハソノ言葉ノタメニ興奮ヲ感ジタ。

「マサカソレニハ及バンサ」

「イヽワヨ、飲マセタゲルワヨ」

彼女ガ薬ヲ取リニ出テ行ッタ間ニ、予ハ又一ツノ楽シミヲ考エツイタ。

「サア、飲マセチャウ、二錠グライデイヽカ知ラ」

左ノ手ニ小皿ヲ持チ、右手デアダリンノ容器カラ二錠ヲ皿ノ上ニ落スト、次ニ浴室カラコップニ水ヲ運ンデ来タ。

「サア、口ヲアーント開ケテ。アタシガ飲マセタゲルンダカライヽジャナイノ」

「皿ナンカニ載セナイデ、君ノ手デ摘マンデ入レテクレナイカナ」

「ジャ、チョット手ヲ洗ッテ来ルワネ」

又浴室ヘ這入ッテ出テ来タ。

「水ガ零《こぼ》レルヨ、ツイデノコトニ口移シニシテクレナイカナ」

「駄目々々、図ニ乗ッチャ駄目」

パット予ノ口ノ中ヘ二錠、素早ク放リ込ンデ器用ニ水ヲ注ギ入レタ。予ハ薬ガ利イタト見セカケテ寝タフリヲスル積リダッタガ、ツイ本当ニ寝テシマッタ。

二十四日。夜中二時頃ト四時頃ニ便所ヘ行ッタ。颯子ハ果シテ籐椅子ニ寝テイタ。フランス語ノ本ヲ床ニ落シテ、スタンドヲ消シテアッタ。予モアダリンノ利キ目デ、二度便所ヘ行ッタコトヲ辛ウジテ記憶シテイル。朝ハ常ノ如ク六時ニ眼覚メタ。

「モウオ眼覚メ？」

朝寝坊ノ彼女ハ当然マダ寝テイルコトヽ思ッタラ、予ガ身動キヲシタ途端ニ上半身ヲ跳ネ起シタ。

「何ダ、モウ起キテタノカ」

「アタシコソ昨夜ハ寝ラレナカッタワ」

予ガ窓ノブラインドヲ上ゲルト、寝起キノ顔ヲ見ラレタクナイラシク、慌テヽ浴室ヘ逃ゲテ行ッタ。………

午後二時頃、予ガ書斎カラ寝室ニ戻ッテ約一時間午睡ヲシ、マダボンヤリトベッドノ中デ眼ヲ開ケテイル時、突然浴室ノ戸ガ半分ホド開イテ颯子ノ首ガ此方ヘ出タ。首ダケデ他ノ部分ハ見エナイ。ビニールノ帽子ヲ被ッタ顔ガ頭カラビショ〳〵ニ濡レテイル。シャワーノ音ガシャー〳〵聞エル。

「今朝ホドハ失礼。今浴ビテルトコロナノ、チョウドオ昼寝ノ時分ダト思ッテ覗イテ見タノ」

「今日ハ日曜ダッタッケナ、浄吉ハイナイノカ」

ソレニハ答エナイデ別ナコトヲ云ッタ。

「アタシシャワーノ時ダッテ、コヽヲ締メタコトハ一度モナイノヨ。イツモコヽハ開ケラレルノヨ」

予ノ入浴ハ午後九時過ギニ決マッテイルカラ、ト云ウ意味ナノカ、予ヲ信用シテイルカラト云ウノカ、見タケレバ見セタゲルカラ這入ッテラッシャイト云ウノカ、老イボレ爺サンノ存在ナンカ全然問題ニシテナイト云ウノカ、何ノタメニワザ〳〵ソンナコトヲ断ルノカ分ラナイ。

「浄吉ハ今日ハイルノヨ、今夜庭デバーベキューヲスルト云ッテ騒イデルノ」

「誰カ来ルノカ」

「春久サント甘利サント、辻堂カラモ誰カ来ルラシイワ」

陸子ハアレ以来当分来ル筈ガナイ。来ルトスレバ子供達ダケダロウ。

…………………………………………

二十五日。昨夜ハ大失敗ヲシタ。庭デバーベキューガ始マッタノハ夕刻六時半頃ダッタガ、賑カデ景気ガヨサソウナノデ、予モツイ若イ者タチノ中ヘ参加スル気ニナッタ。今時分カラ芝生ノ上ニ坐ッタリシテ、冷エルトイケナイカラオ止シナサイト、婆サンハ頻ニ止メタガ、

「オ爺チャン、チョットイラッシャイヨ」

ト、颯子ガスヽメタ。予ハ彼等ノ貪《むさぼ》ル羊ノ肉ダノチキンノ手翅《てば》ナドニハ一向食欲ヲ感ジナイノデ、ソンナモノヲ喰ウ積リハナカッタ。実ハソレヨリモ、春久ト颯子トガドンナ工合ニ接触スル

カ、ソノ様子ガ見タカッタノデアルガ、団欒《まどい》ノ中ニ加ワッテカラ三四十分モシタ時分、次第ニ脚カラ腰ノ周リガ冷エテ来ルノニ心ヅイタ。婆サンカラアンナ注意ヲ受ケタタメニ、却テ神経質ニナッテ、気ニシテイタセイデモアル。婆サンニ聞イタト見エテ、ヤガテ佐々木マデ心配ソウニ庭ヘ出テ来テ警告シタ。ソウナルト予ハイツモノ癖デ依怙地ニナリ、直グニハ立チ上ロウトシナイ。シカシマス〳〵冷エテ来ルノガ感ジラレタ。婆サンハコンナ時ハ心得テイルノデ、決シテ執拗《しつこ》クハ注告シナイ。佐々木ガヒドク心配スルノデ、又三十分ホド粘《ねば》ッテカラ漸《ようや》ク立チ上ッテ部屋ニ帰ッタ。

ダガソレダケデハ済マナカッタ。今暁二時頃、予ハ尿道ガ非常ニムズ痒《がゆ》イノデ眼ヲ覚マシタ。急イデ便所ニ走リ、排尿シテ見ルト、尿ガ牛乳ノヨウニ白濁シテイル。ベッドニ戻ッテ十五分モ経ツト又尿ヲ覚エル。ムズ痒サモ止マラナイ。コンナコトヲ繰リ返スコト四五回ニ及ンダガ、佐々木ガシノミンヲ四錠ス、メ、尿道ヲ湯タンポデ温メテクレタノデ、ヤット鎮マリカケル。

数年前カラ予ニハ前立腺（青年時代花柳病ヲ患ッタ頃ニハ摂護腺《せつごせん》ト呼ンダモノダガ）肥大症ガアリ、トキ〴〵残尿ガ溜ッタリ、尿ガ出ナクナッテカテーテルデ導尿シタリシタコトガ二三回アル。尿閉ハ老人ニハシバ〳〵起ル現象ダソウダガ、平生デモ一回ノ排尿ニ時間ガカ、リ、劇場ノ便所ナドデ人ガ大勢ウシロニ列《なら》ンデ待ッテイラレルト甚ダ困ル。前立腺肥大ノ手術ハ七十五六歳マデハ可能デアルカラ、思イ切ッテシテオ貰イナサイ、手術シタ後ノ快感ハ何トモ云エナイ、若イ時ノヨウニ尿ガシャー〳〵ト音ヲ立テ、走ッテ出マス、モウ一度青春時代ニ戻ッタ気ガシマスト、ソウ云ッテクレタ人モアッタガ、困難デ不愉快ナ手術ダカラオ止シナサイト云ウ人モアッタ。ドウシタモノカト迷ッテイルウチニ歳ヲ取リ過ギテ、モウ現在デハ手術モ手後レニナッタラシイ。デモ幸イニ一時快方ニ向ッテイタノダガ、昨夜ノ失敗デ又ブリ返シタヨウデアルカラ、当分用心シタ方ガイイ、、シノミンハ余リ連用スルト副作用ガアルカラ一回四錠ズツ日ニ三回、三日以上ハ続ケナイデ下サイ、毎朝怠ラズ尿ノ検査ヲシ、雑菌ガアッタラ、ウバウルシヲオ飲ミナサイト云ワレル。

オ蔭デ、今日ノ後楽園ノタイトルマッチハ諦《あきら》メルコトニスル。尿道ノ故障ハ今朝ハ一応良クナッタノデ、行ッテ行カレナイコトハナイノダガ、夜ノ外出ナド飛ンデモアリマセント云ッテ、佐々木ガ承知シナイ。

「オ爺チャン、オ気ノ毒ネ、アタシハ行ッテ参リマス、アトデ話シタゲルワ」

ソウ云ッテ颯子ハサッサト出テ行ッテシマッタ。

已ムヲ得ズ安静ニシテ鈴木氏ノ鍼ダケシテ貰ウ。二時半カラ四時半マデハ可ナリ長クテ辛イガ、間デ二十分ホド休憩ガアル。

学校ガ休ミニナッタノデ、経助ハ辻堂ノ子供達ト一緒ニ近々軽井沢ニ行ク予定。婆サント陸子ガ同行スル。アタシハ来月参リマス、経助ヲヨロシクオ頼ミ申シマスト、颯子ハ云ッテイル。浄吉モ来月ニナッタラ十日間グライ休暇ヲ取ッテ行ク。辻堂ノ千六モ多分ソノ時分ニハ行ケル。春久ハテレビノ仕事ガトテモ忙シイ、美術デザイナーハ昼間ハ割ニ時間ノ余裕ガアルンデスケレド、夜ハ毎晩縛ラレテマシテネト云ッテイル。

……

二十六日。最近ノ予ノ日課ハ左ノ如クデアル。午前六時前後起床。先ズ便所ニ行ク。排尿ニ際シ、最初ノ数滴ヲ消毒シタ試験管ニ取ル。次ニ硼砂《ほうしゃ》ノ液デ眼ヲ洗ウ。次ニ重曹ノ液デ口腔内ト咽喉部ヲ丁寧ニ含嗽《がんそう》スル。次ニ葉緑素入リコールゲートデ歯齦《しぎん》ヲ洗ウ。入歯ヲ嵌メル。約三十分庭ヲ散歩スル。滑リ台ニ臥テ牽引スル。コレモ三十分ニ延ビテイル。次ニ朝食。朝食ダケハ寝室デ取ル。牛乳一合、チーズトトースト一片、野菜ジュース一杯、果物一箇、紅茶一杯。同時ニアリナミン一錠。次ニ書斎デ新聞ヲ見、日記ヲ附ケ、時間ガ余レバ読書ナドスルガ、午前中ヲ日記ニ費スコトガ多ク、時トスレバ午後ニモ夜間ニモ及ブ。午前十時佐々木ガ書斎ニ来、血圧ヲ測ル。三日ニ一度クライヴィタミン五〇ミリヲ注射。正午食堂デ昼餐《ちゅうさん》、大概素麺一杯ト果物一箇ダケデアル。午後一時カラ二時マデ寝室デ午睡。月、水、金、ノ週ニ三回、二時半カラ四時半マデ鈴木氏ノ鍼ノ治療。午後五時カラ三十分又牽引スル。六時カラ庭ノ散歩。朝夕ノ散歩ハ佐々木同伴、時ニハ颯子ノコトモアル。六時半晩餐。飯ハ軽ク一杯、オ数ハヴァライエティーニ富ンダ方ガイイ、ト云ウノデ、毎日イロ〳〵取リカエテ品数ガ多イ。老人ト若イ者トハ好ミガ違ウノデ、料理ノ種類ハ家族バラ〳〵デアル。時間モバラ〳〵ノコトガ多イ。食後書斎デラジオヲ聴ク。眼ヲ害スルノデ夜ハ読書セズ、テレビモ殆ド見ナイ。

一昨日ノ日曜日、二十四日ノ午過ギニ、颯子ガ洩ラシタ言葉ガアッタノヲ予ハ忘レナイ。アノ日ノ午後二時頃、予ガ寝室デ午睡カラ覚メ、マダボンヤリトベッドノ中デ眼ヲ開ケテイタ時、突然浴室ノ戸カラ颯子ガ首ダケヲ此方へ出シテ云ッタ。

「アタシシャワーノ時ダッテ、コヽノ戸締マリヲシタコトハナイノヨ。イツモコヽハ開閉自在ヨ」

故意ニカ偶然ニカ、彼女ノ唇カラ出タコノ一語ハ妙ニ予ノ関心ヲ唆《そゝ》ッタ。ソノ日ハバーベキュー、昨日ハ病気デ静養中デアッタガ、ソノ間モ予ノ頭ニハ絶エズコノ言葉ガ引ッカヽッテイタ。今日ノ午後、二時ニ午睡カラ覚メテ一旦書斎へ這入ッタ予ハ、三時ニナルト再ビ寝室へ戻ッテ来タ。颯子ハ近頃家ニイレバ大体イツモコノ時刻ニシャワーヲ浴ビルコトヲ予ハ知ッテイル。予ハ試ミニ浴室ノ戸ヲコッソリ押シテミタ。果シテ戸ニハ締マリガシテナイ。シャワーノ音ガ聞エテイル。

「何カ御用？」

戸ハホンノ僅カ、動クカ動カナイクライニ触レタヾケデアッタガ、早クモ彼女ハ気ヅイタラシイ。予ハ狼狽シタ。シカシ次ノ瞬間ニ度胸《どきょう》ヲ据エタ。

「イツモ締マリガシテナイト云ッタカラ、ホントカドウカ試シテ見タノサ」

云イナガラ予モ浴室ノ方へ首ダケ出シタ。シャワーヲ浴ビツ、アル彼女ノ全身ハ白地ニ粗イグリーンノ縦縞ノバス・カーテンデ囲ワレテイル。

「嘘デナイコトガ分ッタ？」

「分ッタ」

「何シテルノヨ、ソンナ所デ。オ這入ンナサイヨ」

「這入ッテモイイ、？」

「這入リタインデショウ」

「別ニ用モナインダケレドネ」

「ソレ〳〵、興奮スルト滑ッテ転ブワヨ、落チ着イテ、落チ着イテ」

今ハ下司板ガ上ゲテアッテ、タイル張リノ床ガシャワーノ水デビショ〳〵ニナッテイル。予ハ足元ニ用心シナガラ闖入《ちんにゅう》シテ、戸ヲウシロデ締メタ。バス・カーテンノ裂ケ目カラ、彼女ハトキ〴〵肩ダノ膝ダノ足ノ先ダノヲチラツカセタ。

「ソンナラ用ヲサセタゲルワ」

シャワーノ音ガ止マッタ。彼女ハ予ニ背中ヲ向ケテ上半身ノ一部ヲカーテンノ外へ露出シタ。

「ソコニアルタオルヲ取ッテ、背中ヲ拭イテ頂戴。頭カラポタ〳〵落チルワヨ」

ビニールノ帽子ヲ脱グ時ニ二三滴予ニモ雫ガカヽッタ。

「ソンナニ恐々《こわ〴〵》拭カナイデ、モット手ニ力ヲ入レテシッカリト。ア、オ爺チャン左ガ駄目ナノネ、右ノ手デ一生懸命キュー〳〵ト擦ッテヨ」

咄嗟ニ予ハタオルノ上カラ両肩ヲ摑ンダ。ソシテ右側ノ肩ノ肉ノ盛リ上リニ唇ヲ当テ、舌デ吸ッタ、ト、思ッタ途端ニ左ノ頰ニ、

「ピシャッ」

ト平手打チヲ喰ッタ。

「オ爺チャンノ癖ニ生意気ダワ」

「コノクライハ許シテクレルンダト思

ッタンダ」

「ソンナコト絶対ニ許サナイワヨ、浄吉ニ云附《いっ》ケテヤルカラ」

「御免々々」

「出テッテ頂戴！」

ソウ云ッテカラ、浴ビセテ云ッタ。

「慌テナイデ、慌テナイデ。滑ルトイケナイカラユックリト」

予ガ戸口マデ辿リ着イタ時、柔イ指ノ先ガ背中ヲ軽ク押シ出スノヲ感ジタ。予ハ寝室ノベッドニ腰カケテ一ト休ミシタ。直グソノ後カラ彼女ガ現レタ。例ノサッカーノガウンニ着換エテ立ッテイル。牡丹ノ刺繡ノ履ガ覗イテイル。

「御免ナサイネ、アンナコトシチャッテ」

「イヤ、何デモナイヨ」

「痛カッタ？」

「痛カナカッタガ、チョットビックリサセラレタヨ」

「アタシ、男ノ人ノ横ッ面ヲ直キニピシャットヤル癖ガアルノヨ、ダモンダカラ、ツイソレガ出チャッテ」

「ダロウト思ッタヨ、イロンナ男ニアノ手ヲ使ッテルンダロウ」

「デモオ爺チャンヲ殴ルナンテ勿体ナイワ」

二十八日。


昨日ハ鍼ノ時間デ駄目。今日ノ午後三時、予ハ又浴室ノ戸ニ耳ヲ当テタ。戸締マリガシテナイ。シャワーノ音ガシテイル。

「イラッシャイ、待ッテタワヨ。一昨日ハ失礼イタシマシタ」

「ソウ来ナケレバナラナイト思ッタ」

「歳ヲ取ルト強イ」

「一昨日張リ飛バサレタカラ、何カ弁償シテ貰ッテモイヽナ」

「冗談ジャナイワ、モウアンナコトハ決シテ致シマセント誓ッテ頂戴」

「頸ニ接吻スルクライ、オ許シガ出タッテヨサソウナモンダノニ」

「頸ハ弱イワ」

「何処ナライヽノサ」

「何処ダッテ駄目。蛞蝓《なめくじ》ニ舐メラレタミタイデ、一日気持ガ悪カッタワ」

「相手ガ春久ダッタラドウカナ」

グット、声ヲ呑ンデカラ云ッタ。

「殴ルワヨ、ホントニ。コナイダハ手加減シタゲタノヨ」

「ソンナ御遠慮ニハ及バンヨ」

「アタシノ掌《てのひら》ハヨク撓《しな》ウノヨ、ホントニ打ッタラ眼ガ飛ビ出ルホド痛クッテヨ」

「ソレハ寧《むし》ロ望ムトコロ」

「始末ニ悪イ不良老年、ジヾイ・テリブル！」

「モウ一度聞クガ、頸ガ駄目ナラ何処ナライ、ノサ」

「膝カラ下ナラ一度ダケ許ス、一度ダケヨ。――舌デ触ラナイデ唇ダケ着ケルノヨ」

膝カラ上ハ顔マデスッカリ隠レテイテ、バス・カーテンノ裂ケ目カラ脛《すね》ト足ノ先ダケ出タ。

「医者ガ内診スルミタイダ」

「馬鹿ネ」

「舌ヲ使ワズニ接吻シロナンテ、随分無理ナ註文ダナ」

「接吻ジャナイモノ、タヾ唇デ触ラセルダケダモノ。オ爺チャンニハソレガ相当ヨ」

「セメテコウシテル間、シャワーヲ止メテ貰エナイカナ」

「止メル訳ニ行カナイ、触ラレタ傍カラ直グト綺麗ニ流シチャワナイト気味ガ悪イ」

予ハタヾ水ヲ呑マサレタ気ガシタヾケダッタ。

「ソウ云エバ春久サンデ思イ出シタ、オ願イガアルノヨ」

「何サ」

「春久サンガ此ノ頃暑クッテ困ルンデ、トキ〴〵コ、ノシャワーヲ浴ビサセテ戴キタイ、来テモイ、カドウカ、伯父サンニ伺ッテクレッテ云ッテルノ」

「放送局ニ風呂場ガナイノカ」

「アルコトハアルンダケド、出演者ノ風呂場ト、出演者以外ノ者ノ風呂場ト別々ニナッテ、、トテモキタナインデ這入ル気ニナラナイ、仕方ガナイカラ銀座へ出カケテ東京温泉ニ這入ルンダケド、コ、デ入レテ貰エタラ局カラノ距離モ近イシ、大変助カル。伯父サンニ聴イテミテクレッテ」

「ソンナコト、君ガ勝手ニ計ラッタライ、、一々僕ニ聴クマデモナイ」

「実ハコナイダ内証デ一ペン入レタゲタノヨ、ダケドヤッパリ黙ッテ這入ッチャ悪イッテ云ウノヨ」

「僕ハイ、ヨ、断ルンナラオ婆チャンニ断ンナサイ」

「オ爺チャンカラ仰ッシャッテヨ、オ婆チャンハアタシ恐イワ」

ソウハ云ッテルガ、颯子ハ内々婆サンヨリモ予ニ気ガネガアルノデアル。春久ダカラワザ〳〵断ル必要ヲ感ジテイルノデアル。

二十九日。……午後二時半鍼ノ治療ガ始マル。予ハ寝台ニ仰臥《ぎょうが》シ、盲人ノ鈴木氏ハソノ傍ノ椅子ニ腰カケテ治療ヲ施ス。鞄カラ鍼ノ匣《はこ》ヲ取リ出シタリ、アルコールデ消毒シタリスル細カイ作業ハ鈴木氏自身デスルケレドモ、常ニ弟子ノ一人ガ附キ添ッテウシロニ控エテイル。今日マデノトコロデハ、手ノ冷感モ指先ノ感覚ノ麻痺感モ依然トシテヨクナラナイ。

二三十分シタ時分、突然春久ガ廊下ノドーアカラ這入ッテ来タ。

「伯父サン、チョットオ邪魔サセテ戴キマス。御療治ノ最中ニ失礼ダト存ジマシタケレド、先日颯チャンカラオ願イシマシタラ御承知下サイマシタソウデ誠ニ有難ウゴザイマス。早速今日カラ戴キニ上リマシタンデ、チョットオ礼ヲ申シ上ゲタイト存ジマシテ」

「ナーニソンナコト、一々断ルニハ及バン。イツデモ来ルガイヽ」

「有難ウ存ジマス、オ言葉ニ甘エテコレカラチョク〳〵伺イマス、毎日ト云ウ訳ニモ参リマセンガ。――――近頃ハ伯父サン、オ見受ケシタトコロ大層オ元気デ」

「ナーニダン〳〵老イ惚レガ激シクナッテネ、毎日颯子ニ叱ラレテバカリイルヨ」

「イヤ、イツマデモオ若イッテ、颯チャンガ感心シテマスガ」

「飛ンデモナイ、今日モコウヤッテ鍼ナンカシテ貰ッテ、辛ウジテ露命ヲツナイデルノサ」

「ソンナコトガアルモンデスカ。マダ〳〵伯父サンハイクラデモ長生キナサイマスナ。――イヤ、コレハオ邪魔ヲイタシマシタ、コレカラ伯母サンニ御挨拶ヲシテ怱々退散イタシマス」

「暑イノニ大変ダネ、ユックリ休ンデ行キナサイ」

「有難ウ存ジマス、ナカ〳〵ソウシテモオラレマセンデ」

春久ガ出テ行ッテカラ暫《しばら》クスルト、オ静ガ二人分ノ茶ト菓子ヲ盆ニ載セテ持ッテ来ル。

休憩ノ時間デアル。今日ハキャスタード・プディングニツメタイ紅茶ガ運バレテ来ル。

休憩ガ済ムト再ビ治療ガ続ケラレ、四時半デ終ル。

治療ヲ受ケツヽアル間、予ハ別ノコトヲ考エテイタ。

春久ガシャワーヲ浴ビニ来サセテクレト云ウノハ、タヾソレダケノコトデナク、何カ魂胆《こんたん》ガアルノデハナイカ。或ハ颯子ノ入レ智慧カトモ思ウ。今日ニシテモ故意ニ予ガ治療中ノ時間ヲ狙ッテ挨拶ニ来タノデハナイカ。ソウスレバ長イ間老人ニ取ッ摑マッテオ相手ヲシナイデモ済ムト、考エタノデハナイカ。予ハ春久ガ夜間ハ忙シイケレドモ、昼間ハ自由ガ利クト語ッテイタコトガアルノヲ、聞キカジッテイル。トスルト、彼ガシャワーニ来ルノハ午後カラ夕刻マデノ間、多分颯子ガ浴ビルノト同ジクライナ時間デアロウ。ツマリ予ガ書斎ニイルカ、寝室デ治療ヲ受ケテイル期間ニ来ルコトニナル。彼ガ浴室ニイル時、アスコノドーアハマサカ開ケッ放シニハシテ置カナイダロウ、ソノ時ハ戸締マリヲスルデアロウ。悪イ習慣ヲツケテシマッタト、颯子ハ後悔シテイヤシナイカ。

モウ一ツ気ニナルコトガアル。明後々日、八月一日ニ、婆サン、経助、辻堂ノ陸子ト子供三人、女中ノオ節ノ七人ガ軽井沢へ出発スル。浄吉ハ二日ニ関西方面へ出カケ、六日ニ帰京シテ七日ノ日曜カラ約十日間、コレモ軽井沢ニ行クト云ウ。ソウスルト颯子ノタメニイロ〳〵ト好都合ナコトガ起リソウデアル。ソノ颯子ハト云ウト、アタシハ来月ニナッテカラトキ〴〵二三日グライ軽井沢へ参リマス、佐々木サント静ガ東京ニオリマスコトハオリマスケレドモ、オ爺チャンヲオ一人オ残シ申シトクノハ心配デゴザイマスシ、ソレニ軽井沢ハプールノ水ガツメタ過ギテ泳ゲナイカラ困リマスノ、トキ〴〵ナライ、ケレド、ズーットイルノハ御免ダワ、アタシヤッパリ海ノ方ガ好キダワ、ト云ッテイル。ソウ聞カサレルト、予モ何トカシテ居残ル算段ヲシナケレバナラナイ。

「アタシハ一ト足オ先ニ参リマス、オ爺チャンハイツイラッシャルノ」

ト、婆サンハ云ウ。

「サア、己ハドウシヨウカナ、折角鍼ヲ始メタンダカラ、モウ少シ続ケテ見ヨウカト思ウ」

「ダッテ、チットモ利カナイッテ仰ッシャッテタジャアリマセンカ。セメテ暑イ間ダケオ止メニナッタラ」

「イヤ、コノ頃イクラカ利イテ来タヨウナ気ガスルンダ。マダ始メテカラ一カ月ニモナラナインダカラ、今止メルノハ惜シイヨ」

「ソレジャ、今年ハイラッシャラナイオ積リ？」

「ソウジャナイヨ、イズレ行クヨ」

ソウ云ッテ婆サンノ訊問ヲ辛ウジテ切リ抜ケル。

3

五日。

二時半鈴木氏見エル。直グ治療ガ始マル。三時少シ過ギ休憩時間。オ静ガ茶菓ヲ運ンデ来ル。モカノアイスクリームト冷紅茶デアル。オ静ガ部屋ヲ出テ行コウトスル時、

「今日ハ春久ハ来テイナイノカネ」
ト、何気ナク聞イテミル。
「オイデニナッテイラッシャイマシタガ、モウオ帰リニナッタヨウデゴザイマス」
ト、多少曖昧ニ答エテ出テ行ク。

盲人ガ物ヲ食ベルノニハ時間ガカヽル。弟子ガ一ト匙ズツユックリ〳〵ト、アイスクリームノ塊《かたまり》ヲ口ノ中ヘ入レテヤル。ソノ合間々々ニ紅茶ヲ啜《すゝ》ル。

「チョット失礼イタシマス」

ト、予ハ寝台ヲ下リテ浴室ノ戸ノ前ニ行キ、把手《とって》ヲ廻シテミル。戸ハ締マッテイテ動カナイ。念ノタメ予ハ手洗イニ行ク振リヲシテ便所ニ入リ、便所カラ外ノ廊下ニ出、廊下カラ浴室ノ戸ヲ開ケテミル。開イタ。浴室ニハ誰モイナイ。シカシ春久ノ開襟シャツトズボント靴下ガ籠ニ入レテ脱ギ捨テヽアル。湯殿ノガラス戸ヲ開ケテミル。タシカニ湯殿ハ空ッポデアル。バス・カーテンノ中マデ覗イテミタガ誰モイナイ。タヾ流シ場ノタイルヤ周囲ノ壁ニ夥《おびたゞ》シク水ガ飛ビ散ッテ濡レテイル。オ静ノ奴、返答ニ困ッテ嘘ヲツイタナ、ダガドコニイルンダロウ。一体颯子ハドコナンダ。予ガ食堂ノバアノ方ヘ捜シニ行コウトシタ時、食堂ノ廊下ノ方カラコカコラノ壜《びん》トコップヲ二ツ盆ニ載セテ、オ静ガ二階ノ階段ヲ上ッテ行コウトスルノト、パッタリ出会ッタ。オ静ハ急ニ真ッ青ニナッテ階段ノ上リ口デ立チ止マッタ。盆ヲ支エテイル手ガ震エテイル。予モドギマギシタ。コンナ時間ニ外ノ廊下ヲウロツイテイルノハ予モオカシイ。

「春久ハマダイタンダネ」

予ハ努メテ晴レ〴〵ト、気軽ナ風ヲ装ッテ云ッタ。

「ハイ、オ帰リニナッタコト、存ジテオリマシタラ……」

「ア、ソウカイ」

「……オ二階デ涼ンデイラッシャイマシタンデ、……」

コップガ二ツトコカコラノ罎ガ二ツ。二人ハ二階デ「涼ンデ」イルノデアル。服ガ籠ニ捨テ、アル以上、彼ハシャワーヲ浴ビテカラ浴衣ニ着カエテイルノデアル。シャワーモ一人デ浴ビタノカドウカ。二階ニハ泊リ客ノタメノ室モアルガ、ドコデ彼等ハ涼ンデイルノカ。斯様《かよう》ナ場合、浴衣ヲ借リルクライハイイ、ガ、階下ノ客間ナリ応接間ナリ茶ノ間ナリ、今ハ婆サンモ留守デアルカラ至ルトコロガ空イテイルノニ、二階へ上ルニハ及ブマイ。ツマリ彼等ハ、午後二時半カラ四時半マデハ予ガ治療ヲ受ケテイテ寝室カラ出ル筈ガナイト、考エタノニ違イナイ。

オ静ガ階段ヲ上ッテ行クノヲ見上ゲテカラ、予ハ直グ寝室へ引キ返シタ。

「ヤ、失礼イタシマシタ」

ソウ云ッテ、又寝台ニ横ニナッタ。ソノ間十分モカ、ラナカッタ。盲人ハヤットアイスクリームヲ食べ終ッタトコロデアル。

再ビ鍼ガ始マル。コレカラ四五十分間、予ハ鈴木氏ニ体ヲ預ケナケレバナラナイ。四時半ニナレバ鈴木氏ハ去リ、予ハ書斎ニ戻ル。ソレマデノ間ニソット二階カラ下リテ消エテナクナレバイイ、筈デアッタノニ、彼等ノ方ニモ計算違イガアッタ。思イガケナク予ガ廊下ニ現レタリ、マズイコトニハオ静ト打ツカッタリシタ。ガ、モシ予トオ静トガ打ツカラナカッタラ、予ニ知レタコトヲ彼等ハ気ヅカズニイタデアロウ、トスルト、オ静ガ予ト行キ遇ッタコトハ、マダシモ仕合セダッタト云エル。モット人ノ悪イ邪推ヲスレバ、予ニ疑ワレテイルコトヲ知ッテイル颯子ハ、治療ノ隙間ニ予ガ廊下ヘ出テ様子ヲ探ルコトモアリ得ルト、推量シタノカモ知レナイ。ソシテ故意ニ予ニソノヨウナ機会ヲ許シ、オ静ニ用事ヲ云イ付ケテ予ト巧ク打ツカルヨウニ予《あらかじ》メ仕組ンダノカモ知レナイ。イズレ老人ニハ知ラセテ置イタ方ガ都合ノイヽコトガアルノダカラ、ソレナラ少シデモ早ク知ラセテ因果ヲ含メテヤッタ方ガ功徳ニナルト、考エタカモ知レナイ。

「イヽワヨ、ソンナニ慌テナイデモ、度胸ヲ据エテ悠々トオ帰ンナサイヨ」

ト、颯子ノ声ガ聞エル気ガスル。

四時半カラ五時マデ休養。五時カラ五時半マデ牽引。五時半カラ六時マデ休養。ソレマデノ間ニ、恐ラク予ガ治療ヲ済マス以前ニ、二階ノ客ハ帰ッテ行ッタニ違イナイ。颯子モ一緒ニ出テ行ッタノカ、ソレトモ流石《さすが》ニバツガ悪イノデ一人デ二階ニ引ッ込ンデイルノカ、一向姿ヲ現ワサナイ。今日ハ昼ノ食事ノ時ニ顔ヲ見タキリデアル。（二日以来、予ハ彼女トタッタ二人差向イデ食事スルコトガ出来ルノデアル）六時、佐々木ガ庭ノ散歩ヲ促シニ来ル。予ガ縁側カラ庭ヘ下リヨウトスルト、

「佐々木サン、今日ハイヽワヨ、アタシガオ供スルカラ」

ト、不意ニ颯子ガ何処カラカ現ワレタ。
「春久ハイツ帰ッタンダネ」

四阿デ直グソノ話ニナッタ。

「アレカラ間モナク」

「アレカラトハ？」

「コカコラヲ飲ムト間モナク。ドウセ見ラレチャッタンダカラ、急イデ帰ッタラ却テオカシイッテ云ッタンダケレド」

「アレデ案外気ガ弱インダナ」

「キット伯父サンニ誤解サレテルニ違イナイカラ、アタシカラヨク弁解シトイテクレッテ散々云ッテタワヨ」

「モウ止ソウヨ、ソンナ話」

「誤解シテルナラシテ、モイ、ワ、ダケド下ヨリ二階ノ方ガ風通シガイ、カラ、二階ニ上ゲテ一緒ニコカコラヲ飲ンダゞケヨ。昔ノ人ハソウ云ウ時ニ直グ変ニ取ルノネ。浄吉ナラ分ッテクレルワ」

「マアイ、サ、ソンナコト。ドッチダッテ構ヤシナイサ」

「構ワナイコトハナイワヨ」

「チョット云ットクガ、君ノ方ガ僕ヲ誤解シテヤシナイカ」

「ドウ云ウ風ニ？」

「仮リニ君ガ――仮リニダヨ、――春久トドウ云ウコトガアッタニシタッテ、僕ハソレヲ取リ上ゲル気ハナインダ。……」

颯子ハ怪訝《けげん》ナ顔ヲシテ黙ッタ。

「僕ハソンナコトヲ婆サンニモ浄吉ニモシャベリハシナイ。自分ノ胸ニ収メテ置ク」

「オ爺チャンハアタシニソンナコトヲシロッテ仰ッシャルノ？」

「或ハソウカモ知レナイ」

「気狂イネ」

「ソウカモ知レナイ。ソンナコトヲ今知ッタノカ、君ミタイナ利口ナ人ガ」

「ダケド、ドウ云ウ気持カラソンナコトヲ考エルノ」

「自分デ恋ノ冒険ヲ楽シムコトガ出来ナクナッタ腹癒《はらい》セニ、セメテ他人ニ冒険サセテ、ソレヲ見テ楽シム。人間モモウコウナッチャ哀レナモノサ」

「自分ニ希望ガ持テナイカラ焼ケ糞《くそ》気味ニナルノネ」

「岡焼キ気味デモアルサ、不便《ふびん》ト思ッテクレ給エ」

「巧ク云ッテルワ。不便ト思ウノハイ、ケレド、オ爺チャンヲ楽シマセルタメニ、アタシガ犠牲ニサレルノハ嫌ダワ」

「犠牲ト云ウコトハナイデショウ、僕ヲ楽シマセルト同時ニ、君自身モ楽シムンジャ

ナイカ。僕ノ楽シミヨリ、君ノ楽シミノ方ガズット大キイ筈ジャナイカ。ホントニ僕ナンカ哀レナモンサ」

「又頬ッペタヲ打タレナイヨウニ気ヲ付ケテ頂戴」

「ゴマカシッコナシニシヨウ。尤モ春久ト限ッタコトハナイガネ、甘利デモ誰デモイヽガネ」

「四阿へ来ルト、キットコンナ話ニナルノネ、チット散歩シマショウヨ、足ノ運動バカリデナク、頭ニモ毒ダワ。ホラ、佐々木サンガ縁側カラ見テルワヨ」

路ハ二人ガヨウ〱並ンデ歩ケルホドノ広サデアル。萩ガ両側カラ伸ビテイテ歩キニクイ。

「葉ガ繁ッテ、絡ミツクワヨ、アタシニ摑マッテラッシャイ」

「腕ヲ組マセテクレルトイヽガナ」

「ソンナコト無理ダワヨ、オ爺チャンハ背ガ低インダカラ」

予ノ左側ニ並ンデイタ彼女ハ、突然右側ニ廻ッタ。

「ソノステッキヲアタシニ貸シテ。右手デコヽニ摑マッテラッシャイ」

ソウ云ッテ彼女ハ左肩ヲ差出シタ、ステッキハ自分ガ受ケ取ッテ、萩ノ枝ヲ払イ除ケナガラ。………


六日。………昨日ノ続キ。

「一体浄吉ハ君ノコトヲドウ思ッテイルノカネ」

「ソレハアタシガ聞キタイクライヨ。オ爺チャンハドウオ思イニナル？」

「僕ニモ分ラン、僕ハアンマリ浄吉ノコトヲ考エナイヨウニシテイル」

「アタシモソウナノ、聞イテモ彼ハ面倒臭ガッテホントノコトヲ云ッテクレナイノ。ダガ要スルニ今デハ愛シテイナイノネ」

「君ニ愛人ガ出来タトシタラドウスル？」

「出来タラ出来タデ仕方ガナイ、ドウゾ御遠慮ナクッテ。――冗談ミタイニ云ッテタケド、案外本気ラシカッタワ」

「誰デモ女房ニソウ云ワレルト、ソンナ負惜ミヲ云ウモノサ」

「彼ニモ誰カ好キナ人ガアルラシイノヨ、アタシト同ジヨウナ過去ヲ持ッタ、何処カノキャバレノ人ラシイワ。経助ニサエ会ワシテクレルナラ別レテモイヽワヨッテ云ッタラ、別レル気ハナイ、経助モ可哀ソウダガ、ソレヨリ君ガイナクナルト親父ガ泣クノガ可哀ソウダッテ」

「人馬鹿ニシテヤガル」

「アレデオ爺チャンノコトハ何モカモ知ッテルノヨ、アタシハ何モ云ヤシナイケド」

「ヤッパリ親父ノ悴ダカラナ」

「飛ンダトコロデ親孝行ヲスル気ナノネ」

「ソノ実君ニ未練ガアルノサ、親父ヲ出シニ使ヤガッテ」

予ハ実ノトコロ予ノ長男デアリ卯木《うつぎ》家ノ嗣子デアル浄吉ノコトヲ、殆ド何モ知ルトコロハナイ。大切ナ悴ノコトニツイテコレホド無知ナ父親ハ少イダロウ。彼ガ東大経済学部ヲ卒業シテパシフィック・プラスチック工業株式会社ニ入社シタコトハ知ッテイル。シカシ実際ニドンナ仕事ヲシテイルノカハヨク知ラナイ。何デモ三井化学アタリカラ樹脂原料ヲ買イ入レテ写真フィルム、ポリエチレン被膜、ポリエチレン成型品、バケツダノ、マヨネーズノチューブダノト云ッタ類ヲ製造スル会社デアルト聞イテイル。工場ハ川崎辺ニアルガ、本社ハ日本橋ニアッテ、彼ハソコノ営業部ニ勤メテイル。近イウチニ部長ニナレルラシイガサラリーヤボーナスハ今ドノクライ貰ッテイルノカ、予ニハ分ラナイ。彼ハ家督相続人デアルケレドモ、目下ノトコロ予ガコノ家ノ主人デアル。コノ家ノ経済ハ彼モ幾分カ負担シテイルヨウデアルガ、依然トシテ大部分ハ予ノ不動産所得ト配当所得ニ依ッテイル。月々ノ家計ハ数年前マデ婆サンガ処理シテイタガ、イツカラカ颯子ガ当ッテイル。婆サンノ説ニ依ルト颯子ハアレデナカ〳〵計数ニ委シク、出入ノ商人ノ請求書ナドモ忽《ゆるが》セニシナイ。トキ〳〵台所ヘ行ッテ冷蔵庫ヲ開ケテ調ベタリスルノデ、若奥様ト聞クト女中達ハチリチリシテイル。新シ物好キノ颯子ハ去年台所ヘディスポーザーヲ取リ附ケタガ、彼女ニ依レバ「マダ食ベラレル筈」ノ薩摩《さつま》薯《いも》ヲ放リ込ンダト云ッテ、オ節ガヒドク叱ラレテイルノヲ見タコトガアル。

「腐ッテタラ犬ニヤレバイ、ジャナイノ、アナタ達ハ面白ガッテ何デモアレヘ投ゲ込ムンダネ、アンナモノヲ買ワナキャヨカッタ」

ソウ云ッテ颯子ハ後悔シテイタ。

家庭ノ費用ハ出来ルダケ切リ詰メテ女中イジメヲシ、残リハ全部自分ノ懐《ふところ》ヘ取リ込ムラシイ、ミンナニ窮屈ナ思イヲサセテ自分ダケドンナ贅沢ヲシテルカ知レタモンジヤナイト、婆サンハ云ッテイル。オ静ニ算盤ヲ弾カセテイルコトモアルガ、大概ハ颯子ガ自ラシテイル。税金ハ計理士ニ任セテアルガ、計理士トノ応対ハ彼女ガスル。若奥様トシテノ事務モ相当忙シイ筈デアルガ、何デモ引キ受ケテ極メテ手早ク、イツノ間ニカテキパキト片附ケテイル。コンナトコロハ頗《すこぶ》ル浄吉ノ気ニ入ッテイルニ違イナイ。今ヤ彼女ハ卯木家ニ於テ確乎《かっこ》タル地歩ヲ占メルニ至リ、浄吉ニ取ッテモ、ソウ云ウ意味デ欠クベカラザル存在トナッテイル。

婆サンガ颯子トノ結婚ニ反対シタ当時、

「踊リ子上リナンゾッテ云ウケレド、キット彼女ハ家政ノ切リ盛リナンカモ上手ニヤッテ行キマスヨ、ソウ云ウ才能ノアルコトヲ僕ハ見抜イテルンデス」

ト浄吉ハ云ッタガ、アノ時ハ恐ラク当寸法《あてずっぽう》ヲ云ッタノデ、先見ノ明ガアッタ訳デハアルマイ。妻トシテ家庭ニ入レテ見ルト、案外ニモソウ云ウ才能ヲ発揮シ始メタノデアル。颯子自身モ自分ニソウ云ウ才能ガアルコトヲ、ソノ時マデハ知ラナカッタコトデアロウ。

実ヲ云ウト予ハ、彼等ノ結婚ヲ許シハシタモノヽ、ドウセ長クハ続クマイト思ッテイタ。惚レッポイコトモ惚レッポイガ飽キッポイコトモ飽キッポイノハ親譲リデ、若イ時ノ予ト同様デアルト考エテイタガ、今日デハ左様ニ簡単ニハ云エナイ。結婚当座ノ浄吉ハ大シタ打チ込ミ方デアッタガ、今デハソレホドデナイコトハ確カダ。ガ、予ノ眼カラ見ルト、彼女ハ結婚当時ニ比ベテ現在ノ方ガ一層美シイ。ワガ家ニ来テカラ既ニ十年近クナルノニ、歳月ヲ経ルホドマス〳〵美シクナリツヽアル。経助ヲ生ンデカラ特ニ際立ッテソウナッタ。今デハ昔ノ踊リ子臭イ感ジハナイ。尤モ、予ト二人キリノ時ニ限ッテワザト昔ノ俤《おもかげ》ヲチラツカセルコトハアル。浄吉ト二人キリノ時ニモ、嘗《かつ》テ愛情コマヤカナリシ時代ニハソンナ風ダッタデアロウガ、今デハソウデモナサソウデアル。ソレヨリ悴ハ寧ロ彼女ノ経理ノ才ヲ徳トシテ、彼女ヲ失ッテハ不便デアルト考エテイルノデハナイカ。猫ヲカブッテイル時ノ彼女ハ、何処カラ見テモ立派ナ奥様ノ貫禄ヲ備エテイル。言語動作ガキビ〳〵トシテ、目カラ鼻ヘ抜ケルヨウデ、ソレデイテ情味モアレバ愛嬌モアッテ人ヲ外《そ》ラサナイ。一般カラハソウ見エルニ違イナイノデ、悴モ内々ソレヲ自慢ニシテイル風ガアル。トスルト、ナカ〳〵別レル気ナンカアルマイ、万一彼女ニ疑ワシイ行為ガアッタトシテモ、見テ見ナイ振リヲスルカモ知レナイ、上手ニ振舞ッテサエクレ、バ。……………………………………

七日。………浄吉昨夜関西ヨリ帰宅、今朝軽井沢ニ出カケル。………

八日。………午後一時ヨリ二時マデ午睡、ソノマ、鈴木氏ノ来診ヲ待ッテイル。ト、浴室ノドーアヲノックシテ、

「チョット、コ、締メルワヨ」

ト云ウ声ガシタ。

「来ルノカネ彼氏」

「エ、」

ソウ云ッテ、颯子ガチラリト顔ヲ出シタガ、直グニバタント強イ音ヲ立テ、締メ切ッテシマッタ。ホンノチラリト見タヾケダッタガ、変ニ冷イ無愛想ナ顔ヲシテイタ。自分ガ先ニシャワーヲ浴ビタト見エテ、ビニールノ帽子カラ水ガタラ〳〵滴レテイタ。

……

九日。………午睡ノアト、今日ハ鍼ハ休ミデアルガ、ヤハリ気ニナルノデ寝室ニイル。

「コ、締メルワヨ」

ト、今日モノックスル音ガ聞エル。今日ハ昨日ヨリ三十分ホド遅イ。ソシテ彼女ハ全然顔モ出サナイ。午後三時過ギ、予ハソットドーアノ把手ヲ廻シテ見ル。マダ締マッタマ、デアル。午後五時牽引ノ時、

「伯父サン、毎度ドウモ有難ウ存ジマス、オ蔭デ毎日助カッテオリマス」

ト、春久ガ挨拶シテ通リ過ギテ行クノガ聞エル。顔ハ見ルコトガ出来ナイ。ドンナ顔ヲシテアンナ口ヲ利イテルカ見タイ気ガスル。

六時、庭ノ散歩ノ時、

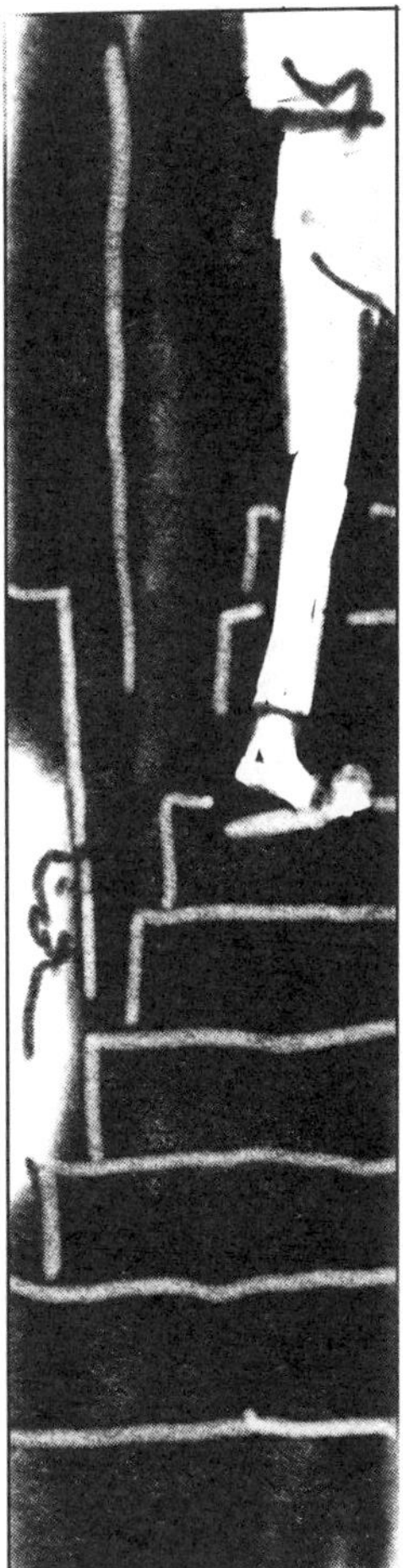

「颯子ハイマセンカ」
ト、佐々木ニ聞イテ見ル。
「サア、先程ヒルマンガ出テッタヨウデゴザイマスガ」
ト、佐々木ガオ静ニ聞キニ行ッテ戻ッテ来ル。
「ヤッパリ若奥様ハオ出カケニナッタソウデゴザイマス」

…………………………………………………………

十日。…………午後一時ヨリ二時マデ午睡。ソレカラ先ハ八日ト同ジ事件ノ経過ヲ辿ル。

…………


十一日。…………鍼ハ休ミ。シカシ今日ハ九日ト工合ガ違ウ。

「コ、締メルワヨ」

ト云ウ代リニ、

「コ、開イテルワヨ」

ト云ウ声ガシテ、珍シク彼女ガ朗カナ顔ヲ出シタ。シャワーノ音ガシテイル。

「今日ハ来ナイノカネ」

「エ、、這入ッテラッシャイ」

云ワレタノデ這入ッテ行ク。早クモ彼女ハバス・カーテンノ中ニ隠レテイタ。

「今日ハ接吻サセタゲルワ」

シャワーノ音ガ止ンダ。カーテンノ蔭カラ脛ト足ガ出タ。

「何ダイ、又内診ノ恰好カイ」

「ソウヨ、膝カラ上ハ駄目。ソノ代リシャワーヲ止メテ上ゲタジャナイノ」

「何カノ報酬ノ積リカネ、ソレニシチャ安スギルナ」

「イヤナラオ止シナサイ、無理ニトハ申シマセン」

ソシテ附ケ加エタ。

「今日ハ唇ダケデナクッテモイヽ、舌ヲ着ケテモイヽ」

予ハ七月二十八日ト同ジ姿勢デ、彼女ノ脹脛ノ同ジ位置ヲ唇デ吸ッタ。舌デユックリト味ワウ。ヤヽ接吻ニ似タ味ガスル。ソノマヽズル〳〵ト脹脛カラ踵《かゝと》マデ下リテ行ク。意外ニモ何モ云ワナイ。スルマヽニサセテイル。舌ハ足ノ甲ニ及ビ、親趾《おやゆび》ノ突端ニ及ブ。予ハ跪《ひざまず》イテ足ヲ持チ上ゲ、親趾ト第二ノ趾ト第三ノ趾トヲ口一杯ニ頬張ル。予ハ土踏マズニ唇ヲ着ケル。濡レタ足ノ裏ガ蠱惑的ニ、顔ノヨウナ表情ヲ浮カベテイル。

「モウイヽデショ」

急ニシャワーガ流レ始メタ。彼女ノ足ノ裏ト予ノ頭ダノ顔ダノヲ水ダラケニシテ。

………

五時、佐々木ガ牽引ノ時間ヲ知ラセニ来、

「オヤ、オ眼ガ赤ウゴザイマスネ」

ト云ウ。コノ数年来、予ハ白眼《しろめ》ガシバ〳〵充血スルコトガアリ、普通ノ時デモ赤味《あかみ》ガ強クナッテイル。瞳孔ノ周囲ヲ注意シテ見ルト、角膜ノ下ニ赤イ細イ血管ガ異様ニ幾筋モ走ッテイルノガ認メラレル。眼底出血ノ恐レハナイカト、検査シテ貰ッタコトガアルガ、眼底ノ血圧ニモ格別ノコトハナク、予ノ年齢トシテハ相当デアルト云ウ。シカシ、眼ガ血走ッテイル時ハ脈搏《みゃくはく》モ早ク、血圧モ高イコトハ事実デアル。

佐々木ハ直グ脈ヲ取ッテ見テ、

「プルスガ九十以上ゴザイマスネ、ドウカナサイマシタンデスカ」

「イ、ヤ別ニ」

「血圧ヲ測ラシテ戴キマショウ」

否応ナシニ書斎ノソファニ寝カサレル。十分間ノ安静ノ後、右腕ヲゴムノ管デ縛ラレル。血圧計ハ予ニハ見エナイガ、佐々木ノ顔ツキデ大凡《おおよ》ソ察シガツク。

「今オ気持ガオ悪イヨウナコトハゴザイマセンカ」

「気持ハドウモアリマセンガネ、血圧ガ高インデスカ」

「二百ホドゴザイマス」

彼女ガコンナ風ニ云ウ時ハ大概二百以上ナノデアル。二〇五カ六カ、一〇カ、或ハ二二〇以上アルニ決ッテイル。シカシ最高二四五ニモ達シタ経験ヲ過去ニ数回持ッテイル予ハ、ソノクライナコトデハ医者ガ驚クホドニハ驚カナイ。何カノ拍子デソレッキリニナッテモ仕方ガナイト諦メテモイル。

「今朝ホド測リマシタ時ハ上ガ一四五、下ガ八三デ、至極順調デゴザイマシタノニ、ドウシテ急ニコンナニ上ッタンデゴザイマショウ。ドウモ不思議デゴザイマスネ、無理ニ力《りき》ンデ堅イオ通ジデモナサイマシタカ」

「イ、ヤ」

「何カアッタンジャゴザイマセンカ、ドウモ不思議デゴザイマスネ」

佐々木ハ頻リニ首ヲ傾《かし》ゲテイル。予ハ口ニハ出サナイガ、原因ハ分リ過ギルホド分ッテイル。サッキノ土踏マズノ感触ガ、マダ唇ニ残ッテイテ忘レヨウトシテモ忘レラレナイ。颯子ノ三本ノ足ノ趾ヲ口一杯ニ頬張ッタ時、恐ラクアノ時ニ血圧ガ最高ニ達シタニ違イナイ。カアット顔ガ火照《ほて》ッテ血ガ一遍ニ頭ニ騰《のぼ》ッテ来タノデ、コノ瞬間ニ脳卒中デ死ヌンジャナイカ、今死ヌカ、今死ヌカ、ト云ウ気ガシタコトハ事実デアル。コンナ場合ノアルコトヲ、カネテ覚悟ハシテイタケレドモ矢張サスガニ「死ヌ」ト思ウト恐クナッタ。ソシテ一生懸命ニ気ヲ静メヨウ、興奮シテハナラナイト自分デ自分ニ云イ聞カセタガ、オカシナコトニ、ソウ思イナガラ、彼女ノ足ヲシャブルコトハ一向ニ止メナカッタ。止メラレナカッタ。イヤ、止メヨウト思エバ思ウホド、マス〱気狂イノヨウニナッテシャブッタ。死ヌ、死ヌ、ト思イナガラシャブッタ。恐怖ト、興奮ト、快感トガ、代ル〱胸ニ突キ上ゲタ。狭心症ノ発作ニ似タ痛ミガ激シク胸ヲ窄《し》メツケタ。……アレカラ既ニ二時間以上経ッテイル筈ダガ、マダ血圧ガ下ラナイト見エル。

…………………………………………

「今日ハ牽引ヲオ止メニナッテ、安静ニナスッテイラシッタ方ガヨウゴザイマスネ」

ソウ云ッテ佐々木ハ予ヲ無理ヤリニ寝室ヘ運ビ、横臥サセタ。

午後九時又佐々木ガ血圧計ヲ持ッテ這入ッテ来タ。

「モウ一度測ラセテ戴キマス」

結果ハ幸イニモ常態ニ戻ッテイタ。上一五〇余、下八七。

「ア、コレデヨカッタ、ホントニ安心イタシマシタ。サッキハ上ガ二二三、下ガ一五〇アッタンデゴザイマスヨ」

「ソンナコトモタマニハアルデショウナ」

「タマニダッテコンナコトガアッチャ大変デゴザイマス。デモマア、ホンノ一時的ノ現象ダッタンデゴザイマスネ」

ホットシタノハ佐々木バカリデハナイ。実ヲ云ウト佐々木以上ニ予ノ方ガ「マアヨカッタ」ト、ヒソカニ胸ヲ撫デオロシタ。シカシ同時ニ、コノ調子ナラコレカラ後モ気狂イ的行為ヲ繰リ返シテモ差支エアルマイ、颯子ノ好キナピンキー・スリラーデハナイガ、コノ程度ノ冒険ハ止メル訳ニ行カナイ、間違ッテ死ンダトシテモ構ウモンカ、ト云ウ気ニナル。………


十二日。………午後二時過ギ春久来リ、二三時間イタラシイ。夜ノ食事ヲ済マスト直グニ颯子外出スル。スカラ座デマルタン・ラサールノ「スリ」ヲ見、ソレカラプリンスホテルノプールニ行クト云ウ。バックレスノ水着カラ抜ケ出シタ真ッ白ナ肩ヤ背中ガナイターノ光線ヲ浴ビル光景ヲ想像スル。………

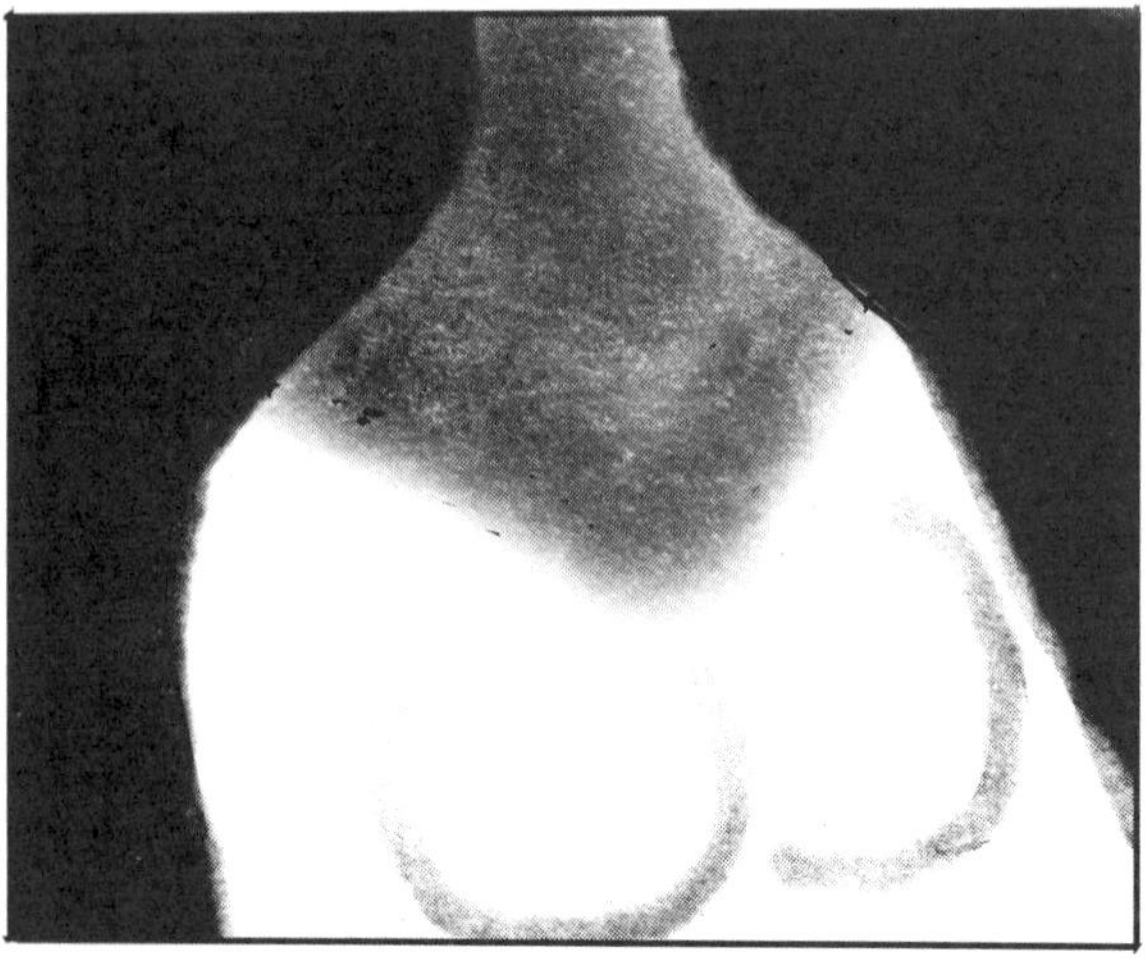

十三日。……午後三時頃、今日モピンキー・スリラーヲ経験スル。但シ今日ハ眼ガ赤クナラナイ。血圧モ普通ラシイ。ヤ、拍子抜ケガシタ感ジ。少シ眼ガ血走ッテ血圧ガ二〇〇ヲ越スクライニ興奮シナイト物足リナイ。

十四日。浄吉一人、夜軽井沢ヨリ帰宅、明日ノ月曜ヨリ出社ノ由。

十六日。颯子、昨日久シ振ニ葉山デ泳イデ来タト云ウ。今年ノ夏ハオ爺チャンノオ守リデ海ヘ行クコトガ出来ナカッタ、ヤッパリ日ニ焦ケテ来ナケレバ駄目ダト云ウ。颯子ノ肌ハ外人ナミニ白皙《はくせき》ナノデ日ニ焦ケタ部分ガ紅潮ヲ呈スル。頸カラ胸ヘカケテV型ニ真紅ノ型ガ染マリ、水着デ隠サレタ腹ノ部分ノ白イコト、云ッタラナイ。今日ハ予ニソレヲ誇示スルタメニ浴室ヘ招イタラシイ。

…………………………………………

十七日。今日モ春久ガ来テタラシイ。

十八日。……今日モピンキー・スリラーデアル。但シ十一日、十三日ト少シ違ウ。今日ハ彼女ガサンダルヒールヲ穿イテ這入ッテ来、ソノマ、シャワーヲ浴ビテイル。

「何デソンナモノ穿イテルンダネ」

「ミュージックホールノヌウド・ショウナンカヘ行クト、ミンナ裸デコレヲ穿イテ出テ来ルワ。足気狂イノオ爺チャンニハ、コレモ魅力ジャナイ？　トキ〳〵足ノ裏ガ見エタリシテ」

ソレハヨカッタガ、ソノアトデ次ノ事件ガアッタ。

「今日ハオ爺チャン、ネッキングサセタゲマショウカ」

「ネッキングッテ何ノコトダネ」

「ネッキングヲ知ラナイノ？　コナイダオ爺チャンガシタジャナイノ」

「頸ニ接吻スルコトカ」

「ソウヨ、ペッティングノ一種ヨ」

「ペッティングッテ何ダネ、ソンナ英語ハ習ッタコトガナイ」

「オ年寄ハ手数ガカヽッテ困ルワネ、体ジュウヲ可愛ガルコトヨ、ヘビー・ペッティングッテ言葉モアルワ、オ爺チャンニハ現代語カラ教エナキャナラナイ」

「ジャア、コヽニキスサセテクレルンダネ」

「有難イトオ思イナサイ」

「三拝九拝スルヨ。ドウ云ウ風ノ吹キ廻シカ、アトガ恐シイナ」

「イヽ覚悟ダワ、ソノ積リデイタライヽワ」

「ジャ、ソレカラ先ニ聞コウジャナイカ」

「マア兎ニ角、ネッキングヲナサイ」

結局予ノ方ガ誘惑ニ負ケタ。予ハ二十分以上モ所謂ネッキングヲ恣《ほしいまゝ》ニシタ。

「サア勝ッタ、モウイヤダナンテ云ワセヤシナイ」

「何ダネ、君ノ要求ハ」

「ビックリシテ腰ヲ抜カサナイヨウニ」

「何ダヨ一体」

「コノ間カラ欲シイト思ッテタモノガアルノ」

「ダカラ何ダヨ」

「キャッツ・アイ」

「キャッツ・アイ？　猫眼石《ねこめいし》カ」

「エ、ソウ、ソレモ小サイノジャ駄目、男ガ歆メルヨウナ大キイノガ欲シイノ。実ハ帝国ホテルノアーケードノ店ニアルノヲ見付ケテアルノヨ、ドウシテモコレニシヨウト思ッテ」

「イクラダ」

「三百万円」

「何ダッテ」

「三百万円」

「冗談ジャナイ」

「冗談ジャナイワヨ」

「差当リソンナ金ハナイ」

「知ッテルワヨアタシ。チョウドソノクライ都合ガツク筈ヨ。コレニ決メタカラ二三日ウチニ戴キニ上リマスッテ、

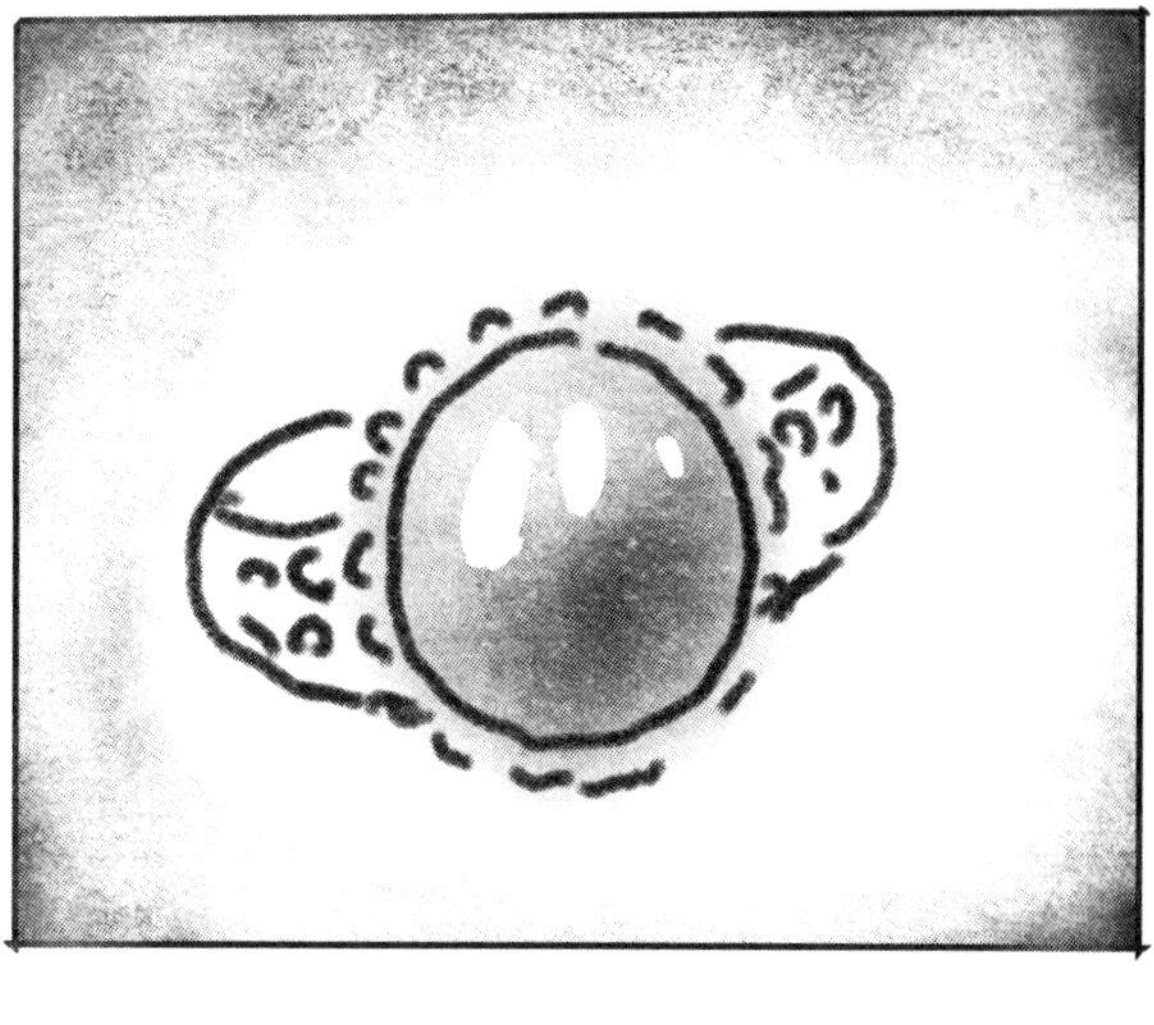

チャントソウ云ッテ来チャッタ」

「ネッキングガソンナニ高クツクトハ思ワナカッタ」

「ソノ代リ今日ダケデナクッテモイヽ、コレカライツデモサセタゲル」

「タカガネッキングダカラナ、本当ノ接吻ナラ価値ガアルケド」

「何ヨ、三拝九拝スルッテッタ癖ニ」

「エライコトニナッタナ、婆サンニ見ラレタラドウスル」

「ソンナヘマヲスルモンデスカ」

「ソレニシテモ痛イナ、アンマリ年寄ヲイジメナイデクレ」

「ソウ云イナガラ嬉シソウナ顔ヲシテルワ」

事実予ハ嬉シソウナ顔ヲシタラシイ。


十九日。台風近ヅクトノ報アリ。ソノセイカ手ノ痛ミガ激シク、足ノ運動ガ不自由サヲ増ス。颯子ガ買ッテ来タドルシンヲ三錠ズツ日ニ三回服用、オ蔭デ痛ミハ軽クナル。コレハ経口剤デアルカラノブロンヨリハ気持ガイヽ。シカシアスピリン系統ノ薬ナノデ、甚シク発汗スルノニハ閉口スル。

午後忽々鈴木氏ヨリ電話、「台風ガ来ルト困リマスカラ本日ノ鍼ハ休マセテ戴キマス」

トノコト。「承知イタシマシタ」ト云ワセテ寝室カラ書斎ニ来ル。途端ニ颯子ガ這入ッテ来タ。

「オ約束ノモノヲ戴キニ来マシタ、コレカラ銀行へ行ッテ、ソノ足デホテルへ廻リマス」

「台風ガ来ルゼ、コンナ時ニ行カナイデモイヽジャナイカ」

「気ガ変ラナイウチニ戴クモノヲ戴イテ、一刻モ早クアノ石ヲコノ指ニ嵌メテ見タイノ」

「僕ハ約束シタ以上、背キャシナイヨ」

「明日ハ土曜日ダカラ寝坊スルト銀行ニ間ニ合ワナイ、善ハ急ゲッテ云イマスカラネ」

予ハコノ金ニハ別ノ用途ガアッタノデアル。

モト予ノ一家ハ本所割下水ニ数代前カラ住ンデイタガ、父ノ代ノ時本所カラ日本橋区横山町一丁目ニ移ッタ。ソレハ明治ノ何年頃デアッタカ幼少ノ時デ覚エガナイ。ソシテ大正十二年ノ大震災ノ後ニ今ノ家ヲ麻布狸穴《まみあな》ニ新築シテ移ッタ。新築シタノハ予ノ父デアッタガ、父ハ大正十四年、予ガ四十一歳ノ時ニ死ンダ。母ハソレニ後レルコト数年、昭和三年ニ死ンダ。麻布ノ家ヲ新築シタト云ッタガ、タシカ明治年間政友会ノ長谷場《はせば》純孝《すみたか》ノ邸宅ガアッタ辺《あたり》ダトカ云イ、前カラ古イ屋敷ガ建ッテイタノデ、ソノ一部ヲ残シテ大部分ヲ改築シタノデアル。父ト母トハソノ古イ方ノ家ヲ隠居所ニシテ、土地ノ閑静ナノヲ愛シテイタ。戦災ノ時ニ又モウ一度改築シタガ、隠居所ダケハ奇蹟的ニ火災ヲ免レタノデ、今モナオ父母アリシ日ノ姿ノマ、ニ保存サレテイル。既ニボロ〳〵デ使用ニ堪エズ、モハヤ誰モ住ンデイナイ。予ハソレヲ取リ壊《こわ》シテ近代建築ニ作リ直シ、ソコニ今度ハワレ〳〵ノ隠居所ヲ作リタイ考デアルガ、ソレニハ今日マデ婆サンガ反対シテイタ。亡キ父母ノ隠栖《いんせい》ノ跡ヲ妄《みだ》リニ毀《こぼ》チ去ルノハヨクナイ。少シデモ長ク保存シテ置キタイト云ウ。ソンナコトヲ云ッテイタラ際限ガナイカラ、予ハ近々ニ婆サンニ無理ニ承諾サセテ壊シ屋ヲ入レヨウト思ッテイタノデアッタ。今ノ母《おも》屋《や》デモ家族全部ヲ収容スルノニ狭過ギルト云ウコトハナイガ、予ガイロ〳〵ト企《たくら》ンデイル悪事ヲ実行スルノニハ少シ不便デアル。新シイ隠居所ヲ作ルト称シテ、予ノ寝室ヤ書斎ヲ出来ルダケ婆サンノ寝室カラ遠クニ切リ離シ、婆サン専用ノ便所ヲ彼女ノ寝室ノ隣ニ設ケル。浴室ハ「婆サンノ便利ノタメ」ト称シテ純日本式ノ木製ノモノヲ、コレモ別ニ婆サンノ寝室ニ隣接サセル。予ノ浴室ハ予専用ノタイル張リニシテ、シャワーノ設備ヲスル。

「隠居所ニ風呂場ヲ二ツ作ルナンテ無駄ナコッチャアリマセンカ、ヨゴザンスヨ、アタシハ母屋デ佐々木サンヤオ静ト一緒ニ這入リマスカラ」

「マアオ前サンモ、ソノクライナ贅沢ハ許サレテモイイ、サ、年ヲ取ッタラユックリ風呂ニデモ漬カルクライガ楽シミダカラネ」

予ハ婆サンガ成ルベク自分ノ部屋ニ閉ジ籠ッテイテ方々家ノ中ヲ歩キ廻ラナイヨウニ工夫シタ。ツイデニ母屋モ改造シテ二階屋ヲ平屋ニ直シタカッタガ、コレハ颯子ニ反対サレタノミナラズ、金ノ用意ガ不足シタ。デ、已ムヲ得ズ、隠居所ダケヲ新築スル積リダッタ。颯子ノ狙ッテイタ三百万円ハソノ金ノ一部ナノデアル。

「只今」

ト、颯子ガ早クモ帰ッテ来タ。凱旋将軍ノ如ク意気揚々トシテイル。

「モウ行ッテ来タノカ」

ソレニハ答エズ、黙ッテ掌ノ上ニ一箇ノ石ヲ載セテ見セル。ナルホド見事ナ猫眼デアル。予ハ新築ノ隠居所ノ空想ガコノ柔カイ掌ノ上ノ一点ト化シ去ッタコトヲ知ラサレル。

「コレ、何カラットダ」

予モ掌ニ載セテ見ル。

「十五カラット」

例ニ依ッテ忽《たちま》チ左手ノ疾患部ガ甚シク痛ミ始メル。慌テ、ドルシンヲ三錠呑ム。勝チ誇ッタ颯子ノ顔ヲ見ルト、痛イコトガ溜ラナク楽シイ。隠居所ナンカ作ルヨリコノ方ガドンナニヨカッタカ。……

二十日。台風十四号イヨ〳〵接近、風雨強シ。ニモ拘ラズ、カネテノ予定ノ通リ朝軽井沢ニ立ツ。颯子ト佐々木同伴スル。但シ佐々木ハ二等車デアル。佐々木ハ頻リニコノ天候ヲ気ヅカッテ、モウ一日オ延バシニナッタラト云ッタガ、予モ颯子モ承知シナカッタ。二人トモ妙ニ殺気ダッテ、台風ナンカイクラデモ吹ケト思ッテイタ。猫眼石ノ魔力デアル。……

二十三日。本日颯子同伴帰京ノ積リデイタトコロ、子供達ノ学校モ始マルノデ、予定ヲ早メテ明二十四日皆々引キ揚ゲルコトニスルカラ、明日一緒ニ帰リマショウ、モウ一日オ延バシナサイト婆サンガ云ウ。颯子ト二人デ旅ヲスル楽シミガ消シ飛ンデシマッタ。

二十五日。今朝カラ又牽引ヲ始メルトコロデアッタガ、結局利キ目ガナイノデ中止ト決定。鍼モ今月一杯デ止メヨウト思ウ。……颯子ハ早速今夜後楽園ジムヘ出カケル。

九月一日。本日ハ二百十日デアルガ何事モナイ。浄吉今日ヨリ五日間ノ予定デ福岡ニ飛ブ。

三日。サスガニ秋ノ気色《けはい》ヲ感ジル。俄雨《にわかあめ》ガ去ッタ後空ガ快ク晴レル。颯子書斎ニ高《コー》梁《リャン》ト雞頭《けいとう》、玄関ニ七草ヲ活ケル。ツイデニ書斎ノ軸ヲ代エル。荷風散人ノ七絶ノ色紙ヲ表装シタモノ。

卜㆓宅 麻 渓㆒七 値㆑秋
霜 餘 老 樹 擁㆓西 楼㆒
笑 吾 十 日 間 中 課
掃㆑葉 曝㆑書 還 曬㆑裘

荷風ノ書ト漢詩ハサシテ巧ミデハナイケレドモ、彼ノ小説ハ予ノ愛読書ノ一ツデアル。コノ書ハ昔或ル美術商カラ手ニ入レタモノダガ、荷風ノ書ハ非常ニ偽筆ヲ上手ニ書ク男ガイタソウデアルカラ、コノ幅モ真偽ハサダカデナイ。荷風ハ戦火ニ焼カレル迄コ、ノツイ近クノ市兵衛町ノペンキ塗リノ木造ノ洋館ニ住ミ、偏奇館ト号シテイタ。「宅ヲ麻渓ニトシ七タビ秋ニ値ウ」ト云ウ所以デアル。

四日。払暁《ふつぎょう》、午前五時頃ト思ウ、ウト〳〵シナガラ聞イテイルト、何処カデ蟋蟀《こおろぎ》ガピイピイト鳴イテイル。ピイピイ、ピイピイ、ト、カスカナ声デハアルガ、シキリニ聞エル。モウ蟋蟀ノ鳴ク季節デハアルケレドモ、コノ部屋デ聞エルノハオカシイ。コノ家ノ庭ニモ稀ニ蟋蟀ガ鳴クコトハアルガ、コノ寝室ノベッドニ寝テイテ聞エルノハオカシイ。何処カラカ部屋ノ中ニ蟋蟀ガ紛レ込ンダノダロウカ。

予ハ図ラズモ幼年ノ頃ヲ思イ起シタ。割下水ノ家ニ住ンデイタ時分、六ツカ七ツノ頃ダッタヾロウ、乳母ニ抱カレテ寝床ニ横ニナッテイルト、蟋蟀ガヨク縁側ノ外デ鳴イテイタ。庭ノ敷石ノ蔭カ縁ノ下カ何処カニ潜《ひそ》ンデイテ、アザヤカナ声デ鳴キ立テル。鈴虫ヤ松虫ノヨウニ沢山ハ集ッテ来ナイ、常ニ必ズ一匹デアル。ガ、ソノ一匹ガ実ニハッキリト、耳ノ奥ヘ沁ミ入ルヨウニ鳴ク。スルト乳母ガ、

「ホラ、督《とく》チャン、モウ秋デゴザイマスヨ、蟋蟀ガ鳴イテオリマスヨ」

ト、ソウ云ッタモノデアッタ。

「ホラ、アノ声ヲ聞イテルト、『肩刺《さ》セ裾刺セ、肩刺セ裾刺セ』ト云ッテルヨウニ聞エルデゴザイマショ、モウアノ声ガ聞エ出シタラ秋ナンデゴザイマスヨ」

ソウ云ワレルト、気ノセイカ寝間着ノ白地ノ単衣ノ筒袖ヲ肌寒イ風ガ冷エ〳〵ト通リ抜ケルヨウナ気ガシタ。予ハ糊《のり》ノ硬《こわ》イゴワ〳〵シタ単衣ヲ着セラレルノガ嫌イデアッタガ、寝間着ニハイツモ甘ッタルイ腐リカヽッタヨウナ糊ノ匂イガシタ。ソノ匂イト蟋蟀ノ鳴キ声ト秋ノ朝ノ肌ザワリトガ、予ノオボロゲナ遠イ記憶ニハ一ツニナッテ残ッテイル。ソシテ七十七歳ノ今デモ明ケ方ニアノピイピイト云ウ蟋蟀ノ声ヲ思イ出スト、アノ糊ノ匂イ、アノ乳母ノ物ノ云イ振リ、アノゴワ〳〵シタ寝間着ノ肌ザワリガ

蘇《よみがえ》ッテ来ル。半バ夢ノ中デ自分ガ今モ割下水ノ家ニイルヨウニ感ジ、寝床ノ中デ乳母ニ抱カレテイルヨウニ感ジル。

ガ、今朝ハ、ダン〳〵意識ガハッキリシテ来ルニ従イ、ソノピイピイト云ウ声ガ、現ニ佐々木看護婦トベッドヲ並ベテイルコノ部屋ノ中デ聞エテイルノニ違イナイコトニ心ヅク。ソレニシテモ不思議デアル。コノ室内デ蟋蟀ガ鳴ク筈ガナイ。窓モドーアモ締マッテイルノデ、外カラ聞エテ来ル訳モナイ。ケレド確ニピイピイト鳴イテイル。

「オヤ」

ト思ッテ、予ハモウ一遍耳ヲ澄マス。ア、ソウカ、ソウダッタノカト、漸ク悟ル。何度モ何度モ聞キ直シテミル。ソウダ、確ニコレダ、コレダッタノダ。

予ガ蟋蟀ト聞イタノハ蟋蟀デハナク、予自身ノ呼吸音ダッタノデアル。今朝アタリハ空気ガ乾燥シ、老人ノ喉《のど》ガカラ〳〵ニ干涸《ひから》ビ、風邪《かぜ》ヒキ加減ニナッテイルセイデ、呼吸ガ喉ヲ入ッタリ出タリスル度毎ニピイピイト云ウ音ヲ発スル。喉デスルノカ、鼻ノ奥デスルノカ、何処デスルノカハッキリ分ラナイガ、何処カソノ辺ヲ通リ過ギル時ニピイピイト鳴ルノラシイ。ソレガ自分ノ喉ガ鳴ッテイルノダトハ思エナイデ、自分ノ体以外ノトコロカラ鳴ッテ来ルヨウニ聞エル。アンナピイピイシタ可愛イ声ガ自分ノ体カラ出テイルトハ思エズ、ドウシテモ虫ガ鳴イテイルヨウニ聞エル。ダガ試ミニ息ヲ吸ッタリ吐イタリシテミルト、ヤッパリ間違イナクピイピイト鳴ル。面白クナッテ何度モ試シテミル。息ヲ強クスルト音モ強クナリ、マルデ笛デモ吹イテイルヨウニピイピイト鳴ル。

「オ眼覚メデイラッシャイマスカ」

ト、佐々木ガ上半身ヲ起シタ。

「君、コノ音ガ何ダカ分ルカネ」

ト、予ハ又喉ヲ鳴ラシテミセタ。

「旦那様ノ呼吸ノ音デゴザイマショ」

「ヘエ、君ハ知ッテタノカネ」

「知ットリマスワ、毎朝聞イテオリマスモノ」

「ヘエ、毎朝コンナ音ヲサセテタノカネ」

「旦那様ハ御自分デアンナ音ヲサセナガラ、御存知ナカッタンデゴザイマスカ」

「イヤ、コノ間カラ朝ニナルト聞エテ

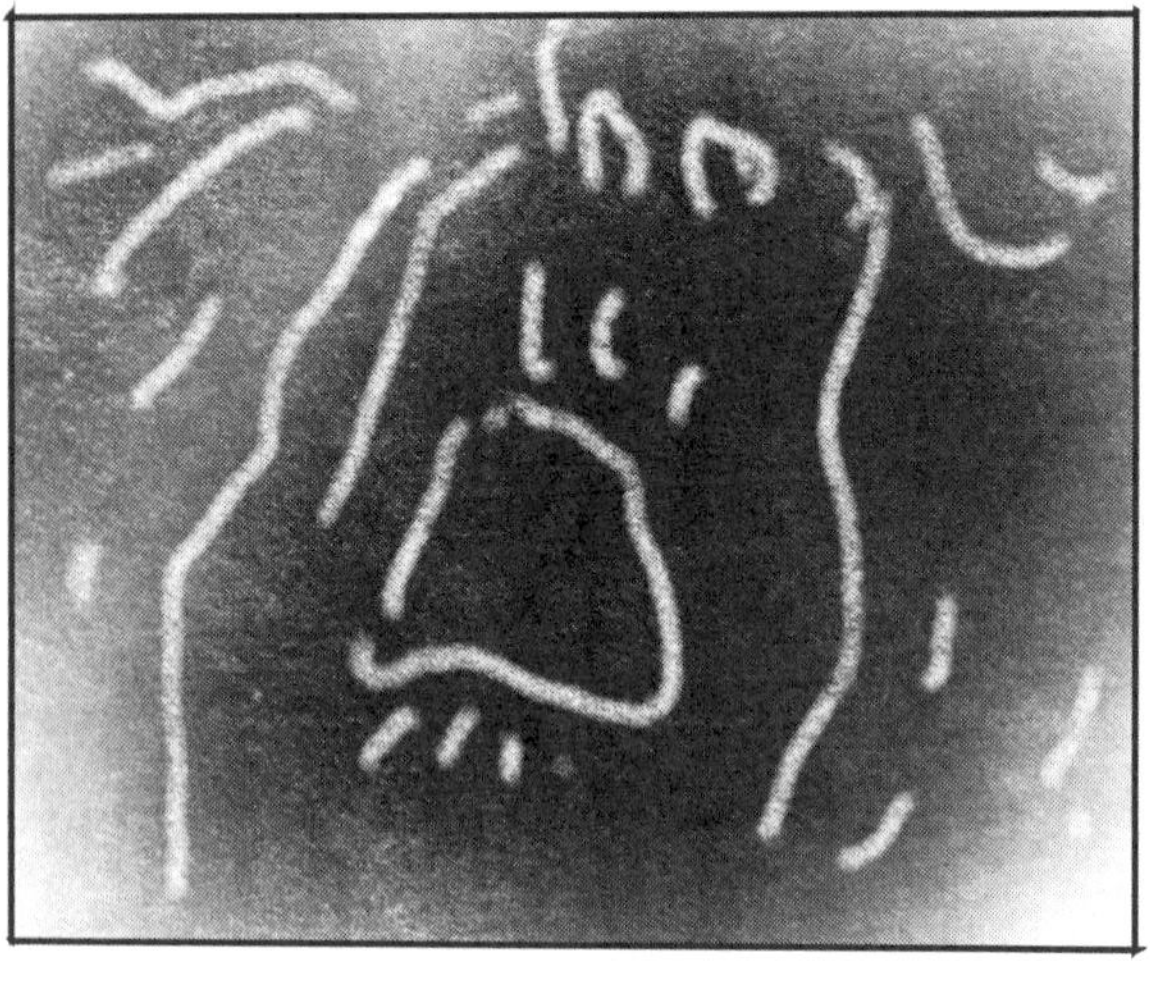

タヨウナ気ガスルケレド、寝惚ケテタンデ蟋蟀ガ鳴クンダト思ッテタンダ」

「蟋蟀ジャゴザイマセン、旦那様ノ喉カラ出ルンデゴザイマスヨ。旦那様ニ限リマセン、オ歳ヲ召スト誰方《どなた》モ喉ガ干涸ビテ、息ヲナサル度ニ笛ノヨウナ音ガ出ルンデゴザイマスネ。御老人ニハヨクアルコトデゴザイマス」

「ジャ、君ハ前カラ知ッテタノカ」

「ハア、近頃ハ毎朝伺ッテオリマシタ、ピイピイッテ、オ可愛ラシイオ声デ」

「婆サンニモコノ声ヲ聞カシテヤロウ」

「知ッテラッシャイマスヨ、ソンナコト」

「颯子ガ聞イタラ笑ウダロウナ」

「若奥様ダッテ御存知ナイコトガアルモンデスカ」


五日。今暁母ノ夢ヲ見ル。親不孝ノ予ニシテハ珍シイコトデアル。多分昨日ノ明ケ方ノ蟋蟀ノ夢ヤ乳母ノ夢ガ跡ヲ引イタノダト思ウ。夢ノ中ニ出テ来タ母ハ、予ノ記憶ニアル最モ美シイ最モ若イ時ノ姿ヲシテイタ。何処ト云ウコトハ明カデナイガ、多分割下水時代ノ彼女ニ違イナイ。外出ノ時ニイツモ着テイタ鼠小紋ニ黒縮緬《ちりめん》ノ羽織ヲ着テイタ。コレカラ何処ヘ出カケヨウトスルノカ、何処ノ部屋ヲ歩イテイルノカヨク分ラナイ。帯ノ間カラ莨《タバコ》入レト煙管《キセル》ノ袋ヲ取リ出シテ一服吸ッタ様子デアルカラ、茶ノ間ニ坐ッテイタヨウデモアルガ、イツノ間ニカ門外へ出タラシク、素足ニ吾妻下駄ヲ穿イテ歩イテイル。髪ハ銀杏返《いちょうがえ》シ、珊瑚《さんご》ノ根掛《ねがけ》、同ジ珊瑚ノ一ツ玉ヲ挿シ、蝶貝ヲ鏤《ちりば》メタ鼈甲《べっこう》ノ櫛ヲサシテイル。髪ノ形ガソンナニ委シク見エタノニ顔ハドウモハッキリ見エナイ。昔ノ人デ、母ハ身ノ丈ガ低ク、五尺ソコ〳〵ダッタノデ、頭バカリ見エタノカモ知レナイ。ソレデモ母ニ違イナイコトハ分ッテイタ。残念ナコトニ予ノ方ヲ見テモクレナカッタシ、口ヲ利イテモクレナカッタ。予モ亦話シカケナカッタ。話シカケレバ叱ラレソウナ気ガシタノデ黙ッテイタノカモ知レナイ。横網ニ親戚ノ家ガアルノデ、ソコへ行ク途中ナンダロウト思ッタ。ホンノ一分間グライデ、ソレカラアトハ朦朧《もうろう》トナッテシマッタ。

眼覚メタ後モ、予ハ反芻《はんすう》スルヨウニ夢ノ中ノ母ノ姿ヲ思イ出シテイタ。明治ノ中期、二十七八年頃ノ或ル天気ノイ、日ニ、母ガ我ガ家ノ門前ヲ歩イテ行キ、幼童ノ予ヲ往来デ見カケタコトガアルノカモ知レナイ。ソシテソウ云ウ或ル一日ノ印象ガ、コ、ニ蘇ッタノカモ知レナイ。ダガオカシイノハ、母ダケガ若キ日ノ姿ヲシテイテ、予ハ現在ノ老人ノマ、デアル。予ハ母ヨリモ身ノ丈ガ高ク、母ヲ眼下ニ見オロシテイル。ソレデイテ矢張自分ヲ幼童ダト思イ、母ヲ母ダト思ッテイル。ソシテ時ハ明治二十七八年頃ノ割下水ダト思ッテイル。コンナトコロガ夢ナノカモ知レナイ。

母ハ自分ノ悴ニ浄吉ト云ウ孫ガ生レタコトハ知ッテイタ。シカシ母ハ浄吉ガ五歳ノ時、昭和三年ニ死ンダノデ、孫ノトコロへ嫁ニ来タ颯子ノコトハ知ル訳モナイ。颯子ト浄吉トノ結婚ヲ、予ノ妻デサエアンナニ激シク反対シタノデアルカラ、アノ時分マデ母ガ長生キシテイタラ、ドンナニ反対シタコトデアロウ。恐ラク二人ノ結婚ハ成立シナカッタニ違イナイ。イヤ始メカラ、ダンサー上リトノ結婚ナンテ考エラレモシナカッタ筈ダ。ソレガ成立シタバカリデナク、母ノ悴デアル予ガ孫ノ嫁ノ魅力ニ溺レ、彼女ニペッティングヲ許シテ貰イ、ソノ代償ニ三百万円ヲ投ジテ猫眼石ヲ買ッテヤルナンテ事件ガアッタラ、母ハ驚イテ気絶スルダロウ。万一父ガ生キテイタラ、予モ浄吉モ勘当サレルニ決ッテイル。イヤ、ソレヨリモ、颯子ノ容貌風姿ヲ見タラ母ハ何ト思ウダロウ。

母ハ若イ時美人ト云ワレタ。予モ美人ト云ワレタ時代ノ彼女ノ姿ヲ記憶シテイル。予ガ十五六歳ニナルマデハ、ナオ彼女ハ昔ノ俤《おもかげ》ヲ存シテイタ。ソノ俤ヲ心ニ浮カベテ、今ノ颯子ト比ベテ見ルト、実ニ何ト云ウ相違カ。颯子モ世間カラ美人ト云ワレテイル。浄吉ガ颯子ヲ妻ニシタ重ナ理由モソコニアッタ。ダガコノ二人ノ美人ノ間、明治二十七年ト昭和三十五年トノ間ニ、日本人ノ体格ニ何ト云ウ隔タリガ生ジタコトカ。母モ美シイ足ヲシテイタ。シカシ颯子ノ足ヲ見ルト、ソノ美シサガ全ク違ウ。殆ド同ジ種類ノ人間ノ足、同ジ日本人ノ女ノ足トハ思ワレナイ。母ノ足ハ予ノ掌ノ上ニ載ルクライニ小サク可愛イカッタ。ソシテソノ足ヲ畳表ノ下駄ノ上ニ載セテ、極端ナ内股《うちまた》デ歩

イタ。（ソウ云エバ夢ノ中ノ母ハ黒縮緬ノ羽織ヲ着ナガラ足ダケハ足袋ヲ穿イテイナカッタ。予ニコトサラニ素足ヲ見セルタメダッタロウカ）明治ノ女ハ美人ニ限ラズ、誰デモアンナ風ニ内股デ歩イタ。マルデ鵞鳥《がちょう》ガ歩クヨウナ歩キ方ダッタ。颯子ノ足ハ柳鰈《やなぎがれい》ノヨウニ華奢デ細長イ。普通ノ日本人ノ靴ハ平ベッタクッテアタシノ足ニハ合ワナイト、颯子ハ自慢スル。反対ニ母ノ足ハ幅広デアル。奈良ノ三月堂ノ不《ふ》空羂索《くうけんじゃく》観世音菩薩ノ足ヲ見ルト、予ハイツモ母ノ足ヲ思イ出ス。背ノ低サモ皆母ト同ジダッタ。五尺ニ足ラヌ女モ珍シクナカッタ。予モ明治生レデアルカラ背ガ低ク、五尺二寸アルカナシダガ、颯子ハ予ヨリモ一寸三分高ク、

一六一センチ五ミリアル。

顔ノ化粧ノ方法モ昔ハ甚シク違ッテモイタシ、簡単デモアッタ。既婚ノ女、大概数エ年十八九歳以上ハスベテ眉ヲ剃《そ》リ歯ヲ黒ク染メテイタ。明治モ中期以後ニナレバコノ習慣ハ次第ニ廃レタガ、予ノ幼少時代マデハソウデアッタ。歯ヲ染メル時ハ特有ナ鉄《か》漿《ね》ノ臭イガシタコトヲ予ハ今デモ覚エテイル。ソノ母ヲ今ノ颯子ガ見タラ何ト感ジルダロウ。髪ヲパーマネントニシ、耳ニイヤリングヲ下ゲ、唇ヲコーラル・ピンクダノパール・ピンクダノコーヒー・ブラウンダノニ塗リ、眉ニ黛《まゆずみ》、瞼ニアイ・シャドウヲ着ケ、フォールス・アイラッシュデ附ケ睫ヲ着ケ、ソレデモ足リナイデマスカラーデ睫ヲ長ク見セヨウトスル。昼間ハダーク・ブラウンノ鉛筆デ、夜ハ墨ニアイ・シャドウヲ交ゼテ眼張リヲスル。爪ノ化粧モコノ伝デ、詳細ニ書イタラソノ煩《はん》ニ堪エナイ。同ジ日本人ノ女ガ六十余年ノ歳月ノ間ニ斯クモ変遷スルモノデアロウカ。思エバ予ハ随分長イ月日ヲ生キタモノヨ、数限リモナイ移リ変リヲ経験シタモノヨト、自ラ驚カザルヲ得ナイ。母ハ明治十六年ニ生ンダ我ガ子ノ督助《とくすけ》ガ、ナオモコノ世ニ生存シテイテ、コノ颯子ノヨウナ女、而モ彼女ノ義理ノ孫、彼女ノ孫ノ正妻デアル女――ニ浅マシキ魅力ヲ感ジ、彼女ニイジメラレルコトヲ楽シミ、自分ノ妻、自分ノ子供達ヲ犠牲ニシテモ彼女ノ愛ヲ得ヨウトスルノヲ、何ト思ウデアロウカ。母ノ亡クナッタ昭和三年カラ数エテ三十三年後ニ、悴ガコノヨウナ狂人ニナリ、コノヨウナ嫁ガ我ガ家ニ入リ込ムニ至ッタコトヲ、夢ニモ考エタヾロウカ。イヤ、予自身デスラ、コンナコトニナロウトハ思イモ寄ラナカッタ。

……………………………………

十二日。……午後四時頃、婆サント陸子ガ這入ッテ来ル。陸子ヲコノ部屋デ見ルノハ久シ振デアル。七月十九日ニ予ノ拒絶ニ会ッテカラ、彼女ハスッカリ予ニ愛想ヲ尽カシテイタ。婆サンヤ経助ト軽井沢へ立ツ時モ、ワザトコ、へ寄ラナイデ上野駅デ落チ合ッタ。先日軽井沢デハ努メテ予ト顔ヲ合ワサナイヨウニシテイタ。ソレガ、婆サント連レ立ッテ這入ッテ来タノハ何カ仔細ガアルノデアル。

「コノ間ジュウハ子供達ガ長イコト御厄介ニナリマシテ」

「何カ用カネ」

予ハイキナリ、ズバリト聞イタ。

「イ、エ別ニ……」

「ソウカイ、子供達モ大層元気ラシカッタネ」

「有難ウゴザイマス、オ蔭様デ今年モ大喜ビデ」

「不断メッタニ見ナイセイカ、三人トモ見違エルホド大キクナッタネ」

コ、デ婆サンガ口ヲ挟ンダ。

「ソレハソウト、陸子ガ面白イコトヲ聞イテ来マシタンデ、オ爺チャンニモオ耳ニ入レテ置キタイト思イマシテネ」

「ア、ソウ」

又何カイヤナコトヲ云イニ来ヤガッタト思ッテイルト、

「オ爺チャン油谷サンヲ覚エテラッシャルデショウ」

「ブラジルヘ行ッタ油谷ノコトカ」

「アノ油谷サンノ息子サンヲ御存知？　浄吉ノ結婚ノ時父ノ代理ダト云ッテ御夫婦デ出席シテ下スッタ――」

「ソンナコト覚エテイルモンカ。ソレガドウシタンダ」

「アタシモ覚エテナインダケレド、鉾田トハ仕事ノ関係カラ近頃懇意ニオナリニナッテ、時々オ目ニカ、ルコトガアルンデスッテ」

「ダカラサ、ソレガドウシタト云ウノサ」

「イ、エネ、ソノ油谷サンガ先週ノ日曜ニ御近所マデ参リマシタカラッテ、御夫婦デ鉾田ノトコロヘオ寄リニナッタンデスッテ。今考エルトアノ奥サン大層オシャベリナ方ダッタカラ、ワザ〱コレガ云イタクッテ寄ッタンジャナイカッテ、陸子ハ云ウンデスガネ」

「コレトハ何サ」

「マア、コレカラ先ハ陸子ニオ聞キニナッテ下サイ」

安楽椅子ニ腰カケテイル予ノ面前ニ並ンデ立ッテイタ二人ハ、コヽデ「ドッコイショ」トソファニ腰ヲ据エタ。ソシテ、颯子ト四ツシカ違ワナイノニ、モウイヽ加減中年婆サンニナッテイル陸子ガ、アトヲ引キ受ケテ続ケタ。油谷ノ嫁ノコトヲオシャベリダナンテ云ウガ、彼女モオシャベリデハ引ケヲ取ラナイ。

「コノ間、アタシ達ガ軽井沢カラ帰ッテ来タ明クル日ノ晩、先月ノ二十五日ノ晩ニ、後楽園ジムニ東洋フェザー級タイトル・マッチガアッタデショウ?」

「ソンナコト知ルモンカ」

「マ、アッタンデスヨ。全日本バンタム一位ノ坂本春夫ガタイノバンタム一位ノシリノイ・ルクプラクリスヲノック・アウトシテ初代チャンピオンガ生レタアノ晩デスヨ、――」

ソノシリノイ・ルクプラクリスト云ウ名ヲ陸子ハ流暢《りゅうちょう》ニペラ〳〵ト云ッテ退ケタ。予ナンカニハ到底一度デハ覚エキレナイシ、一ト息ニハ云イ切レナイ。舌ヲ噛ンデシマウ。流石オシャベリハ違ッタモンダ。

「――油谷サン夫婦ハ少シ早メニ出カケテ行ッテ前座ノ試合カラ見テタンダソウデスガ、リングサイドノ奥サンノ右隣ノ席ガ二ツ、最初ハ空イテタンダソウデス。ト、タイトル・マッチガ始マロウトスル時大層スマートナ奥サンガ一人、片手ニベージュノハンドバッグヲ持ッテ、片手ニ自動車ノキーヲ振リ廻シナガラ這入ッテ来テ隣ニ腰カケタンダソウデス。ソレヲ誰ダト思イマス？」

「……………」

「油谷サンノ奥サンハ結婚ノ時ニ颯チャンニオ目ニカヽッタキリナンデ、アレカラモウ七八年ニナル、ダカラ先様《さきさま》ハアタシノ顔ナンカ忘レテラッシャルノモ無理ハナイ、アノ大勢ノ中デスカラ、アタシミタイナモン始メッカラ眼中ニオアリニナラナカッタロウ、ケレドアタシノ方ジャ決シテ忘レッコアリマセン、何シロアノ方ハ一度見タラ忘レラレナイ世ニモオ綺麗ナオ方デスシ、アノ時分ヨリ又一倍オ美シクナッテラッシャルンデスモノッテ、ソウ云ウンデス。デモ黙ッテイチャ悪イト思ッテ、卯木サンノ若奥様ジャイラッシャイマセンカッテ、声ヲカケヨウト思ッタラ、ソノ時モウ一人、知ラナイ男ノ方ガ割リ込ンデ来テ颯チャンノ隣ニ掛ケタンダソウデス、ソシテオ知リ合イト見エテ仲好ク颯チャント話シ出シタンデ、ツイ御挨拶ヲ申シソビレタト云ウンデス」

「……………」

「マアソレハイヽ、――イヽコトハアリマセンケレドモ、ソノ話ハオ婆チャンカラ仰ッシャッテ戴クトシテ、――」

「イヽコトナンカアルモンデスカ」

ト、コ、デ又婆サンガ口ヲ挟ンダ。

「ソレハオ婆チャンカラ仰ッシャッテ下サイ、アタシハ遠慮イタシマス。ソレヨリ油谷サンノ奥サンガ何ヨリ先ニ眼ニ附イタノハ、颯チャンノ指ニ光ッテイタキャッツ・アイダト云ウンデス。チョウド自分ノ右隣ニイラシッタカラ、左ノ指ニ篏メテイラシッタノガハッキリ見エタ。奥サンノ見タトコロデハキャッツ・アイト云ッタッテアンナ大キナ立派ナ石ハ、ソンナニザラニアルモンジャナイ、恐ラク十五カラット以上アルコトハ確カダト云ウンデス。今マデ颯チャンガソンナ石ヲ持ッテタノヲ、オ婆チャンモ見タコトハナイト仰ッシャイマスシ、アタシモ知リマセンケレドモ、イツアンナモノヲ買ッタンデゴザイマショウネ」

「………」

「ソウ云エバ岸サンガ総理大臣ダッタ時、仏印《ふついん》カ何処カデキャッツ・アイヲ買ッテ問題ニナッタコトガアリマシタッケネ。新聞ニハアノ時ノ石ガ二百万円ト書イテマシタネ。仏印アタリハ宝石ノ値ガ安インデスカラ、仏印デ二百万円ダッタラ日本ヘ持ッテ来レバ倍以上ニナルデショウ。トスルト颯チャンノ石ダッテ余程ノモノデショウネ」

「ソンナモノヲ誰ガイツノ間ニ買ッテオヤリニナッタンデショウ」

ト、コ、デ又婆サンガ一言シタ。

「何シロアマリ立派ナ石デ凄ク光ルモンデスカラ、油谷サンノ奥サンモ目ヲ円クシテ何度モジロ〳〵見タンデショウネ、ソレデ颯チャンモ気ガ差シタト見エテハンドバッグカラレースノ手袋ヲ取リ出シテ篏メタト云ウンデス、トコロガソレデ隠サレルドコロカレース越シニ却テ光ルノガ目立ッタ、ソレト云ウノガ、ソノ手袋ガ恐ラク仏蘭西《フランス》製ノ手編ミノレースデ、而モ黒ノ手袋ナンデス、――黒ダト中ノ宝石ノ光ルノガ一層ヨク目立ツンデ、或ハ颯チャンハソノ効果ヲ考エテワザト篏メタノカモ知レマセン。ソンナ細カイトコロマデ、ヨクマア観察ナサイマシタワネッテ云ッタラ、ソリャアタシノ右隣ニイテ左ノ手ニ篏メテラッシャルンダカラ、イクラデモ観察出来マシタ、アノ晩ハボクシングヨリアノレース越シノ指ノ方ニ気ヲ取ラレテ試合ヲ見損イマシタッテ、奥サンハ仰ッシャルンデス」

……………………………………

4

十三日。昨日ノ続キ。

「ネエオ爺チャン、颯子ガソンナモノヲ持ッテタ筈ハアリマセンガ、………」

婆サンノ追及ハコ、ヘ来テ俄ニ急デアル。

「………」

「ネエ、イツ買ッテオヤリニナッタンデス」

「イツダッテイヽジャナイカ」

「イヽコトハアリマセンヨ、第一オ爺チャンニシタッテソンナオ金ヲドウシテ持ッテラシッタンデス、陸子ニハ出銭ガ多クッテ困ルッテ仰ッシャッタ癖ニ」

「……」

「出銭ト云ウノハソンナコトダッタンデスカ」

「ソンナコトサ」

婆サンモ陸子モ呆レテ言葉モ出ナイト云ウ顔付。

「颯子ニ出シテヤル金ハアッテモ陸子ニ出ス金ハナイッテコトサ」

コウ先ズ度胆ヲ抜イテヤッタガ、咄嗟ニ巧イ口実ガ浮カンダ。

「オ婆チャンハ己ガ隠居所ヲ取リ潰シテ建テ直スト云ッタラ、ソレニ反対シタジャナイカ」

「エ、反対シマシタトモ。アナタミタイナ親不孝ナ料簡ニ誰ガ賛成スルモンデスカ」

「サレバサ、全生院様モ止観院様モ何ト云ウ孝行ナ嫁女《よめじょ》ダロウト、草葉ノ蔭デオ前サンノコトヲオ喜ビニナッテルダロウヨ。ソコデソノ用意ニ取ッテ置イタ金ガ浮イタ訳サ」

「浮イタニシタッテ何モ颯子ニアンナモノヲ買ッテオヤリニナルコトハナイデショ

ウ」

「イ、ジャナイカ、ホカノ者ニ買ッテヤルンジャナイ、大事ナ嫁ニ宝石ヲ買ッテヤルンダ、仏様ダッテイ、コトヲシテヤッタ、感心ナ悴ダッテオ褒メニナルサ」

「建テ直シノ費用ナラソレダケッテコトハナイデショウ、マダ余分ガアルデショウ」

「ア、アルトモサ、宝石ノ金ハソノ一部サ」

「ジャアソノ余分ハ何ニナサルノ」

「何ニシヨウト己ノ勝手ダ、余計ナ干渉ハシテ貰イタクナイ」

「デモ何ニオ使イニナルオ積リカ、参考ノタメニ伺ッテ置キタイモンデスネ」

「サア、何カラ拵《こしら》エテヤロウカナ。庭ニプールガアッタライ、ナッテ云ッテタカラ、先ズプールヲ作ッテヤルカナ、ソウシタラドンナニ喜ブダロウナ」

婆サンハ何モ云ワナイ。黙ッテ眼ヲ円クシテイル。

「プールッテソンナニ早ク作レルンデショウカ、モウ秋ジャアリマセンカ」

ト、陸子ガ云ウ。

「コンクリートヲ乾カスマデニ時間ガカ、ルンデ、今カラ工事ヲ始メテモ完成スルノニ四カ月グライカ、ルソウダ。颯子ガスッカリ調ベテ来タンダ」

「出来上ルト冬ニナリマスネ」

「ダカラ格別急グコトハナイ、ユックリ取リカ、ッテ来年ノ三四月頃ニ完成スレバイ、ンダガ、チットデモ早ク完成サセテ喜ブ顔ガ見タインデネ」

コレデ陸子モ黙ッテシマウ。

「ソレニ颯子ハ普通ノ個人ノ家庭ニアルヨウナ狭インジャイヤダ、少クトモ縦二十メートル、幅十五六メートル欲シイ。デナイト得意ノシンクロナイズド・スウィミングガ演《や》リニクイ。一人デソレヲ演ッテ見セテ己ニ見セタイッテ云ウンダヨ。己ニソレヲ見セルノガ目的デプールヲ作ルヨウナモノナンダ」

「ソレデモソレハイ、コトデゴザイマスワネ、自分ノ家ニプールガ出来タラ経チャンダッテ喜ブデショウシ、……」

陸子ガ云ウト婆サンガ云ッタ。

「経助ノコトナンゾ考エテヤルヨウナマ、ジャナインダカラネ、学校ノ宿題ダッテアルバイトノ学生ニ任セッキリナンダカラ。オ爺チャンダッテソウナンダカラ、ウチノ子供ハ可哀ソウダヨ」

「ダケドプールガ出来タ以上ハ経チャンダッテ飛ビ込ミマスヨ。辻堂ノ子供達モセイ〴〵使ワシテ戴キマスワ」

「ソウダトモサ、イクラデモ這入リニ来ルガイ、」

飛ンダトコロデ敵ヲ取ラレル。マサカ経助ヤ辻堂ノ河童共ニ這入ルナト云ウ訳ニモ行カナイ。シカシ七月ハ下旬マデ学校ガアルシ、八月ニナレバ軽井沢ヘ追ッ払ッテシマウ。問題ハ寧ロ春久デアル。

「トコロデプールヲ作ル費用ハドノクライカヽルンデス」

当然コノ質問ガ来ルコトヲ覚悟シテイタノダッタガ、大婆サンモ小婆サンモツイ取リ紛レテコノ大切ナ質問ヲスルコトヲ忘レテシマッタ。予ハホットシタ。ソレバカリデハナイ、婆サント陸子ノ意図スルトコロハ、コンナ工合ニジワ〳〵ト攻メ立テヽ、先ズキャッツ・アイノ件ヲ白状サセテ予ヲグウノ音モ出ナイヨウニサセ、ソレカラ颯子ト春久トノ関係ニ言及スル積リダッタニ違イナイガ、ソウナルト事件ガ深刻過ギルノデ迂闊ナコトハ云イ出セズ、躊躇《ちゅうちょ》シテイルトコロへ持ッテ来テ予ノ高飛車ナ云イ方ガ尋常デナイタメニ、結局云イソビレテシマッタラシイ。シカシイズレハ問題ニセズニハ置カナイダロウガ。………

十三日ハ大安デアル。夕刻カラ浄吉夫婦ハ友人ノ結婚式ニ出カケル。夫婦揃ッテ外出スルコトハ近頃珍シイ。浄吉ハタキシード、颯子ハ訪問着。九月ト云ッテモマダ暑イノデ洋装ニスレバイイノニ、ナゼカ颯子ハ和服デアル。コレモ近頃珍シイ。白ノ一越《ひとこし》縮緬ノ裾模様ニ図案化シタ樹木ノ枝ヲ黒ノ濃淡デ現ワシ、周囲ヲ淡イブルーデ影ノヨウニ絵取ッタモノヲ着テイル。衽《おくみ》ニモブルーノ裏ガチラツイテイル。

「ドウ、オ爺チャン、見テ戴キニ来マシタノヨ」

「ソッチヲ向イテ御覧、グルット一ト廻リ廻ッテ御覧」

帯ハ絽綴《ろつゞれ》ノ袋帯。淡イコバルトニ少シ銀糸ヲアシラッタ地色ニ、黄ガカッタ糸ト金糸デ乾山風ノ陶画ヲ織リ出シタモノ。ヤヽ小サイ目ニ締メテ、垂レヲ普通ヨリ長イ目ニ垂ラシテイル。帯揚ゲハ絽ノ生地ニ白ト薄イピンクノ暈《ぼか》シ。帯締メハ金ト銀トヲ縄ノヨウニ撚《よ》ッタモノ。指環ハ琅玕《ろうかん》ノ翡翠《ひすい》。白ノビーズノハンドバッグノ小サイノヲ左手ニ抱エテイル。

「和服モタマニハ悪クナイナ。イヤリングヤネックレスヲシテナイトコロガ気ガ利イテルネ」

「オ爺チャンナカ〳〵分ルノネ」

颯子ノ後カラオ静ガ草履《ぞうり》ノ箱ヲ持ッテ這入ッテ来、草履ヲ取リ出シテ彼女ノ前ニ揃エル。スリッパヲ穿イテ来タ颯子ハ、ワザト予ノ眼ノ前デ草履ヲ穿イテ見セル。草履ハ銀ノ綴デ三段ノ高サノモノ、鼻緒ノ裏ダケニピンクガ使ッテアル。草履ガ新調ナノデナカ〳〵趾ノ股ニ喰イ込マナイ。オ静ガシャガンデ手伝イナガラ汗ヲ掻ク。ヤット穿ケテ一ト足ニタ足歩イテ見セル。彼女ハ足袋ヲ穿イタ時ニ踝《くるぶし》ノ突起ガ目立タナイノガ自慢ナノデアル。多分ソノタメニ和服ヲ着、ソレヲ見セルベク予ノ面前ニ現ワレタノデアル。……

十六日。コノトコロ毎日暑熱ガツヾク。九月モ中旬ダト云ウノニコノ暑サハ異常デアル。ソノセイカドウカ脚ガ非常ニ重ク且浮腫《むく》ンデイル。浮腫《ふしゅ》ハ脛ヨリモ足ノ甲ガ一層甚ダシク、趾ノ根モトニ近イ辺ヲ指デ押シテ見ルト、恐ロシイホド深ク凹ム。ソシテイツマデモ凹ミガ戻ラナイ。左足ノ第四趾ト第五趾ガ全ク麻痺シテイル。ソシテ裏側ガ葡萄ノ実ノヨウニ腫レ上ッテイル。重イノハ脹脛ヤ踝ノ上アタリモヒドイガ、足ノ裏ガ一番ヒドイ。何カ鉄板ノヨウナ重味ノアルモノガ足ノ裏ヘペッタリ貼リ着イテイル感ジデアル。コレハ左足ダケデナク、左右両方デアル。歩クト両脚ノ脛ガ妙ナ工合ニ縺《もつ》レ合ッテ歩ケナイヨウニナル。下駄ヲ穿コウトシテ縁側カラ下リル時、一遍ニスラ〳〵ト下駄ガ穿ケタコトハナイ。必ズヨロケテ沓脱石《くつぬぎいし》ニ足ヲ落シ、時ニハ地ベタヲ踏《ふ》ミ、足ノ裏ヲ汚《よご》ス。斯様ナ各種ノ傾向ハ前々カラアッタケレドモ最近特ニ顕著デアル。佐々木ガ心配シテ毎日予ヲ仰向ケニ臥カセ、膝ヲ交互ニ組ミ合ワサセテ脚気ノ検査ヲシテイルガ、脚気デモナイラシイ。

「杉田先生ニ来テ戴イテ綿密ニ調ベテ戴カナケリャ。心電図モ暫ク取リマセンカラ、取ッテ見ル必要ガゴザイマスネ。ドウモコノ浮腫ミ方ハ気ニナリマス」

ト云ッテイル。

今朝又一ツノ事件ガアッタ。佐々木ニ手ヲ曳カレテ庭ヲ散歩シテイルト、囲イノ中ノ犬舎ニ入レテアル筈ノコリーガドウシタ間違イカ飛ビ出シテ来テ突然予ニ跳リカヽッタ。コリーノ方デハ戯《たわむ》レル積リナノダガ、思イモカケヌモノガ飛ビ着イテ来タノデ予

ハ驚イタ。マルデ猛獣ガ現ワレタヨウナ気ガシタ。抵抗スル隙モナク簡単ニ予ハ押シ倒サレテ芝生ニ仰向ケニナッタ。大シテ痛クハナカッタガ、後頭部ヲ打ッタノガズシント脳ニ響イタ。起キ上ロウトシタガ直グニハ起キ上レズ、杖ヲ拾ッテ縋《すが》リナガラ立チ上ルマデニ数分ヲ要シタ。犬ハ予ヲ倒シテカラ次ニ佐々木ニ戯レカヽッタ。佐々木ガキヤア〳〵云ウノヲ聞イテ、颯子ガネグリジェノマヽ駈《か》ケ付ケテ来、

「レスリー、コレ!」

ト、チョット叱ッテ睨ミツケルト、コリーハ忽《たちま》チ従順ニナリ、颯子ノアトカラ尾ヲ振ッテ犬舎ノ方ヘ行ッテシマッタ。

「ドコモオ怪我ハゴザイマセンデシタ

カ」

立チ上ッタ予ノ浴衣ノ裾ヲ払イナガラ佐々木ガ云ッタ。

「怪我ハナカッタガ、アンナ大キナモノニ飛ビ着カレルト、ヨボ〱ノ老人ハドウニモナランネ」

「オ倒レニナッタノガ芝生ノ上ダッタノデ本当ニヨウゴザイマシタ」

予モ浄吉モ元来犬好キノ方ナノデ前ニモ犬ヲ飼ッタコトハアル。シカシエアデールダノダッチフンドダノスピッツダノ、主トシテ小柄ナ犬バカリ飼ッテイタ。大キナ犬ヲ飼ウヨウニナッタノハ浄吉ガ嫁ヲ迎エテカラデアル。何デモ結婚後半年バカリ過ギテカラ、「ボルゾイヲ飼ッテ見タイ」ト浄吉ガ云イ出シテ間モナク素晴ラシイノヲ一匹見付ケテ来タ。ソシテ訓練師ヲ雇ッテ毎日怠ラズ訓練シタ。食事ノ世話、入浴ノ世話、ブラッシングノ世話ナド手ガカヽルコト夥シイノデ、婆サンカラ女中達マデ不平ガ絶エナカッタガ、何ト云ッテモ浄吉ガ実行サセタコトハ当時ノ日記ニ記シテアル。ガ、後カラ考エルト、ソレハ浄吉ノ意志デハナク、颯子ガ夫ニセビリツイタ結果ナノデアッタガ、最初ハソウト気ガ付カナカッタ。二年後ニソノボルゾイハテンパーデ脳症ニ罹《かゝ》ッテ死ンダガ、今度ハ颯子ガ正体ヲ現ワシテボルゾイノ代リニグレイハウンドヲ飼ッテ見タイト自分カラ云イ出シ、犬屋ニ注文シテ捜シテ来サセタ。彼女ハソノ犬ヲクーパート名付ケテ寵愛スルコト一方《ひとかた》ナラズ、野村ニ運転サセテクーパート相乗リデ街ヲ乗リ廻シタリ、ソコラヲ曳ッ張ッテ歩イタリシタノデ、若奥様ハ経助坊チャンヨリクーパーノ方ヲオ可愛ガリニナルナンテ云ワレタモノダガ、ソノグレイハウンドハ老犬ヲ摑マサレタモノラシク、間モナクフィラリアデ水ガ溜ッテ死ンダ。ソシテ三度目ニ求メタノガ今度ノコリーデアル。血統書ニ依ルトコノ犬ノ父ハロンドン生レデレスリート云ウ名ダッタノデ、ソノ仔モ同ジ名デ呼バレルコトニナッタ。コレラノコトモ当時ノ日記ニ委シク書イタ筈デアル。レスリーモ颯子ノ寵愛ヲ蒙《こう》ムルコトクーパーニ劣ラナイノデアルガ、陸子アタリガ密カニ婆サンニ焚キツケタト見エテ、コリーノヨウナ大キナ犬ハ飼ワナイ方ガイイ、ト云ウ意見ガ、二三年前カラ家庭内ニポツ〳〵擡頭《たいとう》シ始メテイタ。

ソノ理由ハ外デモナイ。二三年前マデハオ爺チャンモマダ足腰ガイクラカ達者グッタカラ、大キナ犬ニ飛ビ着カレテモ心配ナコトハナカッタガ、今日デハ事情ガ違ウ。犬ドコロカ猫ニ飛ビ着カレタッテ呆気《あっけ》ナクコケテシマウダロウ。ウチノ庭ダッテ芝生バカリデハナイ、少シハ坂道モアルシ段々ヤ飛石モアル。ソンナトコロデ押シ倒サレテ若シ打チドコロガ悪カッタラドンナコトニナルカ。現ニ誰々サンノ所ノ老人ハ、チョットシェパードガ足元ニ絡ミ着イタゞケデ転ンデ大怪我ヲシ、三カ月モ入院シテ未ダニギプスヲ嵌メテイル。ダカラコリーハ止メルヨウニオ爺チャンカラ仰ッシャッテヨ、アタシモソレトナク云ウンダケレド、アタシガ云ッタンジャ颯子ハ聴イテクレナインデスカラト、婆サンハ訴エルノデアル。

「シカシアンナニ可愛ガッテルモノヲ、止セト云ウノモ可哀ソウダシ、……」

「ソンナコトヲ仰ッシャッテモ御自分ノ体ニハ代エラレマセンヨ」

「第一止サセルニシタッテ、アンナズウタイノモノヲドウ処分シタライ、ンダ」

「誰カ犬好キノ人デ貰イ手ガアリマスヨ、キット」

「仔犬ナラ兎ニ角、アンナニ大キクナッタノハ飼イニクイモンダゼ、ソレニ己ダッテレスリーハ嫌イジャナインダ」

「オ爺チャンハ颯子ニグット睨マレルノガ恐インデショウ、今ニ大怪我ヲナスッテモイ、ンデスカ」

「ジャアオ前サンガ云ッテヤッタライ、ジャナイカ、ソレデ颯子ガ承知スルモンナラ己ハ文句ヲ云ワナイカラ」

ダガ実ノトコロ、今トナッテハ婆サンモ云エナイノデアル。ソレデナクテモ「若奥様」ノ権力ガ日ニ日ニ「御隠居様」ヲ凌《しの》ギツ、アルノニ、犬一匹ノ処置ノ問題ガ因ニナッテドンナ大喧嘩ニナルカモ知レナイ、ソレヲ思ウトウッカリ戦端ヲ開ク訳ニ行カナイ。

本当ノコトヲ云エバ、予モレスリーガ余リ好キデハナイノデアル。ヨク考エルト、颯子ノ手前好キヲ装ッテイルニ過ギナイノダト云ウコトニ、自分デモ気ガ付クコトガアル。彼女ガレスリート相乗リシナガラ出テ行ッタリスルノヲ見カケルト、何トナクイ、気持ハシナイ。浄吉トノ相乗リナラ当然ノコトダシ、春久トデモ仕方ガナイト諦メルガ、犬デハ嫉妬モ出来ナイダケニ腹立タシイ。ソノ癖コノ犬ハ顔立ガ貴族的デ、一種ノーブルナ感ジガスル。黒人臭イ春久ナンカヨリ容貌秀麗ト云エルカモ知レナイ。颯子ハソレヲ自分ノ座席ノ隣ニスワラセ、ピッタリ体ヲ寄セ着ケテ乗ル。ソシテ首ッ玉ヘ齧《かじ》リ着キ、頬ヲ擦リ寄セテ走ラセル。アレデハ往来ノ人ガ見テモ気ガ悪カロウ。

「外デハアンマリアンナ真似ハナサイマセン、旦那ガ御覧ニナッテイラッシャル時ニヨクアンナ真似ヲナサルンデス」

ト野村ハ云ウガ、ソウダトスレバ、コレモ予ヲ揶揄《やゆ》スル積リナノカモ知レナイ。ソウ云エバ予ハ颯子ニ媚《こ》ビル気持カラ、彼女ノ前デ心ニモナクレスリーニ優シイ言葉ヲカケテヤリ、囲イノ外カラ菓子ヲ投ゲテヤッタコトガアッタ。スルト颯子ハ真顔ニナッテ予ヲ叱ッタ。

「何ナサルノヨオ爺チャン、勝手ニオ菓子ナンゾ遣ラナイデ頂戴。――ホレ御覧ナサイ、チャント訓練ガ行キ届イテルカラ、オ爺チャンノオ遣リニナッタモノナンゾ食ベヤシナイワ」

ソウ云ッテ彼女ハ自分ダケ囲イノ中ヘ這入ッテ行ッテ、ワザトコレ見ヨガシニレスリーヲ愛撫シテ見セ、接吻デモシカネマジク頬擦リヲシテ、

「妬《や》ケルデショ」

ト云ワンバカリニ、ニヤリト笑ッタコトガアッタノヲ思イ出ス。

彼女ノ喜ビヲ買ワンガタメニ負傷ヲシテモ惜シイトハ思ワナイ、ソノ負傷ガ原因デ死ヲ招イタトシテモ、ムシロ望ムトコロデアル。ダガ、彼女ニ踏ミ殺サレルノデハナク、彼女ノ犬ニ踏ミ殺サレルノデハ遣リ切レナイ。………

午後二時杉田氏来診スル。今日デナクテモヨカッタノダガ、犬ノ事件ヲ早速佐々木ガ知ラセタノデアル。

「エライ目ニオ会イニナリマシタソウデ」

「ナアニ何デモアリマセンヨ」

「兎ニ角見セテ戴キマショウ」

臥カサレテ手ヤ足腰ヲ委シク検査サレル。肩ヤ肘《ひじ》ヤ膝頭《ひざがしら》ガ僂麻質《りゅうまち》ノヨウニ痛ムノハ前カラノコトデレスリーノセイデハナイ。幸イニシテレスリーニハ何ノ被害モ受ケナカッタラシイ。杉田氏ハ心臓ヲ何度モ打診シテ見、背中ヲ調ベ、深呼吸ヲサセ、携帯用ノ心電計デ心電図ヲ取リ、

「格別御心配ナコトハナイト思イマスガ、帰リマシテカラ後程結果ヲ御報告申シマス」

ト云ッテ帰ッテ行ッタ。

夜ニナッテ報告ガアッタ。

「心電図ノ結果ハ矢張格別ノコトハアリマセン。御老人ノコトデスカラ多少ノ変化ハ已ムヲ得マセンガ、コノ前測ッタ時ト比ベテ異状ハアリマセン。ソレヨリ一度腎臓ノ検査ヲシテ見ル必要ガアリマスナ」

ト云ウ。

二十四日。佐々木ガ今日ノ夕方カラ子供ニ会イニ行カシテクレト云ウ。先月行カシタキリナノデ許サナイ訳ニ行カナイ。明日午前中ニハ戻ルノデアルガ、生憎明日ハ日曜デアル。土曜カラ日曜ニカケテノ方ガ、落チ着イテ子供ニ会エルノデ佐々木ニハ都合ガイヽノダガ、コチラハ颯子ガ何ト云ウカ、聞イテ見ル必要ガアル。婆サンハ七月以来佐々木ノ代理ハ御免蒙ムルト云ッテイル。

「イヽジャナイノ、折角楽シミニシテルンダカラ佐々木サンヲ行カシテオヤンナサイヨ」

「君ハソレデイヽノカネ」

「何デソンナコトヲオ聞キニナルノ？」

「明日ハ日曜ダゼ」

「エ、分ッテルワ、ソレガ何ダッテ云ウノ？」

「君ハドウデモイ、ッテ云ウカモ知レナイケレド、浄吉ハコノトコロ旅行バカリシテタジャナイカ」

「ソレガ何ナノ？」

「タマノ土曜日曜ニ家ニイルンダカラネ」

「ダカラ何ナノヨ」

「タマニハユックリ自分ノ家デ女房ト一緒ニ朝寝坊ヲシタイダロウヨ」

「不良爺サンデモ時ニハ悴ニ孝行スル気ガアルノネ」

「罪亡ボシニネ」

「余計ナオ世話ダワ、浄吉ノ方ジャ有難迷惑ダッテ云ウワ」

「ドウダカネ」

「イ、ワヨ、ソンナ心配ヲシテ下サラナイデモ。チャント今夜ハ佐々木サンノ代理ヲシテ上ゲルワ。オ爺チャンハ早起キナンダカラ、ソレカラ彼ノ所へ行クワ」

「寝込ミニ踏ン込ンデ眼ヲ覚マサセルノモ可哀ソウダナ」

「ナアニ寝ナイデ待ッテルデショウヨ」

「コイツハヤラレタ」

夜九時半入浴、十時就寝。例ニ依ッテ彼女ノタメニオ静ガ籐ノ寝椅子ヲ運ンデ来ル。

「又ソンナモノニ寝ルノカイ」

「何デモイ、カラオ爺チャンハ黙ッテオ休ミナサイ」

「籐椅子ナンゾジャ風邪ヲ引クヨ」

「風邪ヲ引カナイヨウニ毛布ヲ沢山持ッテ来サセルノ。オ静ガ万事心得テルカラオ静ニ任シテ置ケバイ、ノ」

「風邪ヲ引カシチャ浄吉ニ済マナイカラナ。――イヤ、浄吉ニダケジャナイ」

「ウルサイワネ、又アダリンガ欲シイッテ顔ネ」

「二錠ジャ利カナイカモ知レナイ」

「嘘仰ッシャイ、先月モ二錠ガ直グ利イチャッテ、飲ンダト思ッタラモウ死ンダヨウニ寝テラシッタワ、口ヲアングリ開ケテ涎《よだれ》ヲ垂ラシテ」

「嘸《さぞ》ダラシノナイ顔ツキヲシテタヾロウナ」

「御想像ニ任セルワ、ダケドオ爺チャン、アタシト寝ル時ハナゼ入レ歯ヲオ外《はず》シニナラナイノ、イツモ外シテオ休ミニナルコトグライ知ッテルワヨ」

「夜寝ル時ハ外シテル方ガ楽ナンダガ、外スト余リ老醜ヲ極メタ顔ニナルンデネ。婆サンヤ佐々木ニナラ見ラレテモイ、ケレド」

「アタシハ見タコトガナイト思ッテラッシャルノ」

「アルノカネ」

「去年痙攣《けいれん》ヲ起シタ時、半日モ昏睡シテラシッタジャナイノ」

「アノ時見タノカ」

「入レ歯ナンゾ、アッタッテナクッタッテ同ジコトダワ、隠スダケオカシイ」

「隠ス気ナンカナインダガ、人ニ不愉快ヲ与エタクナイト思ッテネ」

「外サナケレバ隠セルト思ウノガオカシイ」

「ジャア外ス。――ホラ、見テクレ、コンナ顔ダ。――」

予ハ寝台カラ立チ上ッテ彼女ノ前ニ行キ、面ト向ッテ先ズ顎附《あごつき》ノ総入レ歯ヲ上下共ニ外シ、ナイト・テーブルノ入レ歯ノ箱ノ中ニ入レタ。ソシテワザト上下ノ歯齦《はぐき》ヲ強ク嚙ミ合ワセ、顔ノ寸法ヲ出来ルダケ縮メテ見セタ。鼻ガペシャンコニナッテ唇ノ上ニブラ下ッタ。

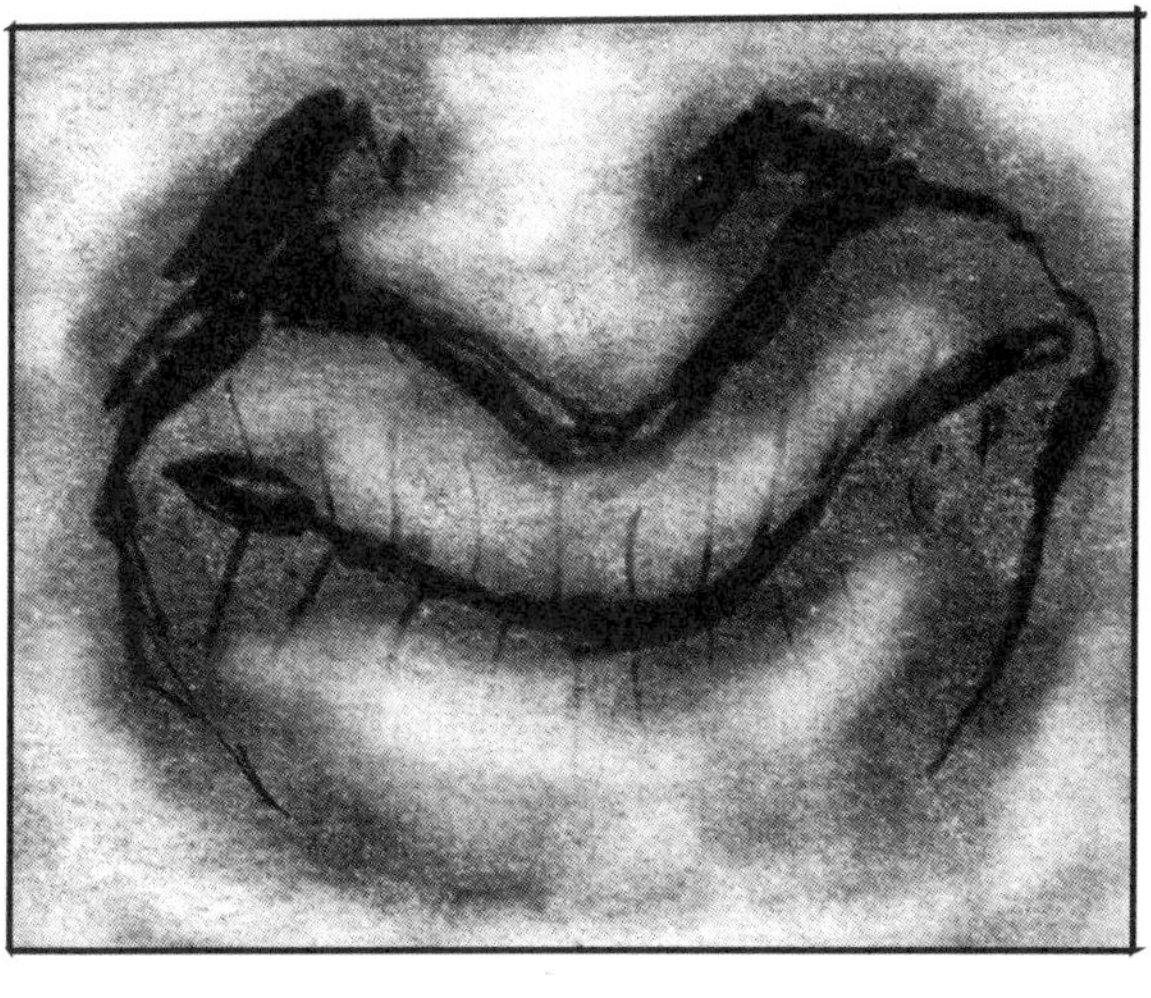

チンパンジーデモコノ顔ニ比ベレバ優《ま》シダ。予ハ上下ノ歯齦ヲ何度モパク〳〵ト離シタリ合ワシタリシテ黄色イ舌ヲ口腔デベロ〳〵サセ、思イキリグロナザマヲシテ見セタ。颯子ハジットソノ顔ヲ見ツメテイタガ、ナイト・テーブルノ抽斗《ひきだし》カラ手鏡ヲ出シテソレヲ予ニ突キ付ケテ云ッタ。

「ソンナ顔、アタシニ見セタッテ何デモナイワ、ソレヨリ自分デ自分ノ顔ヲヨク見タコトガオアリニナルノ？　ナケレバ見セテ上ゲマショウ。――ホラ、コンナ顔ヨ」

ソウ云ッテ予ノ顔ノ前ニ鏡ヲ支エタ。

「ドウ？　コノ顔ハ？」

「何トモ云エナイ老醜ナ顔ダ」

予ハ鏡ノ中ノ顔ヲ見テカラ、次ニ颯子ノ容姿ヲ見ル。ドウシテモコレラノ二ツガ同ジ種類ノ生物ノモノトハ信ジラレナイ。鏡ノ中ノ顔ヲ醜悪ト思エバ思ウホド、イヨ〳〵颯子ト云ウ生物ガ限リモナク優秀ニ見エル。予ハ鏡ノ中ノ顔ガモット醜悪デアッテクレタラ、颯子ガ尚コノ上ニモ優秀ニ見エタゞロウニト残念ニ思ウ。

「サア寝マショウヨオ爺チャン、早クソッチヘ行ッテ頂戴」

「アダリンヲ持ッテ来テ貰イタイナ」

予ハ予ノ寝台ヘ戻リナガラ云ッタ。

「今夜モオ休ミニナレナイノ？」

「君ト一緒ダトイツモ興奮サセラレル」

「アンナ顔ヲ見テ興奮スルコトハナイデショウ」

「アノ顔ヲ見タ上デ君ノ顔ヲ見ルト、溜ラナク興奮スル。コノ心理ハ君ニハ分ルマイ」

「分ラナイワネ」

「ツマリ、僕ガ醜悪デアレバアルダケ、君ガ途方モナク美シク見エルッテコトサ」

予ノ言葉ヲ上ノ空デ聞イテ彼女ハアダリンヲ取リニ行ッタ。ソシテアメリカ煙草ノクールヲ一本指ニ挟ンデ戻ッテ来タ。

「サ、口ヲアーント開イテ。習慣ニナルトイケナイカラ今夜モ二錠ヨ」

「口移シニシテクレナイカナ」

「ソノ顔ヲ考エテモノヲ仰ッシャイ」

ソレデモ手デ摘マンデ入レテクレル。

「ヘエ、君ハイツカラ煙草ヲ吸ウンダ」

「近頃トキ〴〵二階デ内証デ吸ッテルノ」

手ノ中デライターガ光ル。

「吸イタクモナイケド、コレモアクセサリーノ一種ネ。今夜ハ今ノ口直シ」

二十八日。……雨ノ日ハ手足ノ工合ノ悪サガ一層ヒドク、雨ガ降リ出ス前ノ日アタリカラ予感ガアルノダガ、今日ハ朝起キルトキカラ手ノ痺《しび》レ加減モ脚ノ浮腫ミ加減モ纏《もつ》レ加減モ甚ダシイ。雨デ庭ニハ出ラレナイガ、廊下ヲ散歩スルダケデモ容易デナイ。直グヨチ〳〵シテ倒レソウニナルノデ、縁側カラ落チヤシナイカト心配デアル。手ノ痺レハ肘カラ肩ノ辺ニマデ及ビ、コノマ、半身不随ニナリハシナイカト思ウ。夕刻、六時頃カラ手ノ冷エ方ガ一層激シクナル。マルデ氷ノ中ヘ漬ケタヨウニ無感覚ニナッテイル。イヤ、無感覚ト云ッタケレドモ、冷エ方モコレホドニナルト、痛ミト似タモノヲ覚エル。ソノ癖他人ガ触ルトツメタクナイ、普通ノ温カイ手ヲシテイルト云ウ。当人ダケガ耐エ難クツメタク感ジルノデアル。前ニモ度々コンナツメタサノ経験ヲシタコトガアルガ、ソシテ大体真冬ノ寒中ニソウナルコトガ多イノダガ、必ズシモ冬トハ限ラナイ。デモ今日ノヨウニ、九月中ニコンナコトガアルノモ珍シイ。前ノ経験ニ従エバ、コウ冷エル時ハ大キナタオルヲ熱湯ニ浸シテ手ノ先カラ腕全体ヲ包ミ、又ソノ上カラ厚地ノ本ネルデ包ミ、又ソノ上ニ白金懐炉ヲ二箇所グライ当テル。ソレデモ十分間グライデ冷エテシマウノデ、枕元ニ熱湯ヲ運ンデ置イテタオルヲ熱シ直シテハ包ム。ソウ云ウ処置ヲ五六遍繰リ返ス。湯ガサメルノデ薬《や》罐《かん》ニ入レタ熱湯ヲ絶エズ運ビ入レテ洗面器ニ注グ。今日モコノ方法ヲ繰リ返シテ漸クイクラカ冷エ込ミガ減ジル。

5

二十九日。昨夜ヤ、長時間湯ニ漬カッタオ蔭デ手ノ痛ミ少シ和《やわら》ギ安眠スルコトヲ得タ。ガ、明ケ方眼ガ覚メテ見ルト又痛ミ出シテイルノニ心ヅク。雨ハ止ンデ空ハ綺麗ニ晴レ上ッテイル。体ガ丈夫デサエアレバコンナ秋日和ノ日ハドンナニ爽快デアロウ、予モ四五年前マデハソノ爽快味ヲ満喫シテイタノニト思ウト、クヤシクモ忌《い》マ〳〵シイ。

ドルシン三錠服用。

午前十時血圧ヲ測ル。上一〇五、下五八ニ降下。佐々木ニスヽメラレテクラッカー二個ニクラフトチーズ少量ヲ添エテ食べ、紅茶一杯飲ム。ソシテ約二十分後モ一度測ッテ見ル。上一五八、下九二ニ上ッテイル。短時間内ニ血圧ノ変動ガカヨウニ激シイノハヨロシクナイ。

「ソンナニ詰メテ書キ物ヲナサラナイ方ガヨクハゴザイマセンカ、又痛ミ出スト心配デゴザイマス」

予ガ日記ヲツケテイルノヲ見テ佐々木ガ云ウ。日記ノ内容ヲ読マセハシナイガ、コウ頻繁ニ看護婦ノ必要ガ起ルト、佐々木ニハ或ル程度察知サレテモ仕方ガナイ。今ニ墨グライハ磨ッテ貰ウヨウニナルカモ知レナイ。

「少シハ痛クッテモコンナコトヲシテイル方ガ気ガ紛レルヨ、痛クテ溜ラナクナッタラ止メル、今ノウチハ仕事シテイル方ガイイ、アッチへ行ッテ、クレ給エ」

午後一時ヨリ午睡、一時間ホドトロ〳〵トスル。覚メテ見タラ汗ヲビッショリ掻イテイル。

「コレデハ風邪ヲオ引キニナリマス」

佐々木ガ又這入ッテ来テ汗デ濡レテイルガーゼノ肌着ヲ着カエサセル。額モ頸ノ周リモ気味悪クベト〳〵ニナッテイル。

「ドルシンモイ、ガ、コウ汗ヲ掻イチャ遣リ切レナイ、何カ外ノ薬ハナイカナ」

午後五時杉田氏来診。薬ガ切レタセイカ又激痛ガ始マル。

「ドルシンハ汗ガ出テイヤダッテ仰ッシャルンデス」

佐々木ガ杉田氏ニ訴エテイル。

「困リマシタナ、ドウモ。タビ〳〵申シ上ゲル通リ、コノオ痛ミハ脳中枢カラノ原因ガ二三分、他ノ六七分ハ頸椎ノ生理的変化ニ依ル神経痛ト云ウコトニ、レントゲン検査ノ結果診断ガツイテオリマス。コレヲ直スニハギプスベッドカ牽引法デ神経ノ圧迫ヲ取リ除クヨリ外ハナインデスガ、ソレニハ三四カ月ノ御辛抱ガ必要ナンデス。シカシ御老人ノコトデスカラソノ御辛抱ガ辛イト仰ッシャルノモ無理ハアリマセン。デスガソウナルト薬デ一時ヲ糊塗《こと》ナサルヨリ方法ハゴザイマセン。薬ハイロ〳〵ゴザイマスカラ、ドルシンモオイヤ、ノブロンモオイヤデシタラ、取リ敢エズパロチンノ注射デモシテ見マショウ、一時ノ苦痛ハ凌ゲルト存ジマス」

注射ノ結果ヤ、軽快ニ赴ク。………

十月一日。引キ続キ手ノ痛ミ去ラズ、痛ミハ小指ト薬指トガ最モ激シク、親指ノ方へ行クホド軽カッタノデアルガ、漸次五本ノ指全体ニ及ビツ、アル。掌ダケデナク、手頸ノ方ニカケテ、小指ニツヾク尺骨《しゃっこつ》ノ茎状突起、及ビ橈骨《とうこつ》ノ突起マデ痛ミ、手頸ヲグルリト廻ソウトスルト殊ニ痛ンデ巧ク廻ラナイ。麻痺ハ手首ガ最モヒドク、手ノ廻ラナイ感ジモ何処マデガ麻痺デ何処マデガ痛ミト云ッテイ、カ区別ガツカナイ。午後

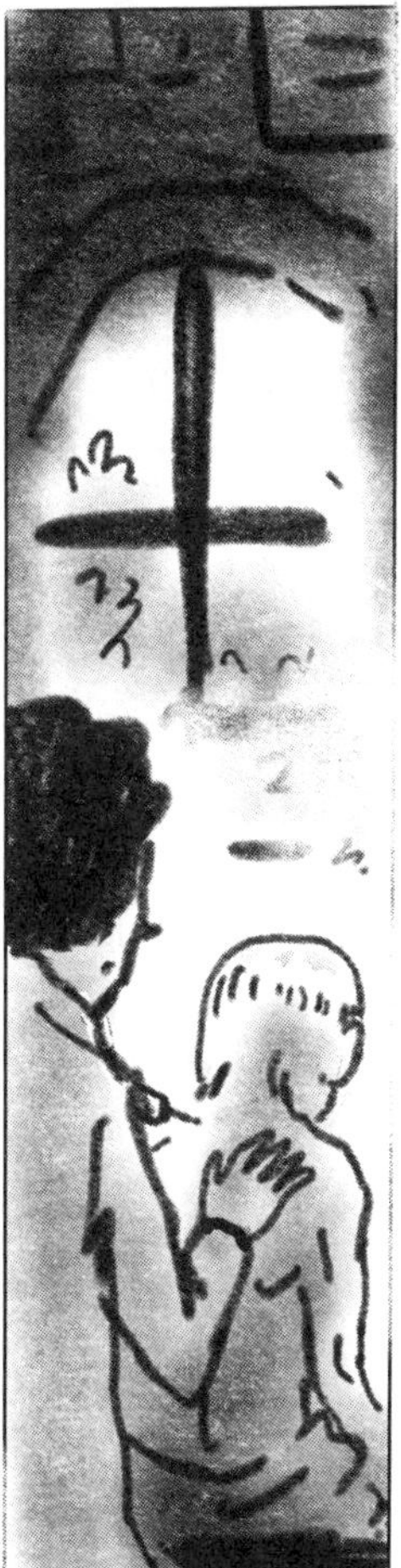

ト夜間トパロチンヲ二回注射スル。………

二日。痛ミ止マズ、佐々木ガ杉田氏ト相談シテザルソブロカノンヲ注射。………

四日。ノブロンノ注射ハイヤナノデ座薬ヲ試ミル、余リ効果ナシ。………

九日。四日以後本日マデ殆ド痛ミ続ケナノデ日記ヲツケル元気モナカッタ。寝室ニ横臥シタキリデ佐々木ガ毎日附キヽリデ看護シテイタ。今日ハソレデモヤヽ元気ナノデ少シ書ク気ニナル。過去五日間ニ実ニイロ〳〵ノ薬ヲ打ッタリ飲ンダリシタ。ピラビタール、イルガピリン、又シテモパロチン、イルガピリン座薬、ドリデン、ブロバリン、ノクターン等々、服用シタ様々ノ薬ノ名ヲ佐々木ニ教エテ貰ッタガ、マダコノ外ニモアッタカ知レナイ。トテモ一度デハ覚エキレナイ。ドリデントブロバリントノクターントハ鎮痙剤デハナク睡眠剤デアル。アンナニ寝ツキノヨカッタ予モ、コノトコロ痛苦ノタメニ寝ツカレズ、各種ノ睡眠剤ヲ用イテイル。婆サント浄吉ガトキ〴〵見舞ニ来タ。

五日ノ午後、最モ痛ミノ激シカッタ日デアッタ、婆サンガ始メテ病室ヲ覗イテ云ッタ。

「颯子ハ伺ッタモノカドウカ、ドウシタライヽデショウッテ云ッテルンデスガ、………」

「………」

「伺ッタライ、ジャナイカ、コンナ時コソオ前サンノ顔ヲ御覧ニナッタラ、イクラカデモ痛ミヲオ忘レニナルヨッテ云ッテヤッタンデスガネ」

「馬鹿」

イキナリ予ハ怒鳴ッタ。ドウ云ウ訳デ怒鳴ル気ニナッタノカ、予自身ニモ分ラナカッタ。コンナ情《なさけ》ナイ姿ノトコロヲ彼女ニ見ラレテハ極マリガ悪イ、ト、思ッタ途端ニコノ言葉ガ出タノデアルガ、正直ヲ云ウト来テ貰イタクナイコトモナカッタ。

「ヘー、颯子ガ伺ッテハ悪インデスカ」

「颯子バカリジャナイ、陸子ナンゾ見舞ニ来ヤガッタラ承知シナイゾ」

「ソリャ分ッテマスヨ、イクラ痛イト仰ッシャッテモ手ノコトダカラ心配ハナイ、オ前サンハ遠慮シナサイッテ、コナイダモ陸子ヲ追イ返シタンデス。陸子ハ泣イテマシタガネ」

「何ヲ泣クコトガアルンダ」

「五子モ出テ来ルッテ云ッテマシタカラ固ク止メテアルンデス。デスガ颯子ハイ、ジヤアリマセンカ、ドウシテ颯子ヲオ嫌イニナルンデス」

「馬鹿々々々々、嫌イダナンテ誰ガ云ッタ、嫌イドコロカ好キ過ギルンダ、好キ過ギルカラコンナ時ニ会イタクナインダ」

「マア、ソウ云ウモンデゴザイマスカネエ、ソレハ気ガツカナイコトヲ申シマシタガ、ソンナニオ怒リニナラナイデ下サイ、怒ルノガ一番体ニ障《さわ》リマスカラ」

婆サンハ赤ン坊ヲ宥《なだ》メルヨウナ口調デ云ッテ、這ウ〳〵ノ体デ出テ行ッテシマッタ。予ハ婆サンニ突然急所ヲ突カレタノデ、明カニ狼狽シテ照レ隠シニ怒ッタノデアッタ。婆サンガ行ッテシマッテカラ一人デ静カニ考エテ見ルト、アンナニ怒ラナイデモヨカッタ、颯子ガ婆サンカラ聞イテドンナ風ニ取ッタカト、シキリニ気ニナッテ仕様ガナカッタ。予ノ腹ノ中ヲ隅カラ隅マデ見抜イテイル彼女デアルカラ、マサカ悪ク取リハシマイト思ウガ、………

「ソウダ、ヤッパリ会ッタ方ガイイ、カナ、二三日ウチニ機会ヲ窺《うかゞ》ッテ何トカ巧ク持チカケテ見タラ、………」

今日ノ午後、フト予ハ考エタ。手ハ又今夜アタリカラ痛ミ出スニ決マッテイル、――痛ミ出スノヲ期待シテイルヨウデアルガ、――ソノ最モ痛イ時ヲ狙ッテ颯子ヲ呼ビ入レル。「颯子々々、痛イヨ、痛イヨ、助ケテオクレヨウ!」ト、予ハ子供ノヨウニ泣キ喚《わめ》ク。颯子ガ呆レテ這入ッテ来ル。「コノ爺サン、本気デコンナニ泣イテルノカ知ラ、何ヲタクランデルカ知レタモンジャナイ」ト用心シナガラ、ウワベハ驚イタ風ヲシテ空《そら》ットボケテ這入ッテ来ル。「己ハ颯子ニダケ用ガアルンダ、外ノ人間ニナンカ用ハナインダ！」ト、予ハ又喚イテ佐々木ヲ追ッ払ッテシマウ。二人キリニナッタトコロデ、サテドンナ風ニ切リ出シタモンカナ。

「痛インダヨウ、助ケテオクレヨウ！」

「ハイ、ハイ、オ爺チャン、アタシニドウシロッテ仰ッシャルノヨ、何デモスルカラ仰ッシャッテヨ」

ト、ソウ来テクレヽバ締メタモンダガ、迂闊ニソウハ云イソウモナイ。ソコヲ何トカ口説キ落ス法ハナイカナ。

「接吻シテクレヽバ痛イノヲ忘レルヨウ」

「足ナンカジャ駄目ダヨウ」

「ネッキングデモ駄目ダヨウ」

「ホントノ接吻デナクッチャイヤダヨウ」

コンナ工合ニ散々駄々ヲ捏《こ》ネテ泣キ声ヲ立テ、悲鳴ヲ上ゲテ見タラドウカ。サシモノ彼女モ仕方ナク折レテ来ヤシナイカ。二三日ウチニ一ツ実行シテ見ルカナ。「最モ痛イ時ヲ狙ッテ」ト云ッタガ、本当ニ痛イ時デナクテモイヽ、痛イ振リヲシテヤレバイヽ。タヾコノ髯《ひげ》ダケハ剃ッテ置キタイナ。四五日剃ッテイナイノデ顔ジュウ髯ダラケニナッテイル。コノ方ガ病人臭クテ却テ効果的ナンダガ、接吻ノ場合ヲ考エルト、コンナニ髯ボウ／＼トシテイタンジャ都合ガ悪イ。入レ歯ハ矢張外シテ置コウ。ソシテロ中ハ目立タヌヨウニ清潔ニシテ置コウ。……

ナンカント云ッテルウチニ、今日モ夕方カラ痛ミ出シタ。モウ何モ書ケナイ。……

筆ヲ放リ出シテ佐々木ヲ呼ブ。……


十日。イルガピリン一筒〇・五CC注射。久シ振ニ眩暈《めまい》ヲ覚ユ。天井ガグル〳〵廻リ一本ノ柱ガ二三本ニ入リ乱レテ見エル。五分間グライ続イテ平常ニ復スル。項部ニ重圧感ガアル。ルミナール〇・一ヲ三分服シテ眠ル。

十一日。苦痛昨日ト大差ナシ。本日ハノブロンノ座薬ヲ用イル。……

十二日。ドルシン三錠服用。例ニ依ッテ汗ガビッショリ出ル。……


十三日。今朝ハ少シ楽デアル。コノ間ニ急イデ昨夜ノ出来事ヲ書イテ置コウ。

夜八時浄吉ガ病室ヲ覗イタ。彼モコノトコロ努メテ宵ノウチニ帰ルヨウニシテイル。

「ドウデスカ、少シハイヽ方デスカ」

「イヽドコロカ、マス〳〵悪クナル一方ダ」

「ダッテ、鬚ナンカ剃ッテサッパリシテルジャアリマセンカ」

予ハ実ノトコロ、手ガ痛ムノデ剃刀《かみそり》ヲ使ウノモ不自由ナンダガ、ソレヲ怺《こら》エテ今朝剃ッタバカリデアル。

「髯ヲ剃ルンダッテ容易ナコッチャナインダ。ソレデモアンマリ生ヤシテ置クト尚更病人ジミルンデネ」

「颯子ニ剃ラシタライ、ジャナイデスカ」

浄吉ノ奴、ドウ云ウ積リデコンナコトヲ云ッタノカ。予ガ髯ヲ剃ッタノニ心ヅイテ、早クモ何カヲ察シタノカ。一体彼ハ家庭内デ颯子ガ安ッポク取リ扱ワレルコトヲ好マナイ。ソレハ自分ノ女房ハ踊リ子上リダト云ウ負《ひ》ケ目ガアルタメニ、自然ソウナッタノデアルガ、ソレガ一層「若奥様」ヲ増長サセル結果ニナッタ。尤モ彼女ヲソウサセタノニハ予ニモ責任ガナイコトハナイガ、浄吉ノ奴ハ亭主ノ癖ニ最初カラ彼女ニ一目置クヨウナ素振ヲ見セテイタ。二人キリノ時ハドウカ知ラナイガ、他人ノ前デハ殊更ソンナ風ニシテイタ。ソノ彼ガ、イクラ親父ノ髯ダカラト云ッテ、大事ナ女房ニ本気デ剃ラセル気ガアルンダロウカ。

「女ノ人ニコンナ所ヲ触ラセルノハイヤダヨ」

予ハワザトソウ云ッテヤッタ。シカシ椅子ニ仰向ケニナッテ彼女ニ顔ヲ剃ッテ貰ッタラ、彼女ノアノ鼻ノ孔ガ奥ノ奥マデヨク見エルダロウナ、薄イ鼻ノ肉ガ紅ク透キ徹ッテ見エタリスルノハ悪クナイナト、ソンナコトモ考エタ。

「颯子ハ電気剃刀ヲ使ウノガ巧インデスヨ、僕モ病気ノ時ニヤラシタコトガアルンデス」

「ヘエ、オ前颯子ニソンナコトヲサセルノカ」

「サセマストモ、サセルノニ不思議ハナイジャアリマセンカ」

「颯子ガソンナコトヲ大人《おとな》シクサセラレテルトハ思ワナカッタ」

「髯剃リニ限ラズ、何デモイ、カラ颯子ヲ使ッテ下サイヨ、何デモサセマスヨ」

「ドウダカナ、オ前己ニハソンナコトヲ云ウケレド、面ト向ッテ颯子ニソンナ命令ヲ下スカネ？　何デモ親父ノ云ウ通リニシロッテ」

「ヨゴザンストモ、キット申シツケトキマスヨ」……

彼ガ彼女ニドンナコトヲドンナ風ニ云イツケタノカ知ラナイ、ソノ晩ノ十時過ギニ颯子ガヒョッコリ這入ッテ来タ。

「来テハイケナイッテ仰ッシャッタケレド、浄吉ガ行ケッテ云ウカラ来タワ」

「浄吉ハドウシタンダ」

「今又何処カヘ出テッタワ、チョット飲ンデ来ルッテ」

「浄吉ガコ、ヘ君ヲ連レテ来テ、僕ノ眼ノ前デ君ニ命令スルトコロヲ見タイト思ッタンダガナ」

「命令ナンカ出来ヤシナイワ、工合ガ悪イカラ逃ゲチャッタノヨ。――ダケド話ハ伺イマシタ、アンタナンカイタラ邪魔ダカラ何処カヘ行ッテラッシャイッテ、追イ出シタノヨ」

「ソレデモイヽ、ダガモウ一人邪魔ナ人間ガイル」

「ハイ、ハイ、分ットリマス」

ソウ云ッテ佐々木モ早速気ヲ利カシタ。

途端ニ合図シタミタイニ手ノ痛ミガ加ワッタ。尺骨ト橈骨ノ茎状突起カラ五本ノ指ノ尖端ヘカケテ手ガ一本ノ棒ノ塊ノヨウニ突ッ張リ、掌ノ内側ト外側トガチリ〳〵トコキザミニ小サク細カク痛ミ出シタ。蟻《ぎ》走感《そうかん》ト云ウノニ似テイルガ、アンナ生《なま》ヤサシイモノデハナク、モット強ク激シイ痛ミデアル。ソシテチョウド糠《ぬか》味噌ノ中ヘ突ッ込ンダヨウニ手ガツメタイ。ツメタクテ而モ痛イ。ツメタイ余リ無感覚ニナッテイテ、ソレデイテ痛イ。コノ辺ノ気持ハ当人デナケレバ分ラナイ。医者ニモドンナニ説明シテモ呑ミ込メナイラシイ。

「颯チャン！　痛イヨウ！」

ト、覚エズ叫ビ声ガ出タ。ヤッパリコンナ声ハ本当ニ痛イノデナケレバ出ナイ。痛イ振リヲシタンデハ斯クノ如ク真ニ迫ッタ声ハ出ナイ。第一彼女ヲ「颯チャン」ナンテ呼ンダコトハ一度モナイノニ、ソレガ自然ニ出タ。ソウ呼ベタコトガ予ニハ嬉シクッテ溜ラナカッタ。痛イナガラ嬉シカッタ。

「颯チャン、颯チャン、痛イヨウ！」

マルデ十三四ノ徒《いたずら》ッ子ノ声ニナッタ。ワザトデハナイ、ヒトリデニソンナ声ニナッタ。

「颯チャン、颯チャン、颯チャンタラヨウ！」

ソウ云ッテイルウチニ予ハワア〱ト泣キ出シタ。眼カラハダラシナク涙ガ流レ出シ、鼻カラハ水ッ洟《ばな》ガ、口カラハ涎ガダラ〱ト流レ出シタ。ワア、ワア、ワア、——予ハ芝居ヲシテルンジャナイ、「颯チャン」ト叫ンダ拍子ニ俄ニ自分ガ腕白盛リノ駄々ッ子ニ返ッテ止メドモナク泣キ喚キ出シ、制シヨウトシテモ制シキレナクナッタノデアル。ア、己ハ実際気ガ狂《ちが》ッタンジャナイカナ、コレガ気狂イト云ウモンジャナイカナ？

「ワア、ワア、ワア」

気ガ狂ッタラ狂ッタデイ、、モウドウナッタッテ構ウモンカ、予ハソウ思ッタガ、困ッタコトニ、ソウ思ッタ瞬間ニ急ニハット自省心ガ湧キ、気狂イニナ

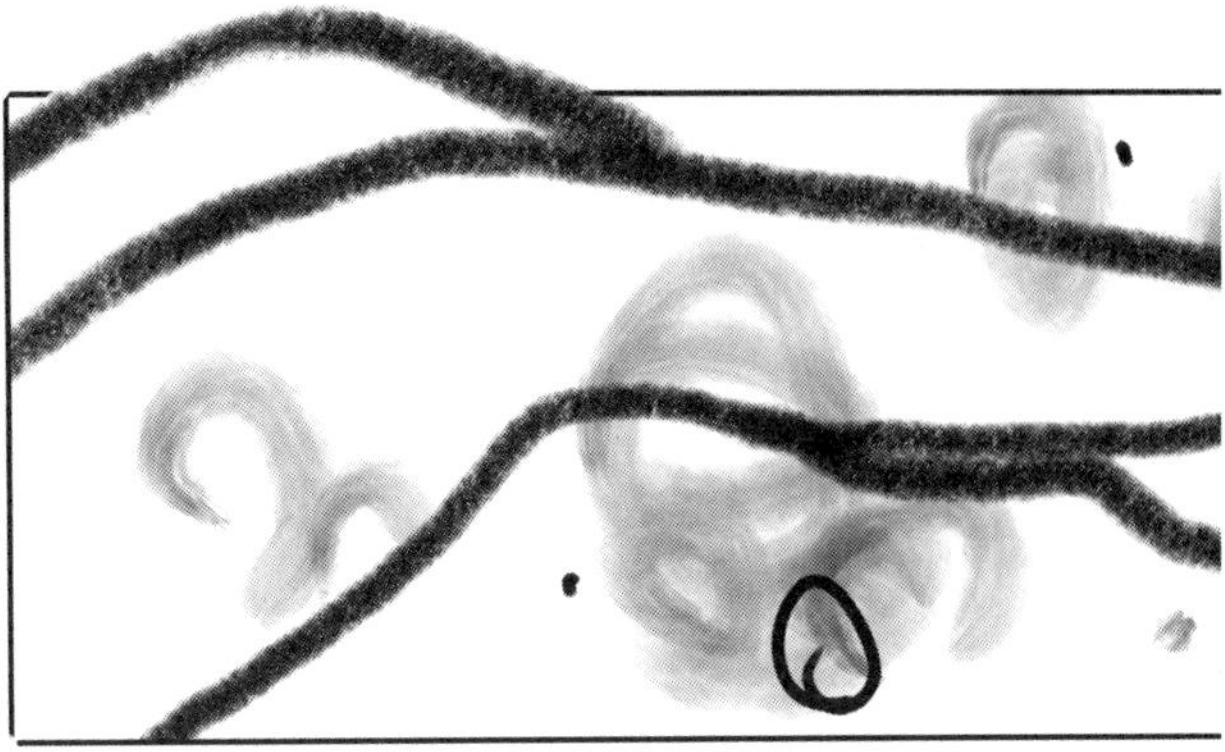

ルノガ恐クナッタ。ソシテソレカラハ明カニ芝居ニナリ、故意ニ駄々ッ子ノ真似ヲシ出シタ。

「颯チャン、颯チャン、ワア、ワア、ワア、――」

「オ止シナサイヨ、オ爺チャン」

サッキカラ少シ薄気味悪ソウニ黙ッテジット予ノ表情ヲ見ツメテイタ颯子ハ、偶然眼ト眼ガ打ツカリアッタラ、咄嗟ニ予ノ心ノ変化ヲ看テ取ッタラシイ。

「気狂イノ真似ナンカシテルト今ニホントノ気狂イニナルワヨ」

予ノ耳元ヘ口ヲ寄セテ、ヘンニ落チツイタ、冷笑ヲ含ンダ低イ声デ云ッタ。

「ソンナ馬鹿々々シイ真似ガ出来ルト云ウノガ、モウ気狂イニナリカケテル証拠ヨ」

声ノ調子ニ、頭カラ水ヲ浴ビセルヨウナ皮肉ナモノガアッタ。

「フヽン、アタシニ何ヲサセヨウッテ仰ッシャルノヨ。ソンナ泣キ声ヲ出スウチハ何モシタゲナイワヨ」

「ジャア泣クノヲ止メル」

予ハイツモノ予ニナッテ、ケロリトシテ云ッタ。

「当リ前ヨ、アタシ強情ッ張リダカラ、ソンナ芝居ヲサレルト尚更依怙地ニナルワ」

モウコレ以上クダ〳〵シク書クノハ止メル。接吻ニハ遂ニ逃ゲラレテシマッタ。口ト口ト合ワセナイデ、互ニ一センチホド離レテ、アーント口ヲ開ケサセテ、予ノ口ノ中ヘ唾液ヲ一滴ポタリト垂ラシ込ンデクレタヾケ。

「サ、コレデイヽデショ、コレデイヤナラ勝手ニナサイ」

「痛イ、痛イ、痛イコトハ本当ナンダヨ」

「コレデイクラカ直ッタ筈ヨ」

「痛イ、痛イ」

「又ソンナ声ヲ出ス！　アタシ彼方へ逃ゲテクカラ、一人デ勝手ニ泣イテラッシャ
イ」

「ネエ颯子、コレカラ時々『颯チャン』ト呼バシテオクレヨ」

「馬鹿ラシイ」

「颯チャン」

「甘ッタレ坊主ノ嘘ツキ坊主、誰ガソノ手ニ載ルモンデスカ」

プリ〳〵怒ッテ行ッテシマッタ。

…………………………

十五日。……今夜ハバルビタール〇・三、ブロムラール〇・三服用。睡眠剤モ時々イロ〳〵取リ代エテ使ワナイト直グ利カナクナル。ルミナールハ予ニハサッパリ効果ガナイ。

…………………………

十七日。杉田氏ノ意見デ東大梶浦内科ノ梶浦博士ニ来診ヲ乞ウタラト云ウコトニナリ、本日午後博士来ル。博士ニハ数年前脳溢血発作ノ時モ数回来診ヲ乞ウタコトガアリ顔見知リデアル。杉田氏ヨリソノ後ノ経過ニツキ詳細ナ説明ガアリ、頸椎ヤ腰椎ノレントゲン写真ヲ見テ貰ウ。博士曰ク、私ハ専門ガ違ウノデ左手ノ痛ミノ原因ガソコニアルコトニ確信ハ持テナイガ、恐ラク虎ノ門病院ノ整形科ノ所見ガ正シイノダト思ウ、ツイテハ一応コノ写真ヲ大学ヘ持ッテ帰ッテ専門ノ人ニ見テ貰ッタ上デハッキリシタ御返事ヲシヨウ、シカシ専門デナイ私ガ見テモ、左手ノ神経ノ支配スルトコロニ変型ガアルコトハ確実デアルト思ワレル、故ニギプスモイヤ、ベッドモイヤ、牽引法モイヤ、ト云ウコトデアレバ、他ニ神経ノ圧迫ヲ除去スル方法ハナイノデアルカラ、大体杉田氏ノ取ッタヨウナ一時的処置ニ依ルヨリ仕方ガアルマイ、薬ハ矢張パロチンノ注射ガ一番イ、デショウ、イルガピリンハ悪イ副作用ガアルカラ、コレハ止メテ下サイ、ナド、云ワレル。ソシテ頗ル綿密ナル診察ノ後、レントゲン写真ヲ借リテ帰ラレル。

十九日。博士ヨリ杉田氏ニ電話アリ、大学ノ整形科ノ所見モ虎ノ門病院ト全ク同一ナル由ヲ知ラセテ来ル。

夜八時半頃、ノックヲセズニ恐ル〳〵ドーアヲ開ケル者ガアル。

「誰？」

ト云ッテモ返事ガナイ。

「誰？」

二度云ウト、微カナ足音ガシテ寝間着ヲ着タ経助ガ這入ッテ来タ。

「何ダネ今時分、何シニ来タンダ」

「オ爺チャン、手ガ痛イノ？」

「ソンナコト、子供ガ心配シナイデモイヽ、オ前モウ寝ル時間ジャナイカ」

「僕寝テタンダヨ、内証デソット見ニ来タンダヨ」

「オ休ミ、オ休ミ、子供ガ余計ナ……」

コヽマデ云ッタト思ッタラ、ドウシタ加減カ声ガ鼻ノ奥デ詰マッテ不意ニ涙ガパラ〳〵ト落チタ。ツイ数日前コノ子ノ母ノ前デ泣イタ涙トハ性質ノ違ッタ涙デアル。アノ時ハワア〳〵ト仰山ニ流レ出タガ、今日ノハポツリト、ホンノ一ト垂ラシ、眼ノ縁ニ落チタヾケデアル。予ハソノ涙ヲゴマカスタメニ慌テ、眼鏡ヲ取ッテカケタガ、忽チ眼鏡ガ曇ッタノデ、一層工合ガ悪カッタ。モウ子供ニモ隠シヨウガナカッタ。コノ間ノ涙ハ気ガ狂《ちが》ッタ証拠カト思ッタガ、今日ノコノ涙ハ何ノ証拠ダロウ。コノ間ノ涙ハ予期シナイデモナカッタ涙ダガ、今日ノ涙ハ少シモ予期シテイナカッタ涙デアル。予ハ颯子ト同様ニ偽悪趣味ガアリ、男ノ癖ニ泣クナンテ見ットモナイト思ッテイルノダガ、ソノ実案外涙脆《もろ》クッテ、屁デモナイコトニ訳モナク涙ガ出ル。ソレヲ又何トカシテ人ニ知ラレマイトスル。若イ時カラ女房ナドニ始終意地悪ヲ云イツヾケテ悪党ガッテイタガ、ソノ女房ニ泣カレルト、カラッキシ意気地ガナク負ケテシマウ。ダカラ一生懸命ニソノ泣キドコロヲ女房ノ奴ニ知ラセナイヨウニシテ来タ。ト云ウト、イカニモ善人臭ク聞エルガ、涙脆ク、情ニ脆イ癖ニ、本心ハヒネクレテ薄情極マル人間ナノデアル。ソウ云ウ男ナノデアルガ、イタイケナ子供ガ突然現レテ、コンナ優シイ言葉ヲカケラレルト、モウ溜ラナイ、拭イテモ拭イテモ眼鏡ガ濡レテ来ル。

「オ爺チャン、シッカリシトクレヨ、我慢シテレバ直キニナオルヨ」

予ハ涙ト泣キ声トヲ胡麻化スタメニ頭カラ掛布団ヲスッポリト被ッタ。佐々木ニ感ヅカレタデアロウト思ウト、何ヨリ癪《しゃく》ダッタ。

「ア、、直キナオルヨ、……早ク二階ヘ行ッテオ寝、……」

予ハソウ云ッタ積リダッタガ、「早ク二階へ」アタリカラハ妙ナ濁声《だみごえ》ニナッテ何ヲ云ッテルノカ自分デモ分ラナカッタ。真ッ暗ナ布団ノ闇ノ中デ涙ガ堰《せき》ヲ切ッタヨウニパラ〳〵パラ〳〵ト頬ヲ伝ワル。経助ノ奴、イツマデコ、ニイヤガルンダ、サッサト二階へ行ッチマヤガレ、糞忌マ〳〵シイ！　ト思ウ程ナオ涙ガ出ル。

三十分ホド経ッテ、スッカリ涙ガ乾キ、ッテカラ、予ハ布団カラ顔ヲ出シタ。モウ経助ハイナクナッテイタ。

「経助坊チャンハイジラシイコトヲ仰ッシャイマスノネ」

ト、佐々木ガ云ッタ。

「オ小《ちい》サクッテイラッシャルノニ、ヤッパリオ爺チャンノコトヲ心配ナスッテイラッシャルンデゴザイマスネ」

「子供ノ癖ニ変ニマセテイヤガッテ小生意気デイヤナ奴ダ。己ハアンナノハ大嫌イダ」

「マア、ソンナコトヲ仰ッシャッテ」

「子供ハ病室へ寄越スナッテ云ットイタノニ、勝手ニ這入ッテキヤガッテ。子供ハモット子供ラシクスルモンダ」

イ、歳ヲシテコンナ子供ニタワイモナク泣カサレタコトニ、予ハ腹ガ立ッテ溜ラナカッタ。ヒョットスルト、コンナコトニ涙ガ出ルノハ、イクラ涙脆イニシテモ尋常デナイ、モウ死期ガ近イセイジャナイノカナト云ウ気ガスル。

…………………………………………

二十一日。本日佐々木カラ耳寄リノ話ヲ聞ク。佐々木ガ云ウノニ、自分ハ昔ＰＱ病院ニ勤務シテイタコトガアッタガ、昨日午後一時間ノオ暇ヲ戴イテ歯ノ治療ノタメ品川マデ参リマシタラ、ソノ歯科医院デ偶然ＰＱ病院時代ノ福島博士ト云ウ整形外科ノ先生ニ出会ッタ。ソシテ二十分バカリ待タサレテイル間ニ同博士ト談話ヲ交シタ。博士ガ君ハ今何シテイルカト問ウノデ、コレ〳〵云ウオ邸デ御病人ノ看護ヲシテイマスト答エタラ、ソンナコトカラ旦那様ノ手ノオ痛ミノコトガ話ニ出タ。何カヨイ治療法ハナイモノデショウカ、御老人デイラッシャルノデ、牽引法ソノ他手数ノカヽル面倒ナ方法ハオイヤナンデスガ、ト云ッタトコロ、ソレニハ方法ガナイコトハナイト、博士ガ云ワレタ。ソレハ危険ヲ伴ウ、頗《すこぶ》ルムズカシイ、技巧ヲ要スル方法ナノデ、普通ノ医師ニハ出来ナイシ、又シヨウトモシナイガ、僕ナラ出来ル、キット巧クヤッテ見セル、ソノ病気ハ多分病名ヲ頸肩腕《けいけんわん》症候群ト称スルモノト考エラレル、第六番目ノ頸椎ニ故障ガアルモノトスレバ、ソコノ交感神経ヲ遮断スルタメニ横突起ノ周リニキシロカインヲ注射スル、ソウスレバ手ノ痛ミハ直チニ除去サレル、タヾ頸部ノ神経ハ頸ノ大動脈ノ後部ヲ通ッテイルノデ、ソノ動脈ニ触レナイヨウニ注射針ヲ神経ニ射シ込ムコトガ至難ナノデアル、万一動脈ヲ傷ツケルヨウナコトガアッタラ大変デアル、動脈ノミナラズ、頸部ニハ無数ノ毛細血管ガ走ッテイルカラ、モシ過《あやま》ッテソレラノドレカ一ツノ血管内ニキシロカインガ這入ッタリスレバ、或ハ空気ガ這入ッタヾケデモ、患者ハ忽チ呼吸困難ニ陥ル、左様ナ恐レガアル故ニ一般ノ医師ハコノ方法ヲ用イナイノデアルガ、シカシ私ハコノ冒険ヲ敢テシテ今日マデタビ〳〵コノ治療法ヲ多数ノ患者ニ試ミ、一回ノ失敗モナク成功シテイルカラ、私ナラ大丈夫出来ルト云ウ確信ヲ持ッテイル、ト、博士ハ云ワレタ。ソレハ幾日モ日数ガカヽルノデスカト云ウト、イヤ、タッタ一日、ソレモ一二分間デ済ム、尤モソノ前ニ一応レントゲン写真ヲ取ル必要ガアルガ、ソレトテモ二三十分アレバ足リル、神経ヲ遮断スルノデアルカラ、成功スレバ苦痛ハソノ場デ即座ニ消エ、僅カ半日ノ辛抱デスッカリ軽快ナ気持ニナッテ帰ッテ行カレル、トソウ云ウ話ナンデスガ、一ト思イニヤッテオ貰イニナル気ハゴザイマセンカ、ト云ウノデアル。

「ソノ福島博士ト云ウ人ハ信用ノ置ケル人カネ」

「エ、勿論デゴザイマストモ、アノＰＱ病院ノ整形科ニ勤務シテイラッシャル先生デスカラ間違イハゴザイマセン。東大出身ノ医学博士デ、私モ随分古クカラ存ジ上ゲテオリマス」

「大丈夫カナア本当ニ、モシヤリ損ッタラドンナコトニナルカナア」

「アノ先生ガアア、仰ッシャルナラ間違イハナイト存ジマスガ、何ナラモウ一度オ目ニカ、ッテ委シク聞イテ参リマショウカ」

「実際ソンナコトガ出来ルンナラ、コンナ巧イ話ハナイガ」

取リ敢エズ杉田氏ノ意見ヲ叩クト、「ヘーエ、ソンナ器用ナコトガ出来ルモンデスカナア、出来タラマルデ神業《かみわざ》ミタイナモンデスナア」ト、アブナガッテ余リ賛成ハシテクレナイ。

二十二日。佐々木ガPQ病院ヘ行キ、博士ニ会ッテ委シク聞イテ来テクレル。イロ〳〵専門的ナ説明ガアッタガ、詳細ナコトハ予ニハ分ラナイ。ガ、昨日モ申シ上ゲタヨウニ博士ハ今マデニ何十人トナクコノ患者ヲ扱イ、コノ方法デ簡単ニ成功シテイルノデ、ソンナ神業ナンテ云ワレル程ノムズカシイモノトハ思ッテイナイ、患者モ格別不安ガッタリ恐レタリシタ者ハナカッタ、皆気軽ニ注射シテ貰イ、直グ良クナッテ大喜ビデ帰ッテ行ク。ケレドモ不安ニオ思イニナルナラ、万々一ノ場合ニ備エテ麻酔ドクターニ附キ添ッテ貰イ、酸素吸入ノ用意ヲ整エテ置イテモイイ、ツマリ、過ッテ薬液ヤ空気ガ血管ニ這入ッタラ、早速気管内ニチューブヲ入レテ酸素ヲ送ルヨウニスル、普通ノ患者ニハソンナ用意ヲシタコトハナイガ、ソレデモ間違イハナカッタノデアル、シカシ御老人ガ注射ヲオ受ケニナルト云ウナラ、今回ハソレダケノ準備ヲシテ取リカヽルカラ御心配ハ御無用デアル、ト云ッテオラレルト云ウ。

「ドウナサイマスカ、博士モ決シテ無理ニスヽメテハオラレマセン、オ気ガ向カナケレバオ止メニナッタ方ガヨロシイト云ッテオラレマスカラ、マアヨクオ考エニナリマシテ、――――」

コノ間ノ晩、子供ニ不意討チヲ喰ッテ泣カサレタコトガ未ダニ胸ニ残ッテイ、コンナ場合ニ何トナクアレガ不吉ノ前兆ノヨウニ思イ出サレル。アノ晩アンナ涙ガ出タノハ、ヤッパリ心ニ死ノ予感ガ萌《きざ》シテイタカラナノダ。無鉄砲ノヨウデ、実ハ甚ダ臆病デ用心深イ筈ノ予ガ、佐々木ノ言葉ニソヽノカサレテ頻リニ左様ナ危険ナ注射ヲシテ貰イタク感ジルノハ、ドウモタヾゴトデナイヨウニ思エル。結局注射ガ原因デ、息ガ詰マッテ死ヌ運命ニアルノデハナイカ。

ダガ、予ハモト〳〵イツ死ンデモイヽ積リデハナカッタノカ、疾ウカラ死ノ覚悟ガ出来テイタ筈デハナカッタノカ、現ニコノ夏虎ノ門病院デ頸椎ノ癌カモ知レナイト云ワレタ時、附添イノ婆サンヤ佐々木ハ顔色ヲ変エタガ、予ハ全ク平気ダッタ、コンナニモ平気デイラレルモノカト我ナガラ意外ニ感ジタホドダッタ、予ノ人生モイヨ〳〵コレデ終ルノカナト、却テホットシタクライダッタ、ダトスレバ、コレヲ機会ニ運試シヲシテ見テモヨクハナイカ、万一運ガナカッタトコロデ何ヲ惜シガルコトガアルンダ、コンナニ手ガ痛ンデ朝晩苦シガッテイタンジャ、颯子ノ顔ヲ見タトコロデ何ノ楽シイコトモナイシ、颯子モ病人扱イニシテ真面目ニ相手ニシテクレナイ、コンナ有様デ生キテイタッテ何ノ甲斐ガアロウ、颯子ノコトヲ考エルト、運ヲ天ニ任シテドウシテヾモ生キタイ、ソレデナカッタラ生キテイタッテ仕様ガナイ。……

二十三日。痛ミハ相変ラズデアル。ドリデンヲ飲ンデ見タガ寝タト思ウト直キニ覚メル。ザルブロ（ザルソブロカノン）ヲ注射シテ貰ウ。

六時頃眼覚メテ昨日ノ問題ヲ又考エル。

死ハ一向恐クナイ、ダガ、予ハ今コノ瞬間ニ死ニ直面シテイルノダト思ウト、——死ガコノ刹那ニ予ノ眼前ニ迫ッテイルノダト思ウト、——ソウ思ウソノコトガ恐イ。出来レバイツモノコノ部屋デ、コノ寝台ニ安ラカニ横タワッテ、親類縁者ニ取リマカレテ、（イヤ、親類縁者ナドイテクレナイ方ガイイ、カナ、取リ分ケ颯子ハイナイ方ガイイ、カナ、「颯チャン、長イ間世話ニナッタネ」ナンテ別レノ挨拶ヲスルノハ悲シイダロウナ、又涙ガ出ルダロウシ、ソウシタラ颯子ダッテ義理ニモ泣イテ見セナケリャナルマイ、何ダカ極《きま》リガ悪クッテ死ヌニモ死ニ憎イ、予ガ死ヌ時ハイッソ彼女ハ薄情ニ予ノコトナンゾ忘レチマッテ、夢中ニナッテボクシングデモ見テ、クレルカ、プールヘ飛ビ込ンデシンクロナイズド・スウィミングデモシテ、クレタ方ガイイ、、ア、ソノスウィミングノ姿モ来年ノ夏マデ生キラレナケレバ、トウ〳〵見ラレナイノカナ）

イッ死ンダトモ分ラナイヨウニ、眠ルガ如ク死ンデ行キタイ。知リモシナイPQ病院ノベッドナンカニ運バレテ、ドンナニ偉イ博士タチカハ知ラナイガ、会ッタコトモナイ整形外科ノ先生ダノ麻酔ドクターダノレントゲン科ノ先生ダノニ囲マレテ、サモ大層ラシク取リ扱ワレテ、息ガ詰マッテ死ニカヽッタリスルノハイヤダナ。モウソノ緊迫シタ雰囲気ニ包マレルダケデモ死ニハシナイカナ。呼吸困難ニ陥ッテ息ガハアハア云イ出シ、次第ニ人事不省ニナリ、気管内ニチューブヲ差シ入レラレル時ノ心持ハドンナダロウナ。死ハ恐レナイガ死ニ伴ウ苦痛ト緊迫感ト恐怖感トハ御免ダナ。定メシソノ刹那ニハ七十年来ノ生涯ニ積ミ重ネタ悪事ノ数々ガ走馬灯ノヨウニ次々ト現レルダロウナ、ア、貴様ハアンナコトモシタ、コンナコトモシタ、ソレデテ楽ニ死ノウナンテ虫ガヨスギル、今苦シムノハ当リ前ダ、ザマア見ヤガレ、――ドコカデソンナ声モ聞エル。ヤッパリPQ病院ハ止メタ方ガイイ、カナ。……

今日ハ日曜デアル。曇ッテ雨ガ降ッテイル。考エアグネテ又佐々木ニ相談スル。ソレデハ兎ニ角、私ガ明日ノ月曜ニ東大梶浦内科ニ梶浦先生ヲオ訪ネシテ先生ガ何ト仰ッシャルカ伺ッテ見マショウカ、福島博士ノ仰ッシャッタコトヲ私カラ詳細ニ申シ上ゲテ、先生ガ何ト仰ッシャルカ伺ッテ参リマショウ、ソシテ先生ガソノ注射ヲシテオ貰イナサイト仰ッシャッタラシテ貰ウ、ソンナコトハ絶対ニオ止メナサイト仰ッシャッタラ止メル、ソウナスッタラ如何デスト云ウ。デハマアソウシヨウト云ウコトニナル。

二十四日。夕刻佐々木帰ッテ来ル。報告ニ曰ク、プロフェッサー梶浦ノ仰ッシャルニハ、私ハPQ病院ノ福島ナル人ヲ知ラナイ、且私ハ専門外デアルカラソノ可否ニツイテ立チ入ッタ意見ヲ述ベル資格ハナイ、シカシソノ人ガ東大出身ノ博士デアリ、PQ病院ニ勤務シテオラレル人物デアルナラ、先ズ信用シテ差支エナイ、決シテ出鱈目《でたらめ》ヤインチキデハアルマイ、モシ成功シナカッタ場合ニモ必ズ間違イガ起ラナイヨウニ万全ノ策ヲ講ジタ上デ取リカヽルニ違イナイ、ダカラ同博士ヲ信頼シテヤッテオ貰イニナッタラドウカト。予ハ内々プロフェッサーガ不賛成ヲ唱エテクレタライヽ、ソウシタラ却テ気ガ楽ニナルト思ッテイタノダガ、コウナッタラ仕方ガナイ、ヤッパリ危険ニ晒サレル運命ニアルノカナ、ドウシテモソレヲ免カレル訳ニ行カナイノカナ、ソウ思イナガラ、マダ何トカシテ止メル口実ガアルモノナラト云ウ気ガシテイタガ、ツイグズ〳〵ニ決マッテシマッタ。

二十五日。

「佐々木サンカラ伺イマシタガ、大丈夫デスカオ爺チャン、オ痛イコトハオ痛イデショウガ、ソンナコトヲナサラナイデモ今ニキット直リマスヨ」

婆サンハ気ガ気デナイラシイ。

「ヤリ損ッタッテ死ニハシナイヨ」

「死ニハシナイデモ、気絶シテ今ニモ死ニソウニオナリニナッタリシタラ、ソレヲ見テルダケデモイヤダワ」

「コンナ思イヲシテ生キテルクライナラ死ンダッテイ、サ」

予ハ殊更ニ悲壮ラシク云ウ。

「イツナサルノ」

「病院ノ方ハイツデモイラッシャイト云ッテルンダ、ソウ決マッタラ早イ方ガイ、、明日行ク」

「マアオ待チナサイ、アナタハイツモ性急《せっかち》ナンダカラ」

婆サンハ出テ行ッタト思ウト、高島易断ノ暦ヲ持ッテ戻ッテ来タ。

「明日ハ先負、明後日ハ仏滅、二十八日ガ大安デ『たいら』デス、二十八日ニオ決メナサイヨ」

「暦ナンゾ当テニナルモンカ、仏滅デモ何デモ早イ方ガイ、」

無論婆サンガ反対スルコトヲ承知デ云ウ。

「イ、エイケマセン、二十八日ニ決メテ下サイ、アタシモソノ日ハツイテ行キマス」

「婆サンナンゾ来ナイデモイ、」

「イ、エ参リマス」

「ソウシテ戴キマシタ方ガ、私モ安心デゴザイマス」
ト、佐々木マデガ云ウ。

二十七日。仏滅ノ日デアル。「此の日移転開店其他何事にも凶」トアル。明日ハ婆サン、佐々木、杉田医師等ガ附添イ午後二時PQ病院ニ行キ、三時ニ注射ガアル筈。生憎本日モ早朝カラ激痛アリピラビタール注射。夕刻又激痛。座薬ノブロンヲ用イ、夜ニ及ビオスピタンヲ注射。コノ薬ハ始メテヾアル。モヒデハナイガコレモ一種ノ麻薬デアルト云ウ。幸イニ痛ミガ和ギ安眠スル。コレヨリ以後数日間ハ執筆ニ堪エズ、数日後佐々木ノ病床日誌ニ依ッテ記入スル。

二十八日。午前六時目覚メル。イヨ〳〵運命ノ日。シキリニ胸騒ギガシ、興奮ヲ覚エル。ナルベク安静ニト云ウノデ、寝室ニ横臥シタキリデアル。朝モ昼モ食事ヲコ、ヘ運ンデ貰ウ。中華料理ノ東坡肉《トンポウニョ》ガ喰イタイト云ッテ笑ワレル。
「ソンナ食欲ガオアリニナレバ安心デゴザイマスネ」
ト、佐々木ガ云ウ。勿論本気デ食ウ気ハナイ、ツケ景気ニ云ッタヾケデアル。昼食ハ濃厚ミルク一杯、トースト一片、スパニッシュオムレツ一個、デリシャス一個、紅茶

一杯。食堂へ出レバ颯子ノ顔ガ見ラレルカモ知レナイト思ッタノダガ、

「出テハイケマセン」

ト止メラレテ、オトナシク云ウコトヲ聴ク。食後三十分午睡、流石ニウマク寝ラレナカッタ。

一時半杉田氏来ル。簡単ニ血圧ヲ測リ、診察スル。二時出発。杉田氏ノ左隣ニ予、ソノ隣ニ婆サン、運転手ノ隣ニ佐々木ガ乗ル。車ガ軋《はし》リ出ソウトスル時颯子ノヒルマンモ軋リ出シテ来ル。

「オヤ、オ爺チャン何処へオ出カケ？」
ト、車ヲ止メテ颯子ガ云ウ。
「ウン、チョットＰＱ病院マデ注射シテ貰イニ。一時間グライデ直グ帰ル」

「オ婆チャンモ御一緒？」

「オ婆チャンハ胃痛カモ知レナイカラ、ツイデニ行ッテ見テ貰オウッテ云ッテルノサ、オ婆チャンノハ神経ダヨ」

「ドウセソウニ決マッテマスワ」

「君」

ト云イカケテ予ハ云イ直ス。

「オ前ハ何処へ？」

「有楽座へ行キマスノ、失礼シチャウワネ」

ソウ云エバシャワーノ季節ガ過ギテカラ、長イコト春久ノ奴姿ヲ見セナイガト、チラト思ウ。

「今月ハ何ダネ」

「チャプリンノ『独裁者』」

一ト足先ニヒルマンガ走リ出シテ消エテ行ッタ。

今日ノコトハ何モ云ウナト云ッテアルノデ、颯子ハ知ラナイ筈ニナッテイル。ダケド恐ラクハ婆サンカ佐々木ガ知ラシタニ違イナイ。彼女ハワザト空ットボケテイルノダロウ。ソシテソレトナク予ヲ力ヅケルタメニコノ時期ヲ待ッテ出テ来タノダロウ。或ハ婆サンノ云イ付ケカモ知レナイ。マア何ニシテモ彼女ノ顔ガ見ラレタノハ悪クナイ。空ットボケルノガ名人デアルカラ、彼女ハ例ノ如ク得々トシテ有楽座ヘ出カケテ行ッタ。――コヽイラガ婆サンノ心ヅカイカト思ウト、胸ガ一杯ニナル。

約束ノ時刻ニ到着。直チニ×××号室ニ運バレル。「卯木督助殿」ト記シタ名札ガ掛ケテアル。今日一日ダケコヽニ入院シタ形式ニシテアルラシイ。病人用ノ運搬車ニ乗セラレテコンクリートノ長イ廊下ヲレントゲン室ニ連レテ行カレル。杉田氏、佐々木看護婦、婆サンマデ附イテ来ル。婆サンハ足ガ鈍《のろ》イノデ運搬車ニ追イ付コウトハア〱云ッテイル。斯様ノ場合ヲ考エテ予ハ和服デ来タ。婆サンガ手伝ッテ衣類ヲ脱ガセ素ッ裸ニスル。堅イツル〱シタ板ノ上ニ臥カサレテイロ〱ノ形ニ体ヲ彎曲《わんきょく》サセルベク命ゼラレル。ソノ上ニ大型ノ写真ノ暗箱《あんばこ》ノヨウナ機械ガ天井カラ降リテ来テ予ノ姿勢ノ上ニ巧ク出会ウヨウニ加減スル。大キナ複雑ナ部分ヲ持ッタ機械ヲ遠クカラ操作スルノデ、一ミリ違ッテモ工合ガ悪ク、ナカ〱注文ノ対象ノ上ニ持ッテ来ラレナイデ調節ニ時間ガカヽル。十月末ナノデ、冷メタイ板ガ少シ寒イシ、手ノ痛ミモ続イテイルノダガ、不思議ト緊張シテイルセイカ、寒クモ痛クモ感ジナイ。最初ニ左腕ヲ下ニシテ臥、次ニ右腕ヲ下ニシテ臥、横向キ、背中、頸ト、各種類撮ラレル。ソノタビゴトニ暗箱ノ調節ガアリ、可ナリ面倒デアル。レントゲン線ガ通過スル刹那ノ一瞬間ハ呼吸ヲ止メテ下サイト云ワレル。大体虎ノ門病院ノ時ト同ジデアッタ。

又×××号室ニ戻ッテベッドニ横タワル。レントゲン写真ノ現像ガ濡レタフィルムノマ、直グ持ッテ来ラレル。福島博士ガソレヲ仔細ニ観察シタ上デ、

「ソレデハ注射イタシマス」

ト云ウ。博士ハ既ニキシロカインヲ注入シタ注射針ヲ手ニ持ッテイル。

「起キテコチラヘ来テ立ッテ戴キマショウ、ソノ方ガ注射シ易ウゴザイマス」

「承知シマシタ」

予ハ寝台ヲ下リ、特ニ勇マシク、シッカリシタ足ドリデ博士ノ立ッテイル明ルイ窓際ノ方ヘ歩ヲ運ビ、博士ト向イアッテ立ツ。

「デハコレカライタシマス、別ニ痛クモ何トモゴザイマセンカラ御心配ナク」

「心配ハシテオリマセン、ドウゾ御遠慮ナク」

「ヨロシュウゴザイマスナ」

針ガ頸部ニ射シ込マレルノガ感ジラレタ。何ダ、コンナコトカ、痛クモ痒クモナイ、ト云ウ気ガシタ。多分顔色モ変ッテイナカッタロウシ、体モ顫《ふる》エテイナカッタ。平然トシテイルノガ自分ニモ分ッタ。「死ンダッテ何ダ」ト思ッテイタガ、死ニソウナ気ハシナカッタ。博士ハ一遍注射針ヲ局部ニ射シ入レテ試ミニ針ヲ引イテ見ル。コレハキシロカインノ場合ニ限ラズ、何ノ注射デモ、タトエバヴィタミンノ注射ノ場合デモ、薬液ヲ血管ノ中ヘ注入シナイヨウニ、一応注射ニ先立ッテ注射針ヲ外ヘ引イテ見、血

液ガ混入シタカドウカヲ念ノタメニ慥《たしか》メテ見ルノガ常識ニナッテイル。用心探イ医師ハ必ズソレダケノ注意ヲ怠ラナイ。福島博士モ殊ニ重大ナ場合デアルカラ当然ソレダケノ手順ヲ踏ンダ訳デアル。ト、途端ニ博士ハ、

「ア、コレハイケナイ」

ト、俄ニガッカリシタヨウニ云ッタ。

「今マデ患者ニ何回トナクコノ注射ヲシテルンデスガ、血管ニ触レタコトハ一度モナイノニ、今日ハドウカシテルンデスナ。御覧下サイ、コノ通リ血ガ交ッテイマス、何処カノ毛細血管ヲ突イタンデショウナ」

「スルト、ドウシマスカ、モウ一度ヤリ直スンデスカ」

「イヤ、コンナ失敗シタ時ハ止メタ方ガイイ、ト思イマス、誠ニオ気ノ毒デスガ、明日モウ一度出直シテ戴キマショウ、明日コソ失敗シナイヨウニシマス、失敗ナンゾ一度モシタコトハナインダケレド」

予ハ何カシラ安心シ、マア今日ハ助カッタト胸ヲ撫デオロシタ。運命ガ一日延ビタ。ダガ明日ノコトヲ考エルト、イッソ今直グヤリ直シテ貰ッテ伸ルカ反ルカヲ一挙ニ決シテシマイタクモアッタ。

「アンマリ大事ヲ取リ過ギルンダワ、アノクライ血ガ出タッテ、何モソンナニ恐ガラナイデヤッテ下サル訳ニ行カナイノカシラ」

ト、佐々木ガヒソ〳〵声デ云ッタ。

「イヤ、ソコガアノ方ノ偉イトコロデスヨ、麻酔ドクターマデ呼ンデ十分ノ用意ヲシテカヽッタンダカラ、誰デモヤッテシマイタクナルトコロダガ、僅カ一滴ノ血ヲ見タヾケデモ大事ヲ取ッテ中止スルト云ウコトハ、ナカ〳〵出来憎イコトデス。ソコヲ止メタノハ医師トシテ実ニ立派ナ心ガケト云ワナケレバナラナイ。医師ハ皆アレダケノ心ガケガナケレバイケナイ。僕ハ大イニ教エラレマシタヨ」

ト、杉田氏ハ云ッタ。

明日ヲ約シテ怱々ニ引キ上ゲ帰宅スル。車ノ中デモ杉田氏ハ頻ニ博士ノ態度ヲ賞讃シテ已マナイ、佐々木ハ「思イ切ッテヤッテシマエバヨカッタンジャナイデショウカ」ヲ繰リ返ス。要スルニ余リ大事ヲ取リ過ギタノガ失敗ノ原因ダッタ、万々一ノ場合ニ備エテ仰山ナ準備ナドヲセズ、イツモノヨウニ手軽ニ考エテスレバヨカッタ、博士自身ガ神経過敏ニナッテイタノガイケナカッタノダ、ト云ウ点デハ二人ノ意見ガ一致スル。

「頸動脈ノ傍ヲ突クナンテ危イコッテスヨ、アタシハ始メカラ不賛成ダッタンデス、明日モイッソオ止メニナッタラ」

ト、婆サンハ云ッタ。

帰宅シテ見ルト、颯子ハマダ帰ッテイナイラシイ。経助ガ犬小屋ノ前デレスリーニ戯レテイル。

予ハ又寝室デ夜食ヲ取リ、安静ニスベク命ゼラレル。手ガ又痛ミ出ス。

二十九日。本日モ昨日ノ時刻ニ出カケル。同行者モ全部同ジ。不幸ニシテ経過モ昨日ト同様。今日モ過ッテ血管ヲ突キ、注射器ニ血ガ混入スル。周到ナ用意ヲシタヾケニ、博士ノ落胆ハ甚ダシイ。却テ予等ガ気ノ毒ニナル。皆デ相談ノ結果、コウケチガ附イタ以上、誠ニ残念デアルケレドモ、兎ニ角コノ注射ハ一ト先ズ打チ切リニシタ方ガヨクハナイカト云ウコトニナル。明日来テ又モ失敗ト云ウヨウナコトガアッテハ困ルノデ、博士モモウ一度ト云ウ気ハナイラシイ。予モ今度コソ本当ニ安堵シ、ホットスル。

午後四時帰宅スル。床ノ活ケ花ガ変エテアル。雁来紅《がんらいこう》ニ貴船菊ガ琅玕斎《ろうかんさい》ノ籠ニ挿シテアル。今日ハ京都ノ花ノ先生ガ来タノデアロウ。ソシテ颯子ガコノ老人ノタメニ心ヅクシヲ示シタノデアロウカ。ソレトモコノ花ガ、ヒョットスルト枕花ニナルカモ知レナイト考エテ特ニ念ヲ入レテ活ケタノデモアロウカ。長イコト掛ケッパナシニシテアッタ荷風ノ色紙モ掛ケ変エテアル。図ハ浪華《なにわ》逸民《いつみん》菅《すが》楯彦《たてひこ》ノ作デアル。非常ニ細長イ画面デ、灯台ニ灯明ガ点ッテイル図デアル。楯彦ハヨク漢詩ヤ和歌ヲ書キ添エル癖ガアルガ、コレニモ万葉ノ和歌ガ一首縦ニ一行ニ添エテアル。

吾か勢子《せこ》はいつく遊《ゆ》くらんおき津ものなはりのやまを気布《けふ》か古ゆらん

6

九日。ＰＱ病院以来十日ニナル。ソノウチニヨクナリマスヨト婆サンハ云ッタガ、ドウヤラコウヤラ少シ楽ニナリカケテ来タ。専ラシングレラントセデストデ凌イデ来タガ、自然ソノ時期ガ来タノカ、売薬デモイクラカ利キ目ガアッタノガ不思議ダ。現金ナモノデ、コノ程度ナラ墓地ヲ見ツケニ行ケソウナ気ガシテ来タ。コノ春以来気ニナッテイタノダガ、イッソコノ際京都行キヲ決行シヨウカト思ウ。……

十日。……

「少シヨクナルト直グソレダカラオ爺チャンハ困リマスヨ、モウ暫ク様子ヲ見テカラニナスッタラドウ？　汽車ノ中ナンゾデ痛ミ出シタラドウナサルンデス」

「モウ大概大丈夫ダヨ、十一月モ今日デ十日ダ、グズ〳〵シテルト京都ノ冬ハ早イカラネ」

「何モ今年ニ限ッタコトハナイジャアリマセンカ、来年ノ春マデオ待チニナッタラ」

「ホカノコト、違ウカラネ、ソンナ悠長ナコトヲ云ッチャイラレナイヨ、今度行ッタラコレガ京都ノ見納メニナルカモ知レン」

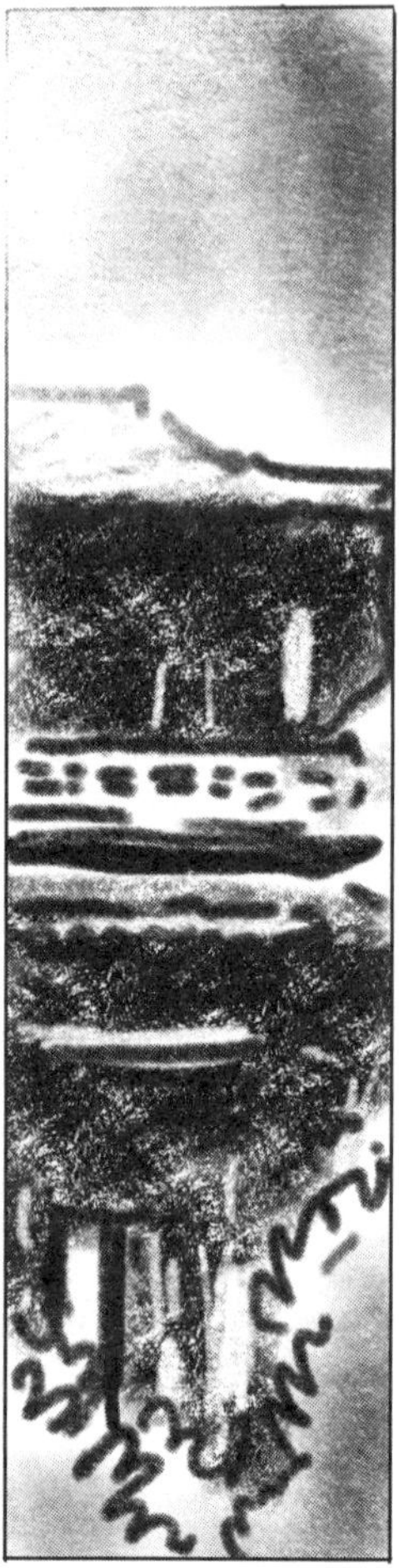

「又ソンナイヤナコトヲ仰ッシャル。――誰ヲ連レテイラッシャルオ積リ?」

「佐々木ト二人ジャ心細イカラ、颯子ニ附キ合ッテ貰オウカ」

予ノ京都行キノ主タル目的ハ実ハコ、ニアル。墓地捜シハ寧ロ口実デアル。

「南禅寺ヘハオ泊リニナラナイノ?」

「看護婦附キデ泊ッタリスルト手数ヲカケルコトニナルカラナ。ソレニ颯子モイルコトダシ、――颯子ハ南禅寺ヘ泊ルノハ懲リ〳〵ダカラ、ソレダケハ堪忍《かに》シテクレト云ッテルンダ」

「ドッチニシタッテ颯子ガ行ッタラ又喧嘩デスヨ」

「摑ミ合イデモ始メテクレタラ面白イサ」

婆サントソンナ遣リ取リヲスル。

「南禅寺ッテ云エバ永観堂ノ紅葉ガ綺麗デショウネ、アタシガアレヲ見テカラモウ何年ニナルカ知ラ」

「永観堂ハマダ早イヨ、高尾ヤ槇ノ尾ガチョウド見頃ダガ、己モコノ脚ジャ行ケソウモナイ」

十二日。……第二こだまデ午後二時三十分出発。婆サントオ静ト野村ガ見送ル。窓際ニ予、ソノ隣ニ颯子、通路ヲ隔テ、佐々木、ト云ウ目算デアッタガ、動キ出シテ見ルト窓際ハ風ガスウ〳〵スルカラト云ワレテ颯子ト入レ代リ、通路ニ寄ッタ方ノ席ニ掛ケサセラレル。生憎手ノ痛ミガ少シ強イ。喉ガ渇クカラトボーイニ茶ヲ持ッテ来サセ、コンナ時ノ用意ニポケットニ忍バセテ来タセデスヲ二錠、颯子ニモ佐々木ニモ見ラレヌヨウニ、ソット口ヘ放リ込ム。二人ニ知ラレルト、アトガウルサイカラデアル。血圧ハ出発直前ニ測ッタ時ハ上ガ一五四、下ガ九三デアッタガ、乗車後予ハ明ラカニ興奮シテイルコトヲ密カニ感ジル。傍ニ邪魔者ガイルコトハイルガ、何カ月ブリカデ颯子ト席ヲ並ベルコトガ出来タコト、颯子ノ服装ガ今日ハ妙ニ挑発的ニ見エルコト、ナドガ原因カモ知レナイ。（地味ナスーツヲ着テイルガ、ブラウスガ派手ナノト、フ

ランス製ラシイ模造宝石ノ五連ノネックレスヲ頸カラ胸へ垂ラシテイル。コノ種類ノネックレスハ国産品ニモシバ〳〵見受ケルガ、背後ノ後頭部ニ附イテイル留金《とめがね》ニイロ〳〵ナ宝石ガ鏤《ちりば》メテアッテ、コノ真似ガ国産品デハ出来ナイノデアル）血圧ノ高イ時ハ頻尿ニナル癖ガアルガ、頻尿ニナッタト思ウト、逆ニソノタメニ一層血圧ガ上ル。ドッチガ原因デ、ドッチガ結果トモ云エナイ。横浜ヲ通過スルマデニ一回、熱海ヲ通過スルマデニ又一回便所ニ通ウ。席カラ便所ガ遠イノデ辿リ着クマデニ度々ヨロケテ倒レソウニナル。佐々木ガ附イテ来テハラ〳〵スル。排尿ニ手間ガカ、ルノデ、二回目ノ時ハ丹那《たんな》トンネルヲ通リ抜ケテモマダ用ガ済マナイ。ヤットノコトデ出テ見タラ三島ニ近クナッテイタ。席ニ戻ル時危ク転ビソウニナリ、居合セタ人ノ肩ニ掴マッテ助ケラレル。

「オ高インジャナイデショウカ」

席ニ着クト佐々木ガ云ウ。ソシテ早速近寄ッテ来、脈ヲ取ッテ見ヨウトスル。予ガ腹立タシソウニ払イ退ケル。

コンナコトヲ繰リ返シツ、午後八時三十分京都着。五子、菊太郎、京二郎、ホームニ出迎エテイル。

「オ姉サン、皆サンオ揃イデ恐レ入リマス」

颯子ガ柄ニナクオ世辞ヲ云ウ。

「ナアニ、明日日曜ナンデミンナ遊ンデイルンデスヨ」

京都駅ハ下リノ時ハブリッジヲ沢山登ラナケレバナラナイノデ、コレガ甚ダ億劫《おっくう》デアル。

「オ爺チャン、階段ハ僕ガ負《おぶ》ッテアゲマスヨ」

菊太郎ガ予ノ前ニシャガンデ背中ヲ向ケル。

「冗談云ウナヨ、マダソンナヨボ〳〵ジャナイヨ」

ソウハ云ッタガ、佐々木ガ腰ヲ押シテクレル。痩セ我慢ヲシテ踊リ場デ休マズ、一気ニ上ッタノデ、苦シソウニ息ガハズム。皆気遣ワシゲニ予ノ顔ヲ見テイル。

「今度ハ幾日グライイラッシャルノ？」

「サア、ドウシテモ一週間ハカヽルダロウナ。オ前ノ所ヘモイズレ一晩ハ厄介ニナルガネ、今日ハ取リ敢エズ京都ホテルニ泊ルヨ」

余計ナオシャベリガ始マラヌウチニト、急イデ車ニ乗ル。城山一家ハ別ノ車デ後カラホテルヘ附イテ来ル。

シングルベッド二台ノ部屋ト一台ノ部屋トガ隣リ合ッテイル。コレハ予ガ予メ左様ニ注文シテ置イタノデアル。

「佐々木サン、君ハ隣ニ寝テクレ給エ、僕ハ颯チャント此方デ寝ルヨ」

「颯チャン」ト云ウ呼ビ方ヲ殊更五子達ノイル前デ使ッテ見ル。五子ガ異様ナ顔ツキヲシテイル。

「アタシ一人デ寝カシテ戴クワ、オ爺チャンハ佐々木サントオ休ミナサイヨ」

「ナゼサ、一緒ニ寝テクレタッテイイ、ジャナイカ、東京デモ時々ソウシテクレテルジャナイカ」

五子ニ聞カセルタメニ予ハワザト云ウ。

「隣ニ佐々木サンガ寝テ、クレ、バ何カアッタッテ安心ジャナイカ、ネエ、颯チャンハコッチデ寝テオクレヨ」

「煙草ガ吸エナイノガ困ルワ」

「吸ッタライ、サ、イクラデモ吸ッテオクレ」

「ソンナコトヲシタラ佐々木サンニ叱ラレチャウワ」

「オ咳ガヒドクッテイラッシャイマスカラネ」
ト、佐々木ガアトヲ引キ受ケル。
「ソバデ煙草ヲオ吸イニナッタラ、ゴホン〳〵オ咳ガ止マラナクナリマスヨ」

「ボーイサン、ソノトランクヲコッチノ部屋ヘ運ンデ頂戴」

颯子ハ構ワズサッサト隣室ヘ這入ッテ行ッテシマウ。

「手ハモウスッカリオ直リニナッタンデスカ」

来ルトイキナリ気ヲ呑マレタ形デ眼ヲ白黒サセテイタ五子ハ、コ、デ辛ウジテ嘴《くちばし》ヲ

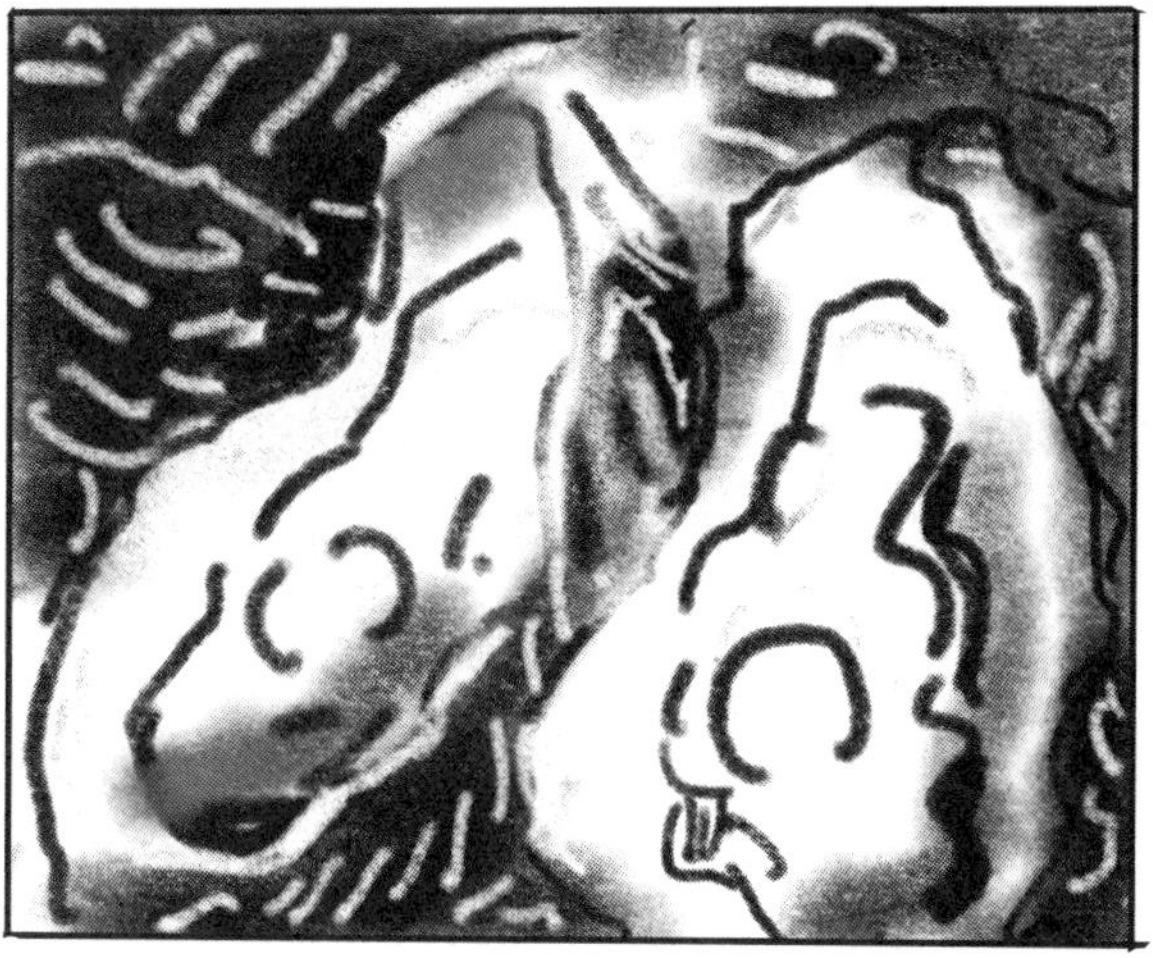

入レル。

「直ッテナンゾイルモンカ、今デモ始終痛ムンダ」

「マア、ソウナンデスカ、オ婆チャンノオ手紙ニハ、オ直リニナッタト書イテアリマシタノニ」

「オ婆チャンニハソウ云ッテアルノサ、ソウシナイト出シテクレナイカラネ」

颯子ハダスターコートヲ脱ギ、手早クブラウスヲ改メテネックレスヲ三連ノ真珠ニ取リ換エ、顔ヲ直シテ出テ来ル。

「アタシオ腹ガ減ッテルノヨオ爺チャン、早ク食堂ヘ行キマショウヨ」

五子達ハ済ンデイルト云ウノデ三人デテーブルニ就ク。颯子ノタメニライン・ワインヲ抜ク。生牡蠣《がき》ノ好キナ彼女ハコヽノハ的矢湾《まとやわん》ノ牡蠣ダカラ安全ダト称シテ相当ニ貪ル。食後ロビーデ五子達ト一時間ホド雑談ヲ交エル。

「食事ノ後ダカラ一本グライイ、デショ佐々木サン、コヽナラソンナニ籠《こも》リャシナイワ」

颯子ハハンドバッグカラ愛用ノクールヲ一本取リ出シテ吸ウ。イツモハ直《じ》カニ口ニ銜《くわ》エルノニ今日ハ珍シクホールダーヲ用イテイル。細長イ真紅ノ色ヲシタホールダーデアル。予メホールダーノ色ト調和スルヨウニマニキュアモ常ヨリ紅ク染メテイル。唇ノルージュモ同様デアル。指ガ際立ッテ真ッ白イ。紅ト白トノコノ対照ヲ五子ノ前デ見セビラカスノガ目的ダッタノデアロウカ。

十三日。午前十時南禅寺下河原町ニ城山家ヲ訪《おとな》ウ。颯子ト佐々木同伴スル。予ガコノ家ヲ訪ウノハコレデ二回目デアルト云ウガ、最初ニ訪ウタノハイツノコトデアッタカ殆ド記憶ガナイ。城山家ハモト吉田山ニ住ンデオリ、当時ハシバ〳〵来往シタ覚エガアルガ、主人桑造ノ死後遺族ガコヽニ移ッテカラハメッタニ訪ネナイヨウニナッタ。今日ハ日曜デ、百貨店勤務中ノ菊太郎ハ不在ダケレドモ、京大工科ニ通学中ノ京二郎ハ家ニイタ。颯子ハオ爺チャンノ墓地捜シノオ供ヲシテモ詰マラナイカラ、アタシハ御免蒙リタイ、コレカラ四条通リへ出カケテ「キリハタ」ヤ高島屋デ買物ヲシ、午後ハ高雄方面へ紅葉見物ニ行キタイノダガ一人ボッチデハ仕様ガナイ、誰カ案内ヲシテクレナイカシラト云ウ。墓地捜シヨリハソノ方ガ優シダ、私ガ御案内シマショウト京二郎ガ云ウ。ソコデ相談一決シテ颯子ト京二郎ガ先ズ出発。予、五子、佐々木ノ三人ハ瓢亭ノ半月弁当デ昼食ノ後、鹿ケ谷ノ法然院カラ始メテ黒谷ノ真如堂、一乗寺ノ曼《まん》殊院《しゅいん》辺《あたり》ヲドライブスルコトニ決メル。夜ハ嵯峨ノ吉兆ニ颯子達ノ一行モ菊太郎モ参加シテ、晩餐ヲ共ニスル手筈デアル。

予ノ先祖ハ遠イ昔ハ江州商人ノ出ラシイガ、四五代前カラ江戸ニ住ミ、予モ本所割下水ニ生レタノデ、生粋ノ江戸ッ子デアルニ違イナイ、ガ、ニモ拘ワラズ予ハ近頃ノ東京ガ面白クナイ。京都ノ方ガ昔ノ東京ヲ思イ出サセル趣ガアッテ却テナツカシイ。今ノ東京ヲコンナ浅マシイ乱脈ナ都会ニシタノハ誰ノ所業《しわざ》ダ、ミンナ田舎者ノ、ポット出ノ、百姓上リノ、昔ノ東京ノ好サヲ知ラナイ政治家ト称スル人間共ノシタコトデハナイカ。日本橋ヤ、鎧橋ヤ、築地橋ヤ、柳橋ノ、アノ綺麗ダッタ河ヲ、オ歯黒溝《どぶ》ノヨウニシチマッタノハミンナ奴等デハナイカ。隅田川ニ白魚ガ泳イデタ時代ノアルコトヲ知ラナイ奴等ノ仕種《しぐさ》デハナイカ。死ンデシマエバ何処ニ埋メラレタッテ構ワナイヨウナモノダケレドモ、今ノ東京ノヨウナ不愉快ナ、自分ニ何ノ因縁モナクナッテシマッタ土地ニ埋メラレルノハイヤダ。出来レバ父ヤ母ヤ祖父ヤ祖母タチノ墓モ、何処カ東京デナイ所ヘ持ッテ来チマイタイクライダ。祖父母ヤ父母ニシタトコロデ、昔最初ニ埋メラレタ場所ニ埋メラレテイル訳デハナイ。祖父母ノ墓ハ深川ノ小名木《おなぎ》川近クノ或ル法華寺ニアッタノダガ、ソノ後間モナクアノ辺一帯ガ工場地帯ニナッタヽメニ寺ハ浅草ノ龍泉寺町ニ移リ、ソコモ大地震デ焼カレタノデ、今デハ多磨墓地ニ移ッテイル。ダカラ仏様達ハ東京ニ置イトカレルト、骨ニナッテカラモ始終アッチコッチヘ逃ゲ回ラナケレバナラナイ。ソウ云ウ点デハ何ト云ッテモ京都ガ一番安全デアル。先祖代々江戸ッ子ダト云ッテモ、五六代先ノコトハ分リハシナイ。予ノ家モ遠イ〳〵先祖ハイズレ京都アタリカラ出タモノト思ウ。兎ニ角京都ニ埋メテ貰エバ東京ノ人モ始終遊ビニ来ル。「ア、コヽニアノ爺サンノ墓ガアッタッケナ」ト、通リスガリニ立チ寄ッテ線香ノ一本モ手向ケテクレル。江戸ッ子ニ一向由縁《ゆかり》ノナイ北多摩郡ノ多磨墓地ナンゾニ葬ムラレルヨリ遥カニ優シダ。

「ソウ云ウ意味カラハ法然院ガ一番適当ジャナイデショウカ」

ト、曼殊院ノ階段ヲ下リナガラ五子ガ云ウ。

「曼殊院トナルト散歩ノツイデニ立チ寄ルニハ遠過ギマスシ、黒谷ニシタッテワザ〳〵デナケレバアノ坂ノ上マデオ詣リニ行キハシマセンカラネ」

「己モソンナ気ガスルンダガネ」

「法然院ナラ今デハ街ノ真ン中デ、市電ガ直グ傍ヲ通ッテマスシ、疏水《そすい》ノ桜ガ咲ク時分ニハ一層賑カデスシ、ソレデイテ一歩寺ノ境内《けいだい》ヘ這入ルトアノ通リ森閑トシテ心ガ自然静マリマスシ、アスコニ限ルト思イマスワ」

「己モ法華ハ嫌イダカラ浄土宗ニ変エテモイヽンダガ、墓地ハ分ケテ貰エルダロウカ」

「アタシモ時々法然院へ散歩ニ行クンデ、和尚サント懇意ダモンデスカラ、コナイダ聞イテ見タンデスガ、オ望ミナラ墓地ヲオ分ケ致シマス、浄土宗ト限ッタコトハアリマセン、日蓮宗デモ結構デスッテ云ッテマシタガネ」

墓地捜シハソレデ中止シテ大徳寺カラ北野へ出、御室《おむろ》カラ釈迦堂前、天龍寺前ヲ経テ吉兆ニ到着、マダ時刻ガ早過ギルノデ颯子達モ菊太郎モ来テイナイ。暫ク別室ニ寝間ヲ取ッテ貰ッテ休息スル。ソウコウスルウチ菊太郎ガ先ズ到着。次イデ六時半過ギ颯子等到着。一旦京都ホテルへ戻ッテ出直シテ来タノダト云ウ。

「大分オ待チニナッテ？」

「待ッタヨ大分。ホテルへ戻ッテ何シテタンダ」

「寒クナリソウダカラ着換エテ来タノヨ、オ爺チャンモ気ヲオ付ケニナラナイト風邪ヲ引クワヨ」

四条通リデ買ッテ来タノヲ早速着テ見タカッタノダロウ、白ノブラウスニ、ブリューニ銀ノラメガ繡《ぬ》イ込ンデアルセーターヲ着テイル。指環モ取リ換エテ、何ト思ッタカ問題ノキャッツアイヲ嵌メテ来テイル。

「墓地ハ決ッタンデスカ」

「大体法然院ト決ッタ、オ寺ノ方デモ承知ダソウダ」

「ソレハヨカッタワネ、ジャ、イツ東京ヘオ帰リニナル？」

「馬鹿云イナサイ、コレカラオ寺ノ石屋ヲ呼ンデ、墓ノ様式ニツイテイロ〳〵相談シナケリャナラナイ、ソウ簡単ニ決メラレヤシナイヨ」

「オ爺チャン川勝サンノ石造美術ノ本ヲ開イテ頻リニ調ベテラシッタジャナイノ、墓ハヤッパリ五輪ノ塔ニ限ルッテ仰ッシャッテタワネ」

「又少シ考エガ変ッテネ、五輪デナクッテモイヽヨウナ気ガシテ来タ」

「アタシナンカニハ何ガイヽンダカ分ラナイワ、ドウセアタシニハ関係ノナイコトダケレド」

「ソウデナイヨ、君――」

ト云イカケテ云イ直ス、

「オ前サンニモ大イニ関係ノアルコトダヨ」

「アタシニドンナ関係ガアルノヨ」

「今ニ関係ノアルコトガ分ルヨ」

「何シロ早ク決メテ貰ッテ早ク東京ヘ帰リタイワ」

「何デ帰リヲ急グンダネ、ボクシングカネ」

「マアソンナトコロネ」

五子、菊太郎、京二郎、佐々木、四人ノ眼ガ期セズシテ颯子ノ左ノ薬指ニ集マル。颯子ハ平然トシテ悪ビレタ様子モナイ。膝ノ上ニキャッツアイヲ煌《きらめ》カシツ、座布団ノ上ニ横ッ坐リニ坐ッタマヽデアル。

「叔母サン、ソレガキャッツアイッテ云ウ石デスカ」

座ガ白ケルトデモ思ッタノカ、菊太郎ガ突然云ッタ。

「エ、ソウヨ」

「ソンナ石ガ何百万円モスルンデスカ」

「ソンナ石トハ失礼ネ、コレガ三百万円ヨ」

「オ爺チャンニ三百万円出サセルナンテ、叔母サンハ凄腕ダナア」

「チョット菊太郎サン、オ願イダカラソノ『叔母サン』ハ止シテ頂戴。菊チャンダッテモウ子供ジャアナインダカラ、アタシヲ叔母サン扱イニスル資格ハナイワ、アタシト二ツカ三ツシカ違ワナイ癖ニ」

「ジャア何テッタライ、ンデス、三ツ違イデモ叔母サンハ叔母サンダカラナ」

「『叔母サン』ヲ止メテ『颯チャン』ト仰ッシャイ、菊チャンモ京チャンモソウ呼ンデヨ、ソウシナケレバ返事シナイカラ」

「叔母サンハ――アレ又『叔母サン』ガ出チマッタ、――叔母サンハソレデイイ、カモ知レナイケレド、浄吉叔父サンニ怒ラレヤシナイカナ」

「浄吉ガ怒ルモンデスカ、怒ッタラアタシガ怒ッテヤルワ」

「オ爺チャンハ『颯チャン』デモイヽケレド、ウチノ子供達ニソウ呼バセルノハドウデショウカネ、中ヲ取ッテ『颯子サン』ニシマショウヨ、ソレガイヽワ」

ト、五子ガ苦イ顔ヲスル。

酒ヲ厳シク禁ジラレテイル予、下戸ノ五子、少シハ行ケル筈ナノニ慎ンデイル佐々木ヲ除イテ、颯子、菊太郎兄弟ノ三人デ調子ガ弾ミ、九時近ク食事ガ終ル。颯子一人五子達ヲ南禅寺ヘ送リ届ケテホテルヘ帰リ、予ト佐々木トハ夜ガ晩《おそ》イカラト云ウノデ、吉兆ニ泊ル。

十四日。午前八時頃起床。釈迦堂傍ノ嵯峨豆腐ヲ取リ寄セテ朝食ヲ喫スル。別ニビニールノ袋ニ包ンダ豆腐ヲ土産ニ持チ、十時頃五子ヲ誘ッテ法然院ヲ訪問。颯子ハ今日ハ花見小路ノオ茶屋ヘ電話シテ、コノ夏春久ト一緒ノ時ニ友達ニナッタ祇園ノ藝者ヲ二三人招キ、昼食ヲ共ニシテカラ京極ノS・Y・京映ヘ行キ、夜ハキャバレヘ引ッ張ッテ行ッテ皆デ踊ルノダト云ウ。予ハ五子ノ紹介デ法然院ノ住職ニ面会、直チニ墓地ノ候補地ヲ見セテ貰ウ。境内ノ幽邃《ゆうすい》ナコトハ真ニ五子ノ言ニ背カズ、前ニモ二三度杖ヲ曳イタコトハアルガ、コレデモ大都会ノ市内カト驚クバカリ。コノ景観ニ接シタヾケデモ、五味溜メヲ引ックリ返シタヨウナ東京トハ比較ニナラナイ。コヽニ決メテヨカッタト思ウ。帰途五子同伴たんくまノカウンターニ腰掛ケテ食事シ、二時頃ホテルニ帰ル。三時ニ住職カラ連絡ガアッタト見エテ石屋ノ主人ガ面会ニ来ル。ロビーデ面接。五子ト佐々木同席スル。

墓石ノ様式ニツイテハ、予ニサマ〲ノ案ガアルノデ、未ダニ孰《いず》レニシテイ、カ迷イ抜イテイル。死ンデカラ後ドンナ形ノ石ノ下ニ葬ムラレヨウト差支エナイヨウナモノダガ、予ハ矢張気ニナル。ドンナ石ノ下デモイ、ト云ウ訳ニ行カナイ。少クトモ今日一般ニ行ワレテイル長方形ノノッペラポウノ石ノ表面ニ戒名又ハ俗名ヲ記シ、ソノ下ニ台石《だいいし》ヲ据エテ、ソノ前ニ線香立テノ穴ト手向ケノ水ヲ供エル穴トヲ穿ッテアルアノ形式、アレハイカニモ平凡デ、俗ッポクッテ、何事ニモ旋毛曲《つむじまが》リノ予ニハ気ニ入ラナイ。父母ヤ祖父母ノ墓石ノ形式ニ反スルノハ申シ訳ナイガ、予ハドウシテモ五輪塔ニシタイ。ソレモソンナニ古イ形ノモノデナクテモイ、。鎌倉後期グライノ形デ満足スル。タトエバ伏見区竹田内畑町ニアル安楽寿院五輪塔、水輪ガ下ノ方デ細マッテ壺形ニナッテオリ、火輪ノ軒ノ反リガ厚ク、ヤダルミノ工合ガ風輪空輪ノ形ト共ニ鎌倉中期カラ後期ニ移ル頃ノ代表的ナ遺品デアルト、川勝政太郎氏ガ述ベテイルアノ作品、アレナドハドウデアロウカ。デナケレバ綴喜《つづき》郡宇治田原村禅定寺ノ五輪塔、コレハ吉野時代ノ典型的ナ遺品ダソウデ、コノ式ハ南方ノ大和文化圏ニ流行シタモノダソウダガ、コレモ悪クナイ。

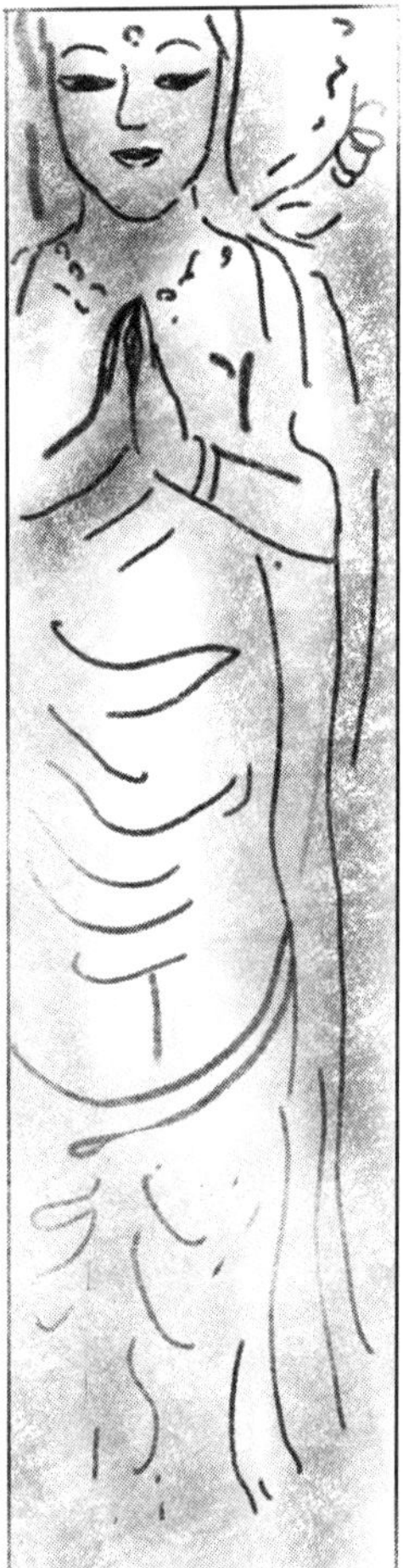

トコロデ、コヽニ又一ツ別ナ考エガ予ノ胸ニアッタ。川勝氏ノ著書ヲ見ルト、上京区千本上立売上ルニ石像寺《しゃくぞうじ》ノ阿弥陀三尊石仏ト云ウモノガアッテ、中尊ニ定印弥陀坐像、ソノ向ッテ右ニ観音、左ニ勢至ノ二脇侍立像ガ侍立シテイテ、ソレラ三尊ノ写真ガ各別々ニ載ッテイル。弥陀ノ坐像ヲ始メトシテ、観世音菩薩ト勢至菩薩ノ立像ハ頗ル美シイ。観世音ニハ多少ノ破損ガアルケレドモ勢至像ハ全ク完全ニ保存サレテイル。勢至ハ観世音ト同様ノ装身具ヲ着ケ、正面ノ宝冠カラ瓔珞《ようらく》、天衣、光背等ニ至ルマデ丁寧ニ刻ミ出サレテイ、宝冠正面ニハ宝瓶《ほうびょう》ヲ現ワシ、両手ヲ合掌シテ立ッテイル。

「花崗岩の石仏の美しさをこの石仏程に示してゐるものは稀である。〔中略〕元仁二年（一二二五）に造立開眼せられたことが、中尊背後に刻まれてゐる。このやうに一尊を台座・光背共に一石で作り出した石仏としては全国的に最も古い年号をもつ像で、また鎌倉時代石仏の様式の基準をこれによつて求め得る点で貴重な遺品である」ト記サレテイルガ、予ハコノ写真ヲ見テ、フト思イ付イタ。出来レバ颯子ノ容貌姿体ヲコノヨウナ菩薩像ニ刻マセテ密カニ観音カ勢至ニ擬シ、ソレヲ予ノ墓石ニスル訳ニハ行カナイモノカト。ドウセ予ハ神仏ヲ信ジナイ、宗旨ナドハ何デモイヽ、予ニ神様カ仏様ガアルトスレバ颯子ヲ措イテ他ニハナイ。颯子ノ立像ノ下ニ埋メラレヽバ予ハ本望ダ。

タヾ困ルノハコレヲ実行ニ移ス方法如何デアル。モデルニスル颯子ニモ、浄吉ニモ、婆サンニモ、誰ヲモデルニシテイルカヲ悟ラセヌヨウニスルコトハ出来ル。ソウスルタメニハ、アマリニ颯子ノ容貌ニ露骨ニ酷似スルヨウニシナイコトダ、ボンヤリト彼女ノ感ジヲ匂ワセルヨウニスルコトダ。予ハ石材ニ花崗岩ヲ用イルコトヲ避ケ、軟質ノ松香石ヲ用イルヨウニスル。ソウシテ線条ガ鮮明ニナリ過ギヌヨウニ、ナルベク朦朧ト表現サレルヨウニスル。出来得レバ他ノ何者ニモ気付カレズ、予一人ニダケ、全ク予一人ニダケハッキリト感ジ取ラレルヨウニスル。ソレハ必ズシモ不可能トハ思エナイ。シカシ厄介ナノハ、立像ヲ製作スル彫刻家ニハモデルガ何者デアルカヲ知ラセナイ訳ニ行カナイ。トスルト、誰ニコノ製作ヲ依頼シタライヽカ。一体誰ガコノムズカシイ仕事ヲ引キ受ケテクレルカ。凡庸ノ作家ノ技術デハ容易ニ出来ル仕事デハナイガ、予ハ不幸ニシテ彫刻家ニ一人ノ友人モ持ッテイナイ。仮リニ友人ガアッタトシテ、ソノ友人ガ優秀ナ技術ヲ具エテイタトシテモ、予ガ何ノ目的デ左様ナ製作ヲ依頼スルカヲ知ッタトシタラ、果シテ快クソレニ応ジテクレルデアロウカ。ソンナ、仏ヲ冒瀆スルヨウナ気狂イジミタ考案ノ実現ニ、ソノ人ハ喜ンデ手ヲ藉《か》スデアロウカ。ソノ人ガ優レタ芸術家デアレバアルホド、断乎トシテ刎《は》ネツケハシナイデアロウカ。（又予トシテモ、ソンナ厚カマシイ恥《はず》カシイコトヲ臆面モナク頼ム勇気ハナイ。アノ爺サンハ発狂シテルノデハナイカト、思ワレルダケデモ極マリガ悪イ）

予ハコヽマデ思イ詰メテ、コヽニ一ツノ可能ナ方法ガアルカモ知レナイコトニ気ヅイタ。ソレハホカデモナイ、石ノ表面ニ菩薩ノ像ヲ深彫リニ彫ルコトハ専門家ノ技術ヲ要スルガ、浅イ線彫リニスルコトナラバ普通ノ職人デモ或ル程度可能デハナイカ。コレモ川勝氏ノ著書ニ上京区紫野今宮町ノ今宮神社ノ線彫四面石仏ト云ウモノヲ載セテイル。「凡《およ》そ二尺角の加茂川のヌケ石とよばれる緻密な硬砂岩の四面に四方仏を線彫したもので、彫り方はタガネ彫云々」トアリ、「平安後期天治二年（一一二五）の造《ぞう》立《りゅう》にかゝり、我国石仏中屈指の古い紀年銘をもつ遺品」デアルトシテ、四面ニ一ツズツ刻ンデアル四方仏、阿弥陀如来、釈迦如来、薬師如来、弥勒菩薩等々ノ坐像ノ拓本ガ示サレテイル。又ソノ外ニ蜻蛉石《かげろういし》線彫阿弥陀三尊石仏ノ一ツトシテ勢至菩薩坐像ノ拓本ヲ載セテイル。「背の高い硬砂岩の自然石の三面に線彫されたこの三尊は来迎の形式になつてゐること本文の挿図の如くであるが、その内最もよく保存され仏容の比較的明瞭な勢至像の面をこゝに掲げた。来迎の弥陀像の脇侍として、雲にのり天上から下界へと斜に向ふ姿は美しい。跪いて合掌し、天衣を風にひるがへしてゐる様は、来迎芸術の盛行した平安末期の雰囲気をかもし出してゐる」トアル。如来ノ坐像ハイズレモ男性的ニ結跏趺坐《けっかふざ》シテイルガ、コノ勢至菩薩ハ女性ラシク両膝ヲ揃エテ坐ッテイル。予ハ殊ニコノ菩薩像ニ惹キツケラレタ。………

十五日。昨日ノツヾキ。

予ハ四面仏ハ必要デナイ。勢至菩薩ノ一面仏デ沢山デアル。従ッテ正四角形ノ石ハ必要デナイ。正面ニ菩薩ヲ刻ムダケノ、適当ナ厚ミヲ持ツ石ヲ用イレバ足リル。裏面ニハ予ノ俗名ト、モシ必要ナラ戒名モ加エテ、享年ヲ刻ンデ置ケバイヽ。予ハ鏨《たがね》彫リト云ウ彫リ方ヲ委シクハ知ラナイ。子供ノ時分縁日ニ行クト、ヨク大道ニ守リ札ヲ売ル店ガ出テイタ。ソシテ真鍮ノ守リ札ノ表面ニキイ〳〵ト云ウ音ヲサセテ子供ノ住所年齢姓名等ヲ鑿《のみ》ノヨウナ刃物デ彫リ付ケテイタ。彫ルト極メテ繊細ナ線デ字ガ書ケテ行ッタ。鏨ト云ウノハアノコトデアロウ。アレナラソンナニムズカシクハナサソウダ。ノミナラズ、モデルガ誰デアルカト云ウコトヲ彫リ手ニ知ラセズニ彫ラセルコトガ出来ル。予ハ先ズ奈良アタリノ絵心《えごころ》ノアル仏工ニ命ジテ、今宮神社ノ四面仏ニ倣ッテ線彫リニシタ勢至菩薩ノ像ニ似タモノヲ描カセル。ソシテ颯子ノサマ〳〵ナポーズノ容貌ト姿体ノ写真ヲ示シ、菩薩ノ顔ト胴ト四肢トヲソレトナク彼女ノソレラニ似ルヨウニ画カセル。サテ鑿師ニハソノ図ヲ示シテ、ソノ図ノヨウニ線彫リサセル。コレナラ誰ニモ心中ノ秘密ヲ見スカサレル心配ナシニ、望ンダ石仏ヲ作リ得ル。カクテ予ハソノ颯子菩薩ノ像ノ下ニ、頭ノ上ニ宝冠ヲ戴イテ胸ニ瓔珞ヲカケ、天衣ヲ風ニヒルガエシタ颯子ノ石像ノ下ニ永久ニ眠ルコトガ出来ル。

予ト石屋トハ五子ト佐々木ヲ傍ニ置イテ三時カラ五時頃マデ、ホテルノロビーデアレカコレカト話シ合ッタ。予ハ勿論颯子ヲモデルニスルヿ《コト》ヲ石屋ヤ五子等ニ悟ラセハシナカッタ。川勝氏ノ著書ニ依ッテ仕込マレタ石像美術ノ知識ダケヲ物識リ顔ニ披露シタニ過ギナカッタ。平安朝ヤ鎌倉期ノ五輪塔ニ関スル知識、今宮神社ノ四面仏ノ如来像ヤ菩薩像ノ線彫リニ関スル知識、両膝ヲ揃エテ坐ッテイル蜻蛉石線彫勢至菩薩ニ関スル知識、等々デ彼ヤ彼女等ヲ驚カシハシタモノヽ、颯子菩薩ノ計画ハ心ノ奥深クシマイ込ンデ、誰ニモ洩ラサナイヨウニシタ。

「ソレデ結局墓石ノ形式ハドレニオ決メナサイマスカナ、実ニイロ〳〵ト専門家モ及バヌホド御存知デイラッシャイマスノデ、私ナゾハ何トモ申シ上ゲヨウガゴザイマセンガ」

「僕自身モドウシテイイ、カ分ラナイノデ迷ッテルンデスヨ。今又チョット新タニ思イツイタコトモアルンデ、マアモウ二三日考エサシテ貰イマショウカナ。イズレ考エガ決ッタラモウ一度来テ貰イマス。ドウモオ忙シイトコロヲ長々トオ引キ留メシテ――」

石屋ガ退去シタ後、五子モ帰ル。予ハ部屋ニ戻ッテ按摩《あんま》ヲ呼ブ。

予ハ夕食後、俄ニ一念発起シテ外出スベク自動車ヲ命ズル。

「今頃ドチラヘオ出掛ケニナリマスノ？　夜ハオ寒ウゴザイマスカラ明日ニナサイマシタラ」

佐々木ガ驚イテ制シヨウトスル。

「イヤ、ツイソコマデ。歩イタッテ行ケルトコロダ」

「歩イテナンテ飛ンデモナイ、京都ノ夜ハ冷エルカラクレ〴〵モ気ヲ付ケルヨウニッテ、御隠居様ニサン〴〵云ワレテ参リマシタノニ」

「是非共必要ナ買物ガアルンダ、君モ一緒ニ附イテ来給エ、五分カ十分デ直グニ済ムンダ」

委細構ワズ予ガ出掛ケルノデ、オロ〳〵シナガラ佐々木ガアトヲ追ッテ来ル。予ノ行ク先ハ河原町二条東入ル筆墨商竹翠軒デアル。ホテルヲ出テ五分トハカ、ラナイ所。店先ニ腰掛ケテ旧知ノ主人ト挨拶ヲ交シ、中国製ノ最良ノ朱墨一挺《ちょう》、小指大ノモノヲ金二千円デ購《あがな》ウ。外ニ一万円ヲ投ジテ故桑野鉄城氏ガ所有シテイタト云ウ紫斑文ノアル端渓《たんけい》ノ硯《すずり》一面、金デ縁ヲ取ッタ白唐紙ノ大型ノ色紙二十枚。

「久シュウオ目ニカヽリマセンデシタガ、相変ラズオ元気デイラッシャイマスナ」

「ナアニ、チットモ元気ナコトナンカナイヨ、今度ハ京都へ自分ノ墓地ヲ捜シニ来マシタ、イツ死ンデモイヽヨウニネ」

「御冗談デショウ、ソノ勢イジャアマダ〳〵大丈夫デイラッシャイマスヨ。——トコロデ何ゾ外ニ御用ハゴザイマセンカ。鄭板橋《ていはんきょう》ノ書ガゴザイマスガ御覧ニナッテ下サイマスカ」

「ソレヨリ君、突然妙ナオ願イヲスルヨウダガ、アッタラ売ッテ貰イタイモノガアルンダ」

「何デゴザイマス」

「紅絹《もみ》ノ裂《きれ》ヲ二尺バカリト布団綿ヲ一ト塊、分ケテ戴キタインダガネ」

「変ッタ御用ヲ承リマスナ、一体何ニナサルンデ？」

「実ハ急ニ拓本ヲ作ル必要ガ出来テネ、ソレニ使ウタンポガ入用ナンダ」

「ハ、ア、分リマシタ、タンポヲオ作リニナルンデスカ。ソンナモノナラ何カゴザイマス、今直グ家内ニ捜サセマス」

二三分デ奥カラ主婦ガ紅絹ノ裂ハシト布団綿ヲ持ッテ出テ来ル。

「コンナモノデ宜シュウゴザイマショウカ」

「結構々々、コレデ早速間ニ合イマス。コノ代金ハ？」

「ソンナモノハ戴キマセンヨ、コレデ宜シケレバマダゴザイマスカラ、イクラデモ仰ッシャッテ下サイ」

佐々木ハ何ニ使ウノカ全ク見当ガツカナイラシク、呆気ニ取ラレテイル。

「サ、コレデ済ンダンダ、サア帰ロウ」

予ハサッサト自動車ニ乗リ込ム。

颯子ハマダホテルニ帰ッテイナカッタ。

十六日。今日ハ終日ホテルデ休養スルコトニナッテイル。出発以来四日間、近頃ニナク活動シ、ソノ間ニ面倒ナ日記ヲツケタリシタノデ、予自身休養ノ必要ガアルニハアッタガ、今日一日ダケ佐々木ニモ暇ヲ与エル約束ガシテアッタ。佐々木ハ埼玉県ノ生レデ関西方面ヘハ一度モ旅行シタコトガナイ。ソレデ今度ノ京都行ヲカネテカラ楽シミニシテイタガ、京都滞在中ニ一日オ暇ヲ戴イテ奈良見物ヲサセテクレト云ッテイタノデアル。予ハ思ウトコロガアッテ、ソノ日ヲ特ニ今日ニ選ンダ。ソシテ五子ヲ佐々木ノ案内役ニ附ケテ行カセルコトニシテイタ。ト云ウノハ、五子モ暫ク奈良ヘ行ッタコトガナイノデ、コノ機会ニ行ッタラドウカト予ガ勧メタノデアル。五子ハ兎角引ッ込ミ思案デ、アマリ外ヘ出タガラナイ。故桑造在世中モ夫婦デ旅行シタコトナドハメッタニナイ。セメテ奈良ノ寺々グライハ見テ置イタ方ガイヽシ、殊ニ今度ハ予ノ菩提所ヲ定メルニツイテモ、必ズ参考ニナルコトガアロウ、ト、ソウ云ッテヤッタノデアル。予ハ五子ノタメニ自動車ヲ一日買イ切リニサセ、途中宇治ノ平等院ヲ見テ奈良ニ行キ、東大寺、新薬師寺、西ノ京ノ法華寺、薬師寺グライハ見落サナイヨウニセヨ、日帰リスルニハ日程ガ少シ無理ダカラ、強行軍ニナルケレドモ、いづうノ鱧《はも》ノ鮨デモ持ッテ朝早ク立チ、午マデニ東大寺見物ヲ終エテ大仏前ノ掛茶屋デ弁当ヲ使イ、ソレカラ新薬師寺、法華寺、薬師寺等ヲ見テ廻ル。日ガ短イカラ暗クナラナイウチニ見テシマッテ、奈良ホテルデ夜ノ食事ヲシタヽメテ帰ッテ来ル。夜オソクテモ今日中ニ帰ッテ来レバイヽ。コチラハ心配スルニ及バヌ。今日ハ颯子ガ留守番シテ、終日外出セズ、予ノ部屋ニ附キ切リデイテクレルソウダ、ト、予ハ彼女等ニ云イ渡シテアル。

午前七時ニ五子自動車デ佐々木ヲ誘イニ来ル。

「オ早ウゴザイマス、オ爺チャンハ朝ハイツモオ早イノネ」

ソウ云ッテ、竹ノ皮ニ包ンダモノヲ二本、風呂敷ヲ解イテナイトテーブルノ上ニ置ク。

「いづうノ鱧鮨ヲ昨日ノウチニ買ッテ置キマシタカラ、ツイデニ持ッテ参リマシタ。颯チャント二人デ朝御飯ニ召シ上レ」

「ソレハ有難ウ」

「外ニ何カ、奈良デオ買物ハアリマセンカ、蕨餅《わらびもち》ハイカヾ?」

「ソンナモノハ要ラナイガ、薬師寺ヘ行ッタラ仏足石《ぶっそくせき》ヲ拝ンデ来ルコトヲ忘レルナヨ」

「ブッソクセキ？」

「ウン、ソウ。仏様ノ足ヲ石ニ刻ンダモノダ。オ釈迦様ノ足ハ霊験アラタカナモノデ、仏様ガ歩行スル時ハ足ハ地ヲ離レルコト四寸、足ノ裏ニ千輻輪《せんふくりん》ノ相ガアッテソレガ地ニ現レル。足ノ下ノモロ〳〵ノ虫ドモハ七日間危害ヲ蒙ムラナイトシテアル。ソノ足ノ形ヲ石ニ刻ンダモノガ支那ニモ朝鮮ニモ保存サレテイルガ、日本ニハ奈良ノ薬師寺ニアル。ソレヲ必ズ拝ンデ来ナサイ」

「畏マリマシタ。デハ行ッテ参リマス。今日一日ダケ確カニ佐々木サンヲオ預リシマス、オ爺チャンモドウゾ御無理ヲナサラナイヨウニ」

「オ早ウ」

ト、颯子ガ睡《ねむ》ソウナ眼ヲコスリ〳〵隣室カラ這入ッテ来ル。

「今日ハ若奥様マコトニ恐レ入リマシタ、折角オ寝《やす》ミノトコロヲオ起シ申シ上ゲタリシマシテ、勿体ナクテ罰ガ当リマス」

佐々木ガ頻リニクド〳〵ト特別ナ言葉デ礼ヲ云イナガラ五子ト共ニ出テ行ク。

颯子ハネグリジェノ上ニキルチングシタブリューノナイトガウンヲ着、共色ノ繻子ニピンクノ花模様ノアルスリッパヲ穿イテイルガ、佐々木ノ寝タベッドニハ寝ヨウトシナイ、ソファニ寝コロンデ予ガ外出ノ時ニ用イルエーガーノ膝掛、白地ニ黒ト紅トブリューノタータンチェックノモノヲ足ニ纏イ、自分ノ部屋カラ枕ヲ持ッテ来テ寝直シニカヽル。仰向ケニ寝テ、ツント鼻ヲ天井ニ向ケテ、眼ヲツブッタマヽ、何モ予ニ話シカケヨウトシナイ。昨夜ノキャバレノ帰リガ遅カッタノデ寝足リナイノカ、話シカケラレルノガウルサイノデ寝タ振リヲシテイルノカ、ドッチダカ分ラナイ。

予ハ起キ上ッテ洗面ヲ済マセ、部屋ニ日本茶ヲ取リ寄セテ鱧ノ鮨ヲパクック。三ツモ食ベレバ朝飯ニハ沢山デアル。颯子ノ眠リヲ破ラナイヨウニ注意シテ食ベル。食ベ終ッテモ颯子ハマダ寝テイル。

予ハ竹翠軒デ求メテ来タ硯ヲ取リ出シテデスクニ置キ、ユックリ〳〵ト朱墨ヲ磨ル。一挺ノ朱墨ヲ先ズ半分程磨リオロス。次ニ布団綿ヲチギッテ大キイノハ六七センチ、小サイノハ二センチグライノ丸ニ円メ、紅絹ノ裂デ包ンデタンポヲ作ル。大小ノタンポヲ二個ズツ、都合四個作ル。

「オ爺チャン、アタシ三十分ホド出テ来テモイヽ？　チョット食堂へ行ッテ来タイノ」

イツノ間ニカ颯子ガ眼ヲ覚マシタラシイ。ソファニ坐ッテガウンノ間カラ両方ノ膝頭ヲ現ワシテイル。勢至菩薩ノアノ姿ヲ思イ出ス。

「食堂へ行カナイデモイヽ、ジャナイカ、コヽニ鮨ガコンナニ残ッテル、コヽデコレヲ食ベナサイ」

「ソウ、デハソウスルワ」

「君ト鱧ヲ食ベルノハ浜作以来ダナ」

「ソウダッタワネ。――――オ爺チャン、サッキカラ何シテルノヨ？」

「ナニ、チョット」

「朱墨ヲ磨ッテ何ナサルノ？」

「ソンナコトハ聞カナイデモイヽ、マア鱧ヲ食イナサイ」

ソンナツモリモナク若イ時分ニ何気ナク見テ置イタコトガ、ドンナ時ニ役ニ立ツカ分ラナイモノダ。予ハ二三回支那ヲ漫遊シタコトガアルガ、支那ノミナラズ、日本ノ何処カヲ旅シタ折ニモ、偶然人ガ野外ニ立ッテ拓本ヲ製作シテイルトコロヲ見タコトガアル。支那人ハコノ技ニ甚ダ熟達シテイテ、風ノ吹ク中デモ平気デブラシニ水ヲ含マセ、碑面ニ白イ紙ヲ伸バシテ傍カラパタ〳〵叩イタリシテイル。ソレデモ見事ナ拓本ガ出来上ル。日本人ハ綿密ニ、神経質ニ、大事ヲ取ッテ、大小サマ〴〵ノタンポニ墨又ハ墨ノ肉ヲ含マセ、細カイ線ヲ一ツ〳〵丹念ニ擦リ取ッテ行ク。黒イ墨、又ハ黒イ肉ノ場合モアルガ、朱墨ヤ朱肉ノ場合モアル。予ハコノ朱ノ拓本ヲ極メテ美シイト感ジタ。

「御馳走サマ、久シ振ニオイシカッタワ」

茶ヲ飲ンデイル颯子ヲ摑マエテ予ハオモムロニ話シカケタ。

「コヽニアルコノ綿ノ丸ネ、コレハタンポト云ウモノナンダヨ」

「何スルモノナノ？」

「コレニ墨ヤ朱ヲ滲マセテ、石ノ表面ヲパタ〳〵叩イテ拓本ヲ作ルノサ、僕ハ朱色デ拓本ヲ作ルノガトテモ好キナンダ」

「石ナンカナイジャナイノ」

「今日ハ石ハ使ワナイ、石ノ代リニ或ル物ヲ使ウ」

「何ヲ使ウノ？」

「君ノ足ノ裏ヲ叩カセテ貰ウ。ソウシテコノ白唐紙ノ色紙ノ上ニ朱デ足ノ裏ノ拓本ヲ作ル」

「ソンナモノガ何ニナルノ」

「ソノ拓本ニモトヅイテ、颯チャンノ足ノ仏足石ヲ作ル。僕ガ死ンダラ骨ヲソノ石ノ下ニ埋メテ貰ウ。コレガホントノ大往生ダ」

7

十七日。昨日ノ続キ。

予ハ最初、予ガ何ノ目的デ颯子ノ足ノ裏ヲ拓本ニ取ルカヲ、彼女ニハ秘スル積リデアッタ。彼女ノ足ノ裏ヲ仏足石ニ彫ラセ、死後ソノ石ノ下ニ予ノ骨ヲ埋メテ、ソレヲ以テ予ト云ウ人間、卯木督助ノ墓ニ代エルト云ウ案ハ、颯子ニモ知ラセナイ方ガイイ、ト考エテイタ。然ルニ昨日急ニ気ガ変リ、彼女ニ打チ明ケタ方ガイイ、ト思ウヨウニナッタ。ソレハ何故デアルカ。何ノタメニ颯子ニ心ヲ明カシタカ。

一ツニハ、ソレヲ打チ明ケタラ彼女ガドンナ顔付ヲシ、ドンナ心理状態ニ陥ルカ、ソノ反応ヲ見タイト思ッタ。次ニハ彼女ガ、ソレヲ知ッタ上デ、自分ノ朱色ノ足ノ裏ノ形ガ白唐紙ノ色紙ノ上ニ印セラレルノヲ見タ時ノ彼女ノ心持、ソレヲ知リタイト思ッタ。足ガ自慢ノ彼女ハ、自分ノ足ガ仏陀ノ足ニ比セラレテ朱印ヲ紙ノ上ニ落スノヲ見テ、必ズヤ心ニ喜悦ヲ禁ジ得ナイデアロウ。予ハソノ時ノ彼女ノ喜ブ顔ガ見タカッタ。「気狂イ沙汰ダワ」ト、口デハ云ウニ決ッテイルガ、心デハドンナニ喜ブデアロウカ。次ニ彼女ハ、遠カラズ予ガ死ンデシマッタ後モ、「アノ馬鹿ナ老人ハ私ノコノ美シイ足ノ下ニ眠ッテイル、私ハアノ可哀想ナ老人ノ骨ヲ今モナオ地下デ踏ミツケテイル」ト思ウコトヲ禁ジ得ナイ。ソシテ幾分カハ痛快ニ感ジルデアロウガ、ムシロ気味悪ク感ジル方ガ強イデアロウ。ガ、気味ガ悪イカラ忘レヨウト思ッテモ、容易ニ、恐ラクハ一生涯、ソノ記憶ヲ拭イ去ルコトハ出来ナイデアロウ。生前ノ予ハ彼女ヲ盲愛シテイタ、ダガ若シ死後ニ於イテ多少デモ意趣返シヲシテヤル気ガアルトスレバ、コンナ方法ヨリ外ニナイ。死ンデシマエバソンナコトヲ考エル意志ハナクナルデアロウカ。ドウモ予ニハソウ思エナイ。肉体ガナクナレバ意志モナクナル道理ダケレドモ、ソウトハ限ルマイ。タトエバ彼女ノ意志ノ中ニ予ノ意志ノ一部モ乗リ移ッテ生キ残ル。彼女ガ石ヲ踏ミ着ケテ、「アタシハ今アノ老耄《おいぼ》レ爺ノ骨ヲコノ地面ノ下デ踏ンデイル」ト感ジル時、予ノ魂モ何処カシラニ生キテイテ、彼女ノ全身ノ重ミヲ感ジ、痛サヲ感ジ、足ノ裏ノ肌理《きめ》ノツル〳〵シタ滑ラカサヲ感ジル。死ンデモ予ハ感ジテ見セル。感ジナイ筈ガナイ。同様ニ颯子モ、地下デ喜ンデ重ミニ堪エテイル予ノ魂ノ存在ヲ感ジル。或ハ土中デ骨ト骨トガカタ〳〵ト鳴リ、絡ミ合イ、笑イ合イ、謡イ合イ、軋《きし》ミ合ウ音サエモ聞ク。何モ彼女ガ実際ニ石ヲ踏ンデイル時トハ限ラナイ。自分ノ足ヲモデルニシタ仏足石ノ存在ヲ考エタダケデ、ソノ石ノ下ノ骨ガ泣クノヲ聞ク。泣キナガラ予ハ「痛イ、痛イ」ト叫ビ、「痛イケレド楽シイ、コノ上ナク楽シイ、生キテイタ時ヨリ遥カニ楽シイ」ト叫ビ、「モット踏ンデクレ、モット踏ンデクレ」ト叫ブ。

………

「今日ハ石ハ使ワナイ、石ノ代リニ或ル物ヲ使ウ」

ト、先刻予ガ云ッタ時、

「何ヲ使ウノ？」

ト、彼女ハ聞イタ。ソレニ対シテ予ハ答エタ。

「君ノ足ノ裏ヲ叩カセテ貰ウ。ソウシテコノ白唐紙ノ色紙ノ上ニ朱デ足ノ裏ノ拓本ヲ作ル」

彼女ガ若シ真ニソレヲ忌マワシク感ジテイルナラ、今少シ違ッタ表情ヲ示ス筈デアル。

然ルニ彼女ハ、

「ソンナモノガ何ニナルノ」

ト、云ッタヾケダッタ。ソノ拓本ニモトヅイテ彼女ノ足ノ仏足石ヲ作ルノデアルコト、予ガ死ンデカラ骨ヲソノ石ノ下ニ埋メテ貰ウノデアルコト、ヲ知ッタ時ニモ、彼女ハ格別ノ意見ヲ述ベハシナカッタ。コ、ニ於イテ予ハ、颯子ニ異存ガナイバカリカ、少クトモソレヲ面白ガル気持ガアルコトヲ認メタ。幸イニ予ノ部屋ニハ別室ノ設ケガアリ、ソコハ八畳ノ畳敷ニナッテイタ。予ハ座敷ヲ汚サヌヨウニ、ボーイニ命ジテ大型ノシーツヲ二枚持ッテ来サセタ。ソシテソノ二枚ヲ二重ニ重ネテ畳ノ上ニ敷イタ。朱墨ノ硯ト毛筆トヲ盆ニ載セテソノ上ニ運ンダ。次ニソファニ置イテアッタ颯子ノ枕ヲ持ッテ来テ適当ナ位置ニ置イタ。

「サア颯チャン、何モ面倒ナコトハナインダ。ソノマ、コ、ヘ来テ、コノシーツノ上ニ仰向ケニ寝テクレ、バイ、。アトノ仕事ハ僕ガスル」

「コノマ、デイ、ノ？　着物ニ朱墨ガ附キハシナイ？」

「絶対ニ着物ニハ附ケナイ、朱墨ヲ塗ルノハ君ノ足ノ裏ダケダ」

彼女ハ云ワレル通リニシタ。仰向ケニ、両足ヲ行儀ヨク揃エテ寝タ、足ヲ少シ反ラシ加減ニ、予ニ足ノ裏ガ明瞭ニ見エルヨウニ。

コレダケノ準備ガ整ッタ時、予ハ先ズ第一ノタンポニ朱ヲ含マセタ。ソレカラ更ニソレヲ以テ第二ノタンポヲ叩キ、朱ヲ薄クシタ。予ハ彼女ノ二ツノ足ヲ二三寸ノ間隔ニ開イテ置キ、右ノ足ノ裏カラ第二ノタンポデ注意深ク叩イテ行ッタ。肌理ノ一ツ〳〵ガハッキリト分離サレテ印《しる》サレルヨウニ。

盛《も》リ上ッテイル部分カラ土踏マズニ移ル部分ノ、継ギ目ガナカ〳〵ムズカシカッタ。予ハ左手ノ運動ガ不自由ノタメ、手ヲ思ウヨウニ使ウコトガ出来ナイノデ一層困難ヲ極メタ。「絶対ニ着物ニハ附ケナイ、足ノ裏ダケニ塗ル」ト云ッタガ、シバ〳〵失敗シテ足ノ甲ヤネグリジェノ裾ヲ汚シタ。シカシシバ〳〵失敗シ、足ノ甲ヤ足

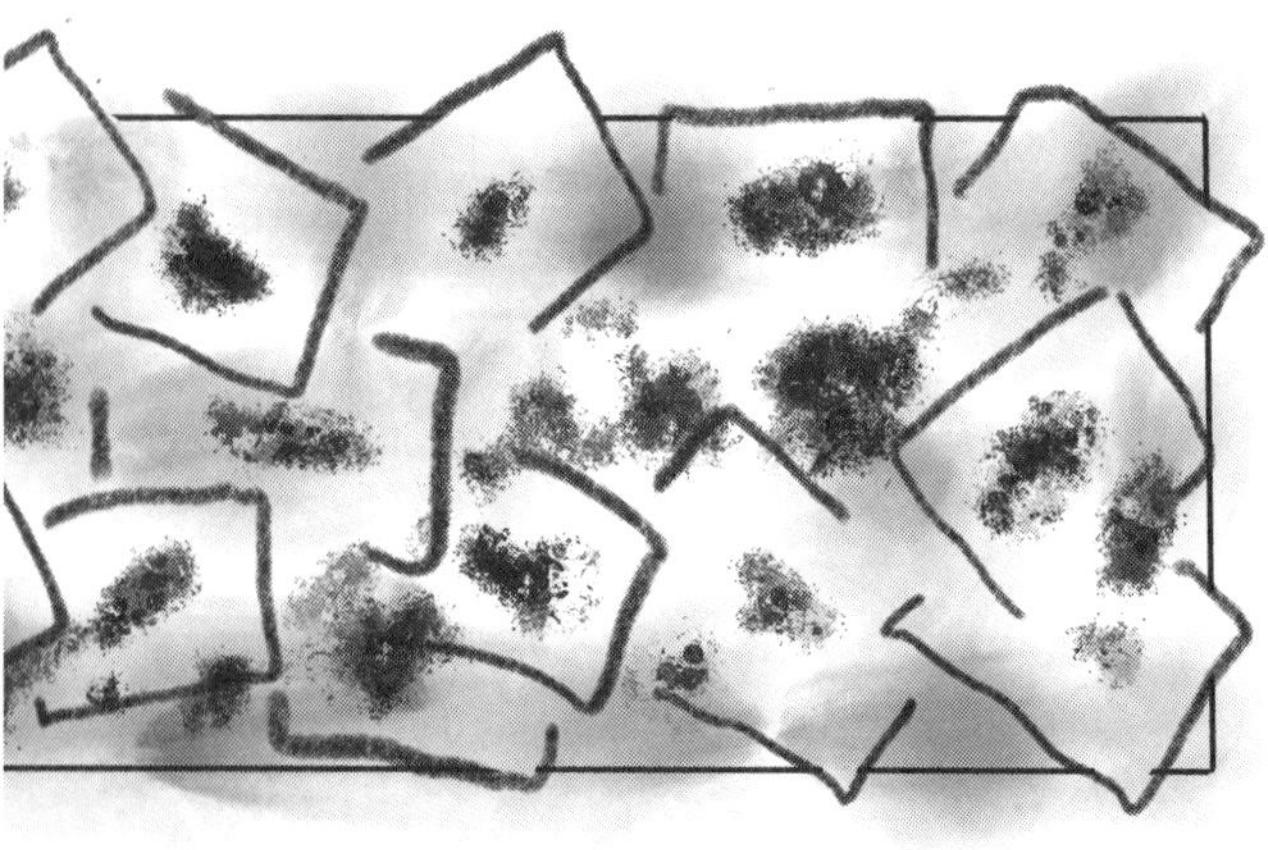

ノ裏ヲタオルデ拭イタリ、塗リ直シタリスルコトガ、又タマラナク楽シカッタ。興奮シタ。何度モ〳〵ヤリ直シヲシテ倦《う》ムコトヲ知ラナカッタ。

漸ク両足ヲ満足ニ塗リ終ッタ。右足カラ先ニ少シ高ク擡《もた》ゲテ、下カラソレニ色紙ヲ当テ、足ノ裏デ印ヲ捺スヨウニサセタ。何度モ〳〵試ミテ巧ク行カズ、希望スル拓本ガ作レナカッタ。二十枚ノ色紙ハ凡ベテ徒労ニ帰シタ。予ハ竹翠軒ニ電話ヲカケ、直チニ色紙ヲモウ四十枚届ケサセタ。今度ハ方法ヲ改メテ、足ノ裏ノ朱ヲ一遍キレイニ洗イ落シ、足ノ趾ノ股《また》マデモ一本々々拭イ取リ、立ッテ椅子ニ掛ケサセテ、予ハソノ下ニ仰向イテ臥、窮屈ナ姿勢ニ堪エナガラ足ノ裏ヲ叩キ、色紙ノ上ヲ両足デ踏マセテ捺印サセタ。

最初ノ予定ハ、五子ト佐々木ガ戻ルマデニ仕事ヲ済マセ、汚レタシーツヲボーイニ渡シ、数十枚ノ足ノ裏ノ色紙ヲ取リ敢エズ竹翠軒ニ預ケ、部屋ヲ何事モナカッタヨウニ掃除シテ、何喰ワヌ顔ヲシテイルツモリデアッタガ、ソウ都合ヨクハ行カナカッタ。五子達ハ思イノ外早ク九時前ニ戻ッテ来タ。予ハノックノ音ヲ耳ニシタガ、返事スル隙モナクドーアガ開イテ彼女等ガ這入ッテ来タ。颯子ハイチ早ク浴室ニ隠レタ。日本座敷ニハ朱ヤ白ノ斑文ガ無数ニ点々ト散乱シテイタ。彼女等ハ茫然トシテ無言デ顔ヲ見合ワセテイタ。佐々木ハ黙ッテ血圧ダケヲ測ッタ。

「二百三十二ゴザイマスネ」

ト、容易ナラヌ表情デ云ッタ。

…………

十七日ノ朝、颯子ガ何ノ断リモナシニ勝手ニ東京へ立ッタコトヲ知ッタノハ、午前十一時頃デアッタ。朝食ノ時ニ食堂ニ見エナカッタノハ、朝寝坊ノ彼女ノ常デアルカラ、予ハマダ颯子ハ寝テイルモノト思ッテイタ。豈図《あにはか》ランヤ彼女ハソノ頃ハイヤヲ走ラシテ伊丹ニ向ッテイタノデアル。十一時前後ニ五子ガ部屋ヲ訪レテ、

「困ッタコトガ出来タワヨ」

ト教エタ。

「オ前ガソレヲ知ッタノハイツダ」

「タッタ今デス。今日ハドチラヘオ供シタライ、ノカ、伺オウト思ッテ来タラ、『卯木サンノ奥様ハ先程オ一人デ伊丹ヘオ立チニナリマシタ』ッテ、突然フロントデ云ワレタンデス」

「馬鹿ヲ云エ、オ前ハ前カラ知ッテタンダロウ」

「飛ンデモナイ、アタシガ何ヲ知ルモンデスカ」

「何云ッテヤガル、狸奴《たぬきめ》、馴レ合イニ決ッテルンダ」

「イ、エ違イマス、今コノホテルデ聞イタンデス、『実ハ先程、アタシハ父ニ内証デ一ト足先ニ日航デ帰ル、アタシガ伊丹ヘ着ク時分マデハ決シテ誰ニモシャベッチャイケナイッテ仰ッシャラレマシタンデ、申シ上ゲズニオリマシタ』ッテ、フロントデ云ワレテ、ビックリシタンデス」

「嘘ヲツキヤガレ、古狸、キット貴様ガ颯子ヲ怒ラシテ立タセルヨウニ仕向ケタンダ。貴様モ陸子モ人ヲ煽《おだ》テタリ騙《だま》シタリスルコトニカケチャア昔カラ大シタ腕前ダカラナ。己ハツイソレヲ忘レテタノガ残念ダ」

「マア非道《ひど》イ！　何テコトヲ仰ッシャルンデス」

「佐々木サン」

「ハイ」

「ハイジャアナイ、君ダッテ五子カラ聞イテ知ッテタンダロウ、ミンナデ寄ッテ集《たか》ッテコノ老人ヲ騙シニカヽッテタンダ、ミンナデ颯子ヲ邪魔ニシテヤガル」

「ソンナ風ニ思ッテラシッチャ佐々木サンコソイヽ迷惑ダワ。佐々木サンハ暫クロビーニデモ行ッテラシッテ下サイヨ、イヽ機会ダカラ、アタシオ爺チャンニ聞イトイテ戴キタイコトガアルンデス、ドウセ古狸ト云ワレタ以上、アタシモ云ウダケハ云ワセテ貰イマス」

「血圧ガオ高ウゴザイマスカラ、イヽ加減ニ遊バシテ下サイマセント――」

「エヽ、エヽ、分ッテマス」

五子ノ話ハ次ノヨウナコトダッタ。――

アタシガ颯チャンヲ立タセルヨウニ仕向ケタト云ウノハ、全ク根モ葉モナイ冤罪デアル。コレハアタシノ想像ダケレドモ、颯チャンガ立ッテ行ッタノハ外ニ何カ、早ク東京ニ帰リタイ理由ガアッタノデハナカロウカ。ソノ理由ハアタシニハヨク分ラナイガ、オ爺チャンコソ何カシラ感ヅイテイラッシャルノデハナイデショウカト、乙ニ絡ンデ云ウ。予ハソレニ答エテ云ッタ、彼女ト春久ト仲ガイヽコトハ予ガ知ッテイルバカリデナク、自分デモ公然ト云ッテイルシ、亭主ノ浄吉モ承知デアル。今デハ誰知ラヌ者ハナイト云ッテイヽ。ガ、ダカラト云ッテ、二人ノ間ニ不倫ナ関係ガ成リ立ッテイルト云ウ証拠ハナイシ、ソンナコトヲ信ジル者ハ一人モイナイヨト、ソウ云ウト、本当ニ一人モイナイデショウカ、ト、五子ハ妙ナ笑イ方ヲシタ。ソシテ又云ッタ。コンナコトヲ云ッテイ、カ悪イカ分リマセンケレド、アタシハ浄吉ツァンノ気持ガ少シ変ダト思ウ、仮リニ颯チャント春久サントノ間ニ何カアッタトシテモ、浄吉ツァンハ見テ見ヌ振リデ、許ス積リデハナインデショウカ、ドウモアタシハ、浄吉ツァンハ浄吉ツァンデ颯チャン以外ニ誰カアルノダト思イマス、無論ソレハ颯チャンモ春久サンモ暗黙ノウチニ、イヤ、暗黙ドコロデハナイ、オ互ニ諒解ガ出来テイルノデハナイデショウカ、——五子ガコヽマデ語ッタ瞬間、コノ女ニ対スル云イヨウノナイ忿懣《ふんまん》ト憎悪ガ予ノ胸ノ中ニ渦ヲ巻イテ沸キ上ッタ。予ハモウ少シデ怒号スルトコロデアッタガ、怒号シタラ動脈ガ破裂スルノヲ怖レテ、辛ウジテ怺エタ。椅子ニ掛ケテイテモ予ハ眼ガ晦《くら》ンデ倒レソウニナッタ。予ノ血相ガ変ッタノヲ見テ五子モ青クナッタ。

「止メテクレ、ソンナ話。止メテ帰ッテクレ」

予ハ出来得ル限リ声ヲ低メテ顫《ふる》エテ云ッタ。何故ニ予ハアンナニマデ怒ッタノカ。思イモ寄ラヌ秘密ヲ不意ニ彼女ニ発《あば》カレタヽメカ、自分デモ疾ウカラ内々ハ気ヅイテイテ、強イテ気ヅカヌ振リヲシテイタノニ、コノ古狸ニ突如素ッ破抜カレタヽメカ。

五子ハモウ部屋ニイナカッタ。予ハ昨日一日ノ無理ナ活動ガ祟《たゝ》ッテ、頸ノ周リ、肩、腰、等々ノ痛ミガ激シク、昨夜モ夜ッピテ安眠出来ナカッタノデ、再ビアダリン三錠トアトラキシン三錠ヲ飲ミ、佐々木ニ命ジテ背中ヤ肩ヤ腰ニサロンパスヲペタ〱貼ラセテベッドニ這入ッタ。シカシヤッパリ寝ラレナイノデルミナールノ注射ヲシテ貰オウトシタガ、寝過ギルト困ルト思ッテ止メタ。ソレヨリ午後ノ列車ヲ捉エテ颯子ノ跡ヲ追ウコトニ決メ、毎日新聞支局ノ友人ニ依頼シテ無理ニ切符ヲ手ニ入レテ貰ウ。（予ハ飛行機ニハ乗ッタコトガナイ）佐々木ハ激シク反対シ、コンナ高血圧ノ際ニ旅行ハ思イモ寄リマセン、セメテ三四日安静ヲ保チ、血圧ノ安定ヲ見定メテカラニシテ下サイト、泣クヨウニシテ頼ンダガ、予ハ聴キ入レナカッタ。五子ガ詫ビヲ入レニ来テ、デハ東京マデアタシモオ供サセテ戴キマスト云ウ。貴様ノ顔ハ見ルノモ癪ダカラ、附イテ来ルナラ別ノ箱ニ乗レト云ッテヤル。……

十八日。

昨日午後三時二分京都発第二こだまニ乗ル。予ト佐々木トハ一等、五子ハ二等デアル。九時東京着。婆サン、陸子、浄吉、颯子、四人ガホームニ迎イニ出テイル。予ヲ歩行困難ト思ッタノカ、歩カセテハナラヌト考エタノカ、運搬車ガ来テ待ッテイル。五子ノ奴ガ電話デ万事云イ附ケテ置イタノニ違イナイ。

「何ダ、馬鹿々々シイ！　鳩山サンジャアルマイシ」

予ハサン〴〵駄々ヲ捏ネテ皆ヲ手古摺《てこず》ラシタガ、突然右ノ掌ニモウ一ツノ柔イ掌ヲ感ジタ。颯子ガ手ヲ取ッテイルノダッタ。

「マアオ爺チャン、アタシノ云ウコトヲ聴クモノヨ」

忽チ予ハ鳴リヲ静メテ云ウナリニナッタ。直グ運搬車ガ動キ出シテエレベーターデ地下道ニ下リ、長イ暗イ路ヲガラ〱ト走リ出シタ。一同ゾロ〱ト後ニ附イテ来タガ、走リ方ガ速イノデ追イ着クノニ骨ガ折レタ。婆サンガトウ〱ハグレテシマイ、浄吉ガ捜シニ戻ッタ。予ハ東京駅ノ地下道ノ宏大ナノト岐路《えだみち》ノ多イノニ驚カサレタ。出タノハ丸ノ内側ノ、中央口ニ近イ特別通路ノ外ノ御車寄《みくるまよせ》デアッタ。自動車ガ二台待ッテイタ。先頭ノ一台ニ三人、予ヲ囲ンデ颯子ト佐々木。次ノ一台ニ四人、婆サン、五子、陸子、浄吉ノ四人ガ乗ッタ。

「オ爺チャン、御免ナサイネ、黙ッテ帰ッテ来チマッテ」

「誰カト約束デモアッタノカネ」

「ソウジャナイノヨ、正直ヲ云ウト、昨日一日オ爺チャンノ相手ヲサセラレタンデ、スッカリ参ッチマッタノヨ。朝カラ晩マデ足ノ裏ヲアンナニ弄《いじ》リ廻サレタンジャ、何ボ何デモ溜ラナイワ。タッタ一日デ、アタシヘト〱ニナッチャッタカラ逃ゲ出シタノヨ。御免ナサイネ」

声ノ調子ニイツモノ彼女ラシクナイ、ワザトラシイトコロガアッタ。

「オ爺チャンオ疲レニナッタデショウ。アタシ十二時二十分ニ伊丹ヲ立ッテ、二時ニハ羽田ニ着イタノヨ。飛行機ダト速イワネ」……………………

……………………………………………

佐々木看護婦看護記録抜萃

……十七日の夜帰京した患者は、京都での連日の疲労が一度に発したのであろう、十八十九の両日は大部分寝て暮していたが、それでも折々書斎に出て来て前日の日記の残りを書き足していた。然るに二十日の午前一〇時五五分、これから述べるような事件がおこった。

その前に、颯子夫人は十七日の午後三時頃羽田から狸穴の宅へ帰った。夫人は直ちに電話口へ浄吉氏を呼び出して、老人の精神状態がいよ〳〵奇異であるために、もはや自分は一日も行動を共にするに堪えなくなり、勝手に自分だけ先に帰って来た由を告げた。夫婦は相談の結果、老夫人には内密にして、友人の精神科医井上教授を二人で訪い、いかに処置したらいゝかを尋ねた。教授の意見としては、老人の病気は異常性欲と云うべきもので、目下の状態では精神病とは云えない、たゞこの患者には情欲が常に必要であって、それがこの老人の命の支えとなっていることを考えると、それに適応する取り扱いをしてあげなければいけない、颯子夫人はその点によく注意して患者をみだりに興奮させたり、患者の意に逆らったりしないようにし、つとめてやさしく看護してあげて欲しい、それが唯一の治療法であるとのこと。依って浄吉氏夫婦は、

老人の帰京に接して以来出来るだけ教授の意見に従って老人を遇していた。

二十日　火曜日　晴

午前八時、体温三五・五度、脈搏七八、呼吸一五、血圧一三二――八〇。一般状態は特に変化を認めない。言葉や動作は不気嫌の模様。

朝食後患者書斎に入る。日記を書くつもりらしい。

午前一〇時五五分、異常な興奮状態で書斎から寝室に現われる。何か云うらしいが私には理解出来ない。ベッドに運び入れて安臥させる。脈搏一三六、緊張していて不整も結滞もない。呼吸二三。心悸亢進を訴える。血圧一五八――九二。手まねで強い頭痛を訴える。顔の表情は恐怖で歪んでいる。杉田医師に電話で連絡するけれども、特別の指示がない、毎度のことだが、この医師は看護婦の観察を無視する癖がある。

午前一一時一五分、脈搏一四三、呼吸三八、血圧一七六――一〇〇。杉田医師に再度電話連絡するけれども指示がない。室温、採光、換気を点検。家族は老夫人のみ病室にいる。酸素吸入の必要を感じ虎ノ門病院に連絡、病状報告の上配慮を依頼する。

午前一一時四〇分、杉田医師来診、病状経過を報告する。診察後、杉田氏往診カバンより注射液を出し、自ら注射する。アンプルはビタミンK、コントミン、ネオフィリン、であった。注射を終って杉田氏がまだ玄関にいる時、患者は突然高声を発し、意識不明となる。全身痙攣が激しく起り、チアノーゼが口唇や指先に著明となる。痙攣がやがておさまると、強い運動不安が起り、制止を排して跳ね起きようとする。大小便の失禁がある。全発作は約十二三分、深い睡眠に入る。

午後一二時一五分、附添中の老夫人が急に眩暈を訴えたので、別室に運んで静かに寝かせる。一〇分ほどで恢復《かいふく》。老夫人の看護は五子夫人が引き受ける。

一二時五〇分、患者安眠。脈搏八〇、呼吸一六。颯子夫人入室する。

一三時一五分、杉田医師帰宅、面会謝絶の指示がある。

一三時三五分、体温三七・〇度、脈搏九八、呼吸一八。時々咳嗽《がいそう》あり、全身冷汗強度、寝衣を交換する。

一四時一〇分、親戚の小泉医師来訪。病状経過を報告する。

一四時四〇分、覚醒。意識明瞭。言語障害なし。顔面、頭部、項部にわたり打撲様の疼痛を訴える。発作前の左上肢の疼痛は消失している。小泉医師の指示によりサリドン一錠、アダリン二錠投与。颯子夫人を認めたるも静かに眼を閉じている。同五五分、自然排尿あり。一一〇cc、溷濁《こんだく》なし。二〇時四五分、強い口渇《こうかつ》を訴える。颯子夫人の手からミルク一五〇cc。野菜スープ二五〇ccを与える。

二三時五分、浅眠状態。老人は既に完全に覚醒し、危険状態を脱したようではあるが、再発の怖れがないとは云えないので、なお念のため東大梶浦教授の診察を乞うた方がよいと云うことになり、夜おそくではあったけれども浄吉氏が教授をつかまえて伴って来る。診察後、これは脳溢血の発作ではない、脳血管の痙攣であるから、今どうと云う心配はないと云われる。そして一日二回、朝夕二〇%ブドウ糖二〇cc、ビタミンB_1一〇〇ミリ、ビタミンC五〇〇ミリの注射と、就寝前三〇分アダリン二錠ソルベン四分の一錠、投与の指示がある。今後当分約二週間は安静を旨とし、面会謝絶を続けている方がいゝこと、入浴は暫く見合わせ、余程気分のいゝ時を見計らって入浴すること、床を離れるようになっても最初は先ず室内を歩く程度にすること、体の調子を見て天候のうらゝかな日を選びポツ〳〵庭を散歩するくらいはいゝが、外出は厳禁、出来るだけ精神をぼんやりさせるようにして物事を深く考え込んだり思い詰めたりしないこと、日記をつけることは絶対不可であること、等綿密な注意がある。…………

……………………………………………………………………

勝海医師病床日記抜萃

十二月十五日　晴一時濃煙霧後晴

主訴。胸内苦悶の発作。既往歴。三十年来血圧が高く、最高血圧一五〇——二〇〇、最低血圧七〇——九五。時として最高二四〇ぐらいに達したこともある。六年前に卒中発作に罹り、以後軽い歩行の障害がある。最近数年来左上肢特に手首から先に神経痛様の疼痛があり、寒さに当ると増強する。若い頃性病をわずらったことがあり、酒も一升近く嗜《たしな》んだが、最近では飲んでも猪口に一二杯程度。煙草は昭和十一年以来廃している。

現病歴。約一年前から既に心電図上ＳＴの降下、Ｔ波の平低化等、心筋傷害を疑わせる所見が見られたが、最近まで特に心臓についての訴えはなかった。十一月二十日、激しい頭痛、痙攣、及び意識障害の発作があり、梶浦教授に脳血管の痙攣と診断され、その指示に従い経過は順調であったが、同三十日、患者の嫌いな娘と論争したことがあり、その時左前胸部に軽い苦悶感を十数分間感じ、以来同様の発作が頻発するようになった。当時の心電図には一年前に比べ著変が見られない。十二月二日夜、排便時に力んだところ、心臓部に五十分以上に亙って激しい締めつけるような疼痛がおこり、最寄りの医師の往診を受けたが翌日の心電図検査に依り、胸部誘導に前壁中隔梗塞を疑わせる所見が見られた。同五日の夜にも同様の強い発作が十数分に亙っておこった外、毎日小さい発作が頻発している。元来便秘がちで、排便した後で発作がおこり易い。発作に対しては今まで医師からＰ剤Ｑ剤の服用、酸素吸入、鎮静剤、パパベリンの注射等を受けている。十二月十五日当科（東大内科）Ａ号室に入院。主治医Ｓ氏及び若夫人より病気の経過を聞き、軽い診察をする。患者はやゝ肥満し、貧血、黄疸はなく、下腿に軽度の浮腫が見られる。血圧一五〇――七五、脈搏九〇で速く、整。頸部に静脈怒張を認めず。胸部では両側肺下野に軽い湿性ラッセル音を認め、心臓は肥大せず、大動脈弁口で軽い収縮期性雑音を聴取する。腹部で肝、脾《ひ》を触れず。右側上下肢に軽い運動障害があると云うが、粗大力減弱はなく、異常反射も証明されない。膝蓋腱《しつがいけん》反射は両側とも同程度に減弱している。

脳神経領域には異常を認めず、家族はしゃべるほうは普通だと云うが、患者自身は卒中発作以来すこしおかしいと云っている。主治医のＳ氏から、患者は人より薬に敏感で、常用量の三分の一か二分の一でよく効き、普通量使うと強すぎると注意され、若夫人から、以前静脈注射で痙攣をおこしたことがあるので血管注射はしないようにと云われる。

十六日　晴一時曇

入院して安心した為か昨夜は発作もなく、よく眠れたと云う。朝方になって上胸部に軽い苦悶感が数秒ずつ数回あったと云うが、神経性のものかも知れない。便秘をしないように緩下剤の服用をすゝめる。患者もそれに気附いて既にバイエルのイスチチンIstizin をわざ〳〵ドイツより取り寄せて用いている。患者は長年高血圧や神経痛を患ったので、薬のことは大変よく知っており、うか〳〵すると新米の医師は負けてしまう。ベッドの囲りにはいろ〳〵な薬が置いてあり、特に処方を出す必要もなく、その中からＰ剤Ｑ剤を続けて服用するように云う。又発作のおこった時は、これも患者持参のニトログリセリン錠を舐めるように指示する。患者の枕元に酸素吸入器も具え、直ぐに注射出来るようにして置く。血圧は一四二――七八、心電図には三日とほゞ同様、ＳＴ・Ｔの異常と、前壁中隔梗塞を疑わせる所見が見られ、胸部レントゲン写真では心臓肥大はあまりなく、動脈硬化像が見られる。血沈促進、白血球増多、Ｓ・ＧＯＴ値の上昇を認めない。以前から前立腺肥大があり、排尿の時に難渋したり、尿が混濁したりすると云うが、今日のは清澄で蛋白《たんぱく》もなく、糖が弱陽性である。

十八日　晴後曇

入院以来まだ強い発作は見られない。発作の性状は主として上胸部又は左前胸部の苦悶感で、それも数分以上続くことは稀である。寒いと神経痛が痛む上に、心臓の発作もおこり易く、病室のスチームは頼りにならないので、電気やプロパンガスのストーブを二つも三つも持ち込んでいる。

二十日　薄曇後晴

昨夜八時頃心窩部《しんかぶ》より胸骨背面に亙って、苦悶感が三十分位つゞく。ニトログリセリン錠と当直医師の鎮静剤、冠拡張剤の注射で間もなくおさまる。心電図は前回と特に変っていない。血圧一五六――七八。

二十三日　晴後時々曇

軽い発作が毎日ある。尿に糖が出ているので、今朝は朝食に充分な米飯とおかずを食べて貰い、その後の血糖値を調べて糖尿病の有無を検査する。

二十六日　日曜　晴一時曇

午後六時頃左前胸部に強い苦悶感がおこり、十数分以上つゞいていると、病院から電話で呼ばれる。緊急の処置を当直医に依頼し、午後七時頃馳けつける。血圧一八五――九七、脈搏九二、整。鎮静剤を注射し間もなく落着く。日曜日は受持医がいないので不安になるためか、発作が多いようである。発作時は血圧が高くなる傾向がある。

二十九日　晴一時あられ濃煙霧後晴

こゝ暫く強い発作は見られない。ベクトル心電図でも前壁中隔梗塞の疑いがある。血清ワ氏反応は陰性。明日よりアメリカから来たばかりの新しい冠拡張剤Rを使うことにする。

三十六年一月三日　晴後曇後雨

新しい薬が効いているのか経過はいゝようである。尿が混濁して来たと云う。顕微鏡で見ると白血球が無数に出ている。

八日　晴一時濃煙霧後晴

泌尿器科K教授の往診を受ける。前立腺肥大及び残尿のための細菌感染が見られ、前立腺のマッサージと抗生物質の投与で様子を見るようにと云われる。心電図に軽度の改善が見られる。血圧一四三――六五。

十一日　晴れたり曇ったり

二、三日前から腰部に疼痛を訴えていたが、次第に痛みが強くなり、これをこらえていたところ、午後になって両側胸部に締めつけられる様な痛みがおこり十数分続く。最近で一番強い発作である。血圧一七六――九一、脈搏八七。ニトログリセリン錠、冠拡張剤、鎮静剤の注射で間もなくおさまる。心電図には新しい病変の所見は見られない。

十五日　晴

昨日のレントゲン写真の結果は変形性脊椎症と云う診断である。腰があまり曲らぬ様にした方がよいと云うので、腰部にアイロン台を入れ、ベッドの中に体が落ち込まぬようにする。

中略

二月三日　快晴

心電図も大部よくなり、最近は小さい発作も殆んどおこらない。この分では近く退院出来るだろう。

七日　晴れたり曇ったり

軽快退院。今日は二月としては珍らしく暖い日である。寒いのは禁物だから、昼からの一番暖い時を選んで暖房車で送る。卯木氏の家では主人の書斎を大きなストーブで暖めていると云うことである。

城山五子手記抜萃

去年十一月二十日に脳血管の痙攣で倒れた父は、その後間もなく狭心症、心筋梗塞を患い、同年十二月十五日東大病院に入院したが、勝海先生のお蔭で辛うじて危険状態を脱し、本年二月七日五十日余で退院することが出来、狸穴の宅に帰った。しかし狭心症は全く治癒した訳ではなく、その後も時々軽い発作があり、今になっても折々ニトログリセリンの厄介になっている。そして二月から三月一杯寝室から一歩も出たことはなかった。佐々木看護婦は父の入院中も卯木家にいて母の看護に当っていたが、父が退院すると又父の係となって、三度の食事から大小便の世話をしたが、時々お静も手伝っていた。

私は京都の家にいても近頃はこれと云う用事もないので、一カ月の半ばは狸穴で暮し、佐々木看護婦に代って母の病床に侍《はべ》った。父は私の顔を見ると御機嫌が悪いので、なるべく父に見られないようにした。その点は陸子も私と同じである。

颯子の立場は甚だ微妙で、且困難なものであった。井上教授の注意に従って、努めて父にやさしい態度を示すようにしていたが、余りやさしくし過ぎたり、長時間枕頭に侍っていたりすると、父は往々感激して興奮する。颯子が病室にいた後で、父が発作をおこすことはしば〳〵あった。さればと云って、彼女が日に何回か病床に姿を見せなければ、病人がそれを気にすることは必至であり、そうなれば病勢を悪化させる結果となる。

父も颯子と同じような微妙な心理状態にあった。狭心症の発作は非常な苦痛を伴うので、父は死を恐れないと云いながらも、死に至るまでの肉体の苦痛は恐れた。だから颯子に余り親しくされることは避けるように、内々努めている様子があったが、しかし全然会わずにはいられなかった。

私は浄吉夫婦の住んでいる二階には行ったことがない。が、佐々木看護婦の語るところでは、颯子は近頃夫の部屋では寝ていないらしい、泊り客のために用意してあるスペーアの室に自分の寝間を移しているらしいと云う。たまには春久も、こっそり二階に上り込んでいることがあるとも云う。

或る日、私が京都に帰っていた時、突然父から電話がかゝった。何用かと思うと、先般颯子の足の拓本（色紙）を竹翠軒に預けたまゝにしてあるから、あれを受け取って、この間の石屋に示し、あれを仏足石のように刻ませてくれ、と云うのである。大唐西域記に依れば、お釈迦様の足跡《あしあと》が今も摩掲陀国《まかだこく》に遺っているが、足の長さが一尺八寸、広さが六寸、両足に輪相があるとしてある。颯子の足の裏も、輪相は描かなくてもいゝが、長さはあの形のまゝで一尺八寸に拡大して貰いたい。是非そのようにお前から注文してくれと云う。そんな馬鹿気た注文を、頼める筈のものでもないから、私はいゝ加減に聞いて一旦電話を切り、

「石屋の主人は九州地方へ旅行中だそうで、後日返事をするそうです」

と、答えて置いた。すると数日後、又父から電話があって、それなら拓本全部を東京へ送ってくれと云う。私は云われる通りにした。

拓本が到着した旨を佐々木看護婦からやがて知らせて来た。父は十数枚の拓本の中か

ら、出来のいゝのをあれかこれかと四五枚選び出して、一枚々々熱心に、何時間でも飽かず眺めて暮している、又興奮させてはと思ったが、それをも禁止する訳に行かず、颯子に直接触れるよりは、まあこんなことで満足させて置く方がいゝと考えてそのまゝにしている、と看護婦は云った。

四月中旬になってから、好天気の日には庭を二三十分ぐらい散歩するようになった。大概看護婦がお供をしたが、稀には颯子が手を曳いていることもあった。嘗て拵えてやると約束をしたプールの工事がもうその頃始まって、庭の芝生が掘り返されていた。

「拵えたって無駄だわよ、どうせ夏になればお爺ちゃんは日中に戸外へなんぞ出られやしないわ、無駄な費用だから止めた方がいゝわ」

と、颯子が云うと、浄吉が云った。

「約束通りプールの工事が始まっているのを、眺めるだけでも親父の頭にはいろ〳〵な空想が浮ぶんだよ。子供達も楽しみにしているしね」

解説

窪 美澄

今年、五十八になる。もう六十と言ってもいいだろう。

自分が小説家というものになったのが四十四、それから約十四年。遅咲きすぎるデビューで、それでも必死で駆け抜けてきて、気がついたら老人になりかかっていた。「もう、おばあちゃんだから」と言うと、「そんなこと自分から言ったらだめ！」と友人に叱られるけれど、年齢的には孫がいてもまったくおかしくない。

小説家デビューのきっかけとなった賞は『女による女のためのR-18文学賞』という賞で、私が応募したときには、「性」がテーマだった。応募した作品は、高校生と既婚女性がコスプレしながらセックスをする、という内容で、これは、「暇な主婦が書いた俗悪で変態な妄想小説」とか色々なことを書かれ、叩かれた。私自身がコスプレセックスに耽溺していたわけでも、そういう癖にあこがれがあったわけでもなく、「性」というテーマが投げかけられて、必死に自分のなかから絞り出したものだった。

こういう作品でデビューすると、官能小説の依頼が山ほど来る。打ち明けてしまうと、私は性を介して人とつながる体験が多いわけではないし、性欲が旺盛で旺盛で、というタイプでもない。だから、正直、困った。だが、書かなければ小説家としての未来はない。やっぱり絞り出すように書き続けた。

書いていくと、自分のなかの「性」に対する意識というものが少しずつ明確になる。

自分が何に、どういう状況で、欲望を覚えるか、どんなセックスが好きか（もちろん、嫌いなセックスをあえて書くこともある）、そんなことが露わになっていく（小説とは恐ろしいものですね）。作品を読んでもらえれば全部筒抜けだろうが、ざっくりとまとめてしまえば、男女の枠を超えてでも、みんな自由にセックスすればいいんじゃないですか、ということになる。ただ、不倫や、浮気の場面を書くと、「私はあの浮気をした登場人物が大嫌いです」という意見が飛んでくる。そう言われても、やっぱり浮気をする人物を描くけれど、いったい小説の未来ってどうなってしまうんだろうな、と考えこんでしまうことも多い、今日この頃でもある。

生々しい話をして申し訳ないが、私がもっと若くて、ホルモンが尖っていた時期（生理前に性欲が高まるとか、ＰＭＳ（月経前症候群）でメンタルが死ぬほどやられるとか）、確かにそういう時期は恋愛小説や性描写は書きやすかったな、と今になって思う。

もちろん、今でも性描写や恋愛は描くものの、「なんかちがーう！」と心の底で思ってしまうこともしばしば。体ではなく、脳で書いている感じがして（それもいいように解釈すれば、作家としての成熟、ということになるのかもしれないが）、どうにも他人事、という感じが拭えない。

　こんな自分の変化も感じつつ、気づくと、小説誌に官能特集、という文字を見ることも少なくなった。コロナが関係しているのかどうか、ここ最近、書き手の実感として、あまりリアルな性描写や、性欲に関する描写は求められていないのだな、と思う瞬間が多々あった。書きたければ書けばいいと思う一方で、「なんとなく引かれてる」と感じることもある。そのせいもあって、少しずつ、自分は、人間としても、書き手としても、「性」というものから遠ざかっていくのだろう、と思っていた。でも、それも年齢を考えれば、ごく自然なことだろう。なんて、自分を納得させながら。

　実際問題、セックスはなくとも、性への興味はある、これが日本の中高年の実情なのかもしれない。

　セックスレス大国、と言われて久しい日本だけれど、本当にそうかな？　と思うことはしばしばある。セックスレスとはいえ、性欲そのもの、あるいは性への興味はあるんじゃないのか（あり余っているのではないか）、と思うからだ。それでも、「性欲があります！」という告解にはやっぱりならない。中高年が、特に高齢者が性に興味がある、という事実は、どこかグロテスクな一面があるからだ。

若い人であっても、「推しがいます」とか、「萌え」という言葉のなかに、実際は「性欲があります」という欲望が、薄く置換されているだけなのではないかという気がする。さらに言えば、塾での子供たちへの盗撮事件や、満員電車の痴漢の多さなどを考えると、この国で、性というものは真っ正面から発露されることなく、もっと悪い方向（自分より弱い者には何をしてもいい）に、ねじれてしまったのではないか、と思うことすらある。

ここまで犯罪的にねじれていない、ごく普通の人であっても、性欲、あるいは性への興味があるのに、「そんなものは私にはありません」という顔をして、それを誰にも知られぬよう、秘かに心の奥に隠しておかなければいけない国。それが今の日本のような気がしてならない。

そんな気分で本書を読んで、頭をガツンと叩かれる思いがした。

ああ、小説家などと名乗って申し訳ありませんでした。

本書を読んで思ったことはまずそれだった。

なんと自由で力に満ちた作品だろう。

小説の世界は自由で、どんなことを思っても感じてもいい。そこに魅力を感じて、小説家になったはずだったのに、その自由さに自ら足枷をはめようとしていた。

主人公の卯木《うつぎ》は七十七歳。作品完結時の谷崎も七十七歳であったという。

私の年齢からすると、あと約十九年後。生まれたての赤んぼうが成人になるくらいの長い年月。こんなに自由で力のこもった作品は多分書けない。谷崎だから、とか、文豪だから、とか、そんなことは当然のことだけれど、小説を書くということに対する、執念に近い思いを、私は七十七歳で持てないと思う。すみません!!

老年の性をテーマにした作品には、ほかに『鍵』という名作もある。下世話にもなりがちなこのテーマを、文学に昇華してしまった谷崎がエベレストの頂上にいるとすれば、私のような作家はマリアナ海溝の底にいるようなものだろう。ごめんなさい!!

その次に思ったのは、やっぱり男性にとって、性欲というものは、男性器というものは、もしかしたら女性よりも、本当にやっかいなものなのではないか、ということだった。息子が生まれたとき、彼の小さなそれを見て、「ああ、この子はやっかいなものを持って生まれてきた」と思った。そういうシーンを作品にも書いた。

そして、また、ふと思うのだ。男性の性欲や、男性器というのは、男性にとって、行動のすべてを決めるコントローラーであり、原動力になるもの、なのではないか。

そう思ったのは、今回、挿絵を担当された、しりあがり寿氏が以前、『谷崎マンガ変態アンソロジー』（中公文庫）で描かれた「谷崎潤一郎『瘋癲老人日記』×ヘミングウェイ『老人と海』ＲＥＭＩＸ」を読んだ影響もある。この作品のなかで、谷崎自身、あるいは谷崎の作品世界をあらわすような巨大なタンカー、それを動かしているのは、巨大な男性器である。これが森を開き、道を作り、石油を運び、町を作り、国を動かしてきたのではないか。男性だけが？　という問いはごもっとも。もちろん、女性も作り続けてきました。けれど、それは男性ほどに、性衝動というものと結びついていないのではないか、と思うのだ。

　それが老人になってもなお！　そう思うと正直、めまいすら覚える。

　十五カラットのキャッツアイを買ってやる、自宅にプールを作ろうとするなど、主人公の卯木は金も地位もある老人なのだとわかる。そこだけに注目してしまうと、恵まれた老人の、若い女性への性を介した恋慕という、一方的なものに読めてしまう。しかし、そこはやはり颯子《さっこ》という女性の造形がすばらしいので、そうはならない。

　この颯子という女性が決して卯木に負けていない。わがままを言い、自分の掌の上で卯木を転がす転がす。颯子が弱い女であったら、読んでいてこんなふうに胸がすっとすることもなかっただろう。

　昔の文豪の作品を読んでいると、どうにも「性の不均衡」、つまり、女性が弱いものとして描かれすぎていて、少し閉口してしまうこともあるのだが、そんな思いに駆られることもなかった。読み進めながら、「もっとやれ！　颯子！」と思うのは、それはすでに谷崎の術中にはまっているからだろう。この作品の底にはマゾヒズムというものが流れていて、その通奏低音がこの物語に淫靡な奥行きを与えているのだけれど、そんなことを意識しなくても、この作品の読み応えというものは目減りしない。

颯子の足型をとって仏足石に刻ませたい。

なんて素敵な欲望なのだろう。血圧が上がっても、体調が悪くなっても、やり遂げようとする、そこに至るまでの紆余曲折。この作品に流れているのは、人間の滑稽さ、それでも「性」というものを抱えて、死ぬまで生きていかなくてはならないという、誰もが分かち持つ悲しみだ。それを十分に描いているにもかかわらず、文芸作品としてお高くとまってはいない。極上のエンターテインメント作品に仕上げたその手腕には、「さすが谷崎……」と言うしかない。

人生百年時代、と言われると、あと何年生きればいいんだ、とため息をつきたくもなるが、本書を読んで、「おまえなんかまだまだひよっこだ」と谷崎に言われているような気がした。悲しくても、笑われても、死ぬまで生きる。できれば書き続けながら、生きる。小さな炎のようなものが自分の胸に宿るような気がした。

（くぼ・みすみ）

本書は、二〇〇一年三月に刊行された『瘋癲老人日記』（中公文庫）を底本とし、新たに挿絵と解説を収録したものです。

底本の明らかな誤りは訂正し、旧字は新字にあらため（一部固有名詞や異体字をのぞく）、読みにくいと思われる箇所にはルビをふりました。

本作品には、今日の人権意識からみて不適切と思われる表現が使用されておりますが、作品が書かれた時代背景、文学的価値、および著者が故人であることを考慮し、原文のままとしました。

（編集部）

中公文庫

しりあがり寿版《ことぶきばん》
瘋癲老人日記《ふうてんろうじんにっき》

2023年11月25日　初版発行

著　者　谷崎潤一郎《たにざきじゅんいちろう》

発行者　安 部 順 一

発行所　中央公論新社

〒100-8152　東京都千代田区大手町1-7-1
電話　販売 03-5299-1730　編集 03-5299-1890
URL https://www.chuko.co.jp/

ＤＴＰ　平面惑星
印　刷　三晃印刷
製　本　小泉製本

Published by CHUOKORON-SHINSHA, INC.
Printed in Japan　ISBN978-4-12-207441-5 C1193

定価はカバーに表示してあります。落丁本・乱丁本はお手数ですが小社販売部宛お送り下さい。送料小社負担にてお取り替えいたします。

卍（まんじ）他二篇

光子という美の奴隷となり、まんじ巴のように絡みあい破滅に向かう心理を描いたマゾヒズム小説の傑作。

〈挿絵〉中村明日美子

〈解説〉千葉俊二

中公文庫／1210円（10%税込）

人魚の嘆き・魔術師

人魚に恋をする貴公子、魔術師に魅せられ半羊神と化す幻想世界に遊ぶ名作。大正期の耽美的な幻想譚二編。

〈挿絵〉水島爾保布

〈解説〉中井英夫／前田恭二「水島爾保布小伝」

中公文庫／770円（10％税込）

中央公論新社 創業一三〇周年記念出版

谷崎潤一郎全集

【決定版 全26巻】

流麗な文章が生み出す、
豪奢にして繊細な作品世界——
谷崎のすべてが、ここにある！

【本全集の特色】

◎最新の研究成果を盛り込んだ充実の解題
◎創作ノートや晩年の日記など、新資料を満載！
◎編年編集で作風の変遷や創作の背景を一望

◎四六判上製・函入り